imaginist

想象另一种可能

理
想
国
imaginist

ALL
TOMORROW'S
PARTIES

给所有明日的聚会

NYC

陈德政 著

LONG LIVE
THE

OREVE

广西师范大学出版社
· 桂林 ·

图书在版编目(CIP)数据

给所有明日的聚会 / 陈德政著 .
— 桂林：广西师范大学出版社，2014.11

ISBN 978-7-5495-5869-8

Ⅰ . ①给… Ⅱ . ①陈… Ⅲ . ①散文集 – 中国 – 当代
Ⅳ . ① I267
中国版本图书馆 CIP 数据核字 (2014) 第 212009 号

广西师范大学出版社出版发行

桂林市中华路 22 号邮政编码：541001
网址：www.bbtpress.com

出 版 人：何林夏
全国新华书店经销
发行热线：010-64284815
山东临沂新华印刷物流集团有限责任公司

开本：880mm×1230mm 1/32
印张：11.5 字数：150 千字
2014 年 11 月第 1 版 2014 年 11 月第 1 次印刷
定价：42.00 元

如发现印装质量问题，影响阅读，请与印刷厂联系调换。

Bleecker Bob's 曾经是纽约历史最悠久的唱片行，兰尼·凯尔、"邪恶席德"都曾做过店员，现已停业。（chap.18）

1 | 小绿洲广播节目名片 （chap.16）

2 | Other Music 名片 （chap.5）

3 | 洋基春训采访证 （chap.33）

4 | Oasis 火柴盒 （chap.16）

5 | Yo La Tengo 贴纸 （chap.2）

6 | Earwax 名片 （chap.32）

7 | Rocks In Your Head 名片 （chap.12）

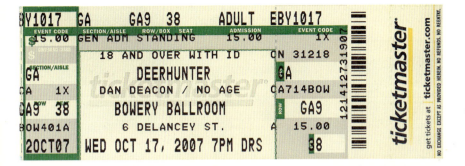

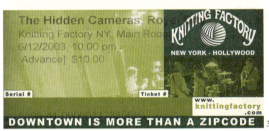

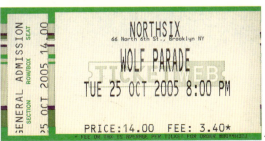

1 | Deerhunter 票根（chap.40）

2 | Austin City Limits 票根（chap.14）

3 | Hidden Cameras 票根（chap.4）

4 | Wolf Parade 票根（chap.22）

5 | Explosions in the Sky 台湾演出票根（chap.9）

"YOU MAY SAY THAT I'M A DREAMER"，下东城街头纪念约翰·列侬的壁画。

中央公园内纪念约翰·列侬的草莓园。每年 12 月 8 日，大伙自动自发聚集在这，不分年龄、性别、宗教、种族，在严寒的冬夜靠紧彼此取暖，也同声高歌。（chap.24）

CBGB，1973 ~ 2006，摇滚音乐史上最著名的演出场馆，孕育出 Ramones、Television、帕蒂·史密斯等众多伟大乐队，更重要的是 CBGB 一直坚持的独立、非商业的精神。它的停业，标志着一个音乐时代的终结。右页图为停业后的留影。(chap.29)

布里克街头画作 Bohemorama，创作者将二十五名与格林威治村有染的代表人物分成三个领域：作家、艺术家与音乐家。旁边的解说牌写道："这幅画献给所有怀抱理想的梦想家，与自我放逐的流浪者。"(chap.18)

2005 年 5 月 1 日，帕蒂·史密斯在 CBGB，最左为 R.E.M. 主唱迈克尔·斯戴普，当晚的神秘嘉宾。帕蒂是一旦上台你再也无法将视线移开的演出者，她身上有一种刚强又温柔的特质，演唱时是精神抖擞的领袖，锐利的眼神散发慑人的光芒，连吐口水的动作都潇洒极了。(chap.15)

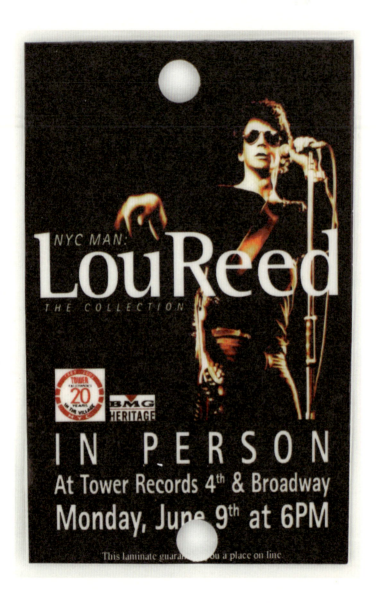

卢·里德在 Tower Records 签名会的号码牌。（chap.13）

献给我的父母

contents 目录

part three_ brooklyn

part four_ live forever

part five_ last days

Recommend_ I Will Always Remember
永生莫忘

Date_ 15 December, 2010

纽约市有深厚的摇滚史，可是多数都已隐没，或者永远消失。经典摇滚场馆 Fillmore East 的旧址耸立着 Emigrant 银行分行；公园大道南段的某家熟食店曾是结合俱乐部、酒吧与餐厅的 Max's Kansas City，在安迪·沃霍尔王国及纽约七十年代朋克场景中扮演重要角色。

Billy Name 年轻时居住的东七街公寓，外头应该贴上告示写着"这里曾住着 Billy Name，他将自己的公寓漆成银色"。沃霍尔正是看上这间银色公寓，邀他将工厂漆成相同的颜色。"此地曾是传奇迪斯科舞厅 Studio 54"的招牌或许也钉在西五十四街二五四号的门口，Velvet Underground 就在这个建筑内的 Scepter Studios 录下首张专辑的部分片段。

二〇〇七年，我和妻子 Britta 在桃园国际机场与 Pulp（陈德政的英文笔名——编注）相遇，在他的引领下展开首度台湾演唱。我原先不抱期待，但是有他做我们的向导，那成为我永生莫忘的旅程。我和 Britta 都很惊讶我们在台湾拥有许多乐迷。台湾也有很酷的唱片行，食物更令人叹为观止——我们吃的比在米兰、巴塞罗那和巴黎时都棒，一餐餐都是绝佳美味，我相信这是因为 Pulp 挑选餐厅的缘故。

我们因钟爱的歌曲而产生共鸣：Simon & Garfunkel 的〈The Only Living Boy in New York〉与 The Undertones 的〈Teenage Kicks〉，以及共同喜欢的电影《射杀钢琴师》与《汉娜姊妹》，还有我们最喜爱的投手：洋基队的王建民。

我下次看到 Pulp 是在纽约市。他穿着一件很酷的彩虹 T 恤，图案是 Joy Division 的专辑《Unknown Pleasures》，显然是在街上买的。他和女友 Sky 到我们东村的公寓作客，我们点了外送寿司，观赏洋基队和印第安人队的季后赛（很不幸那年洋基队未能拿下好成绩）。

我从一九七七年就定居纽约市，却敢保证 Pulp 比我更了解这座城市。如今他完成一本能唤起情感的纽约摇滚游记——这是兼顾音乐史和个人史的城市人类学，满载着你不会在旅游指南找到的细微线索。

Dean Wareham（Galaxie 500、Luna 乐团主唱）

New York City is rich in rock and roll history, but much of it is hidden, and forever disappearing. Where once stood the legendary Fillmore East rock club today stands a branch of the Emigrant savings bank. A delicatessen occupies the spot on Park Avenue South that was once Max's Kansas City—a club/bar/restaurant that played a crucial role both in Andy Warhol's world and in New York's 70s punk scene.

Surely there should be a sign outside the apartment building on

East 7th street where a young Billy Name lived, saying "here lived Billy Name, who painted his apartment silver". It was this silver apartment that impressed Andy Warhol, who invited Billy to paint the Factory the same way. And a sign outside 254 West 54th Street—saying here stood Studio 54, the legendary disco, but also in the same building the V.U. recorded parts of their first album—at Scepter Studios.

My wife Britta and I met Pulp Chen at Chiang Kai-Shek International Airport in 2007; he had brought us to perform in Taiwan for the first time. I had no expectations, but with Pulp as our guide it turned into a trip that I will always remember. Britta and I were surprised to learn that we had many fans in Taiwan, that there were cool record stores, and that the food was astounding—we ate better than we have ever eaten in Milan or Barcelona or Paris, and I am quite sure it was because Pulp picked out the restaurants, one great meal after another.

We bonded over favorite songs (*The Only Living Boy in New York* by Simon & Garfunkel, *Teenage Kicks* by The Undertones), favorite films like *Shoot the Piano Player* and *Hannah and Her Sisters*, and a favorite pitcher—Chien-Ming Wang of the New York Yankees.

Next time I saw Pulp was in New York City. He was wearing a cool rainbow-colored *Unknown Pleasures* Joy Division T-shirt—apparently something he had picked up on the street. Pulp and his girlfriend Sky came by my apartment in the East Village; we ordered take-out sushi and watched the Yankees take on the Cleveland Indians in the playoffs (unfortunately this did not end well that year).

I have been living in New York City since 1977, but some days I swear Pulp knew more about the city than I did. Now Pulp Chen has written an evocative rock and roll travelogue of New York City—this is urban anthropology, a history both personal and musical, full of details you will never find in a guide book.

Dean Wareham

I'll be your mirror

Reflect what you are, in case you don't know

I'll be the wind, the rain and the sunset

The light on your door to show that you're home

When you think the night has seen your mind

That inside you're twisted and unkind

Let me stand to show that you are blind

Please put down your hands

'Cause I see you

〈I'll Be Your Mirror〉by Velvet Underground

二〇一〇年七月二十八日，凌晨三点十分，我为这本书敲出最后一个句点。坐在书桌前替自己拍了一张照，穿上薄夹克，到楼下发动骑了三年的橘色二手KTR。

我沿着复兴南路骑，在辛亥路左转，一路骑过辛亥隧道，接着爬过一座山头，二十分钟后停在政大校门口。在大学常去的指南路7-11买了两罐啤酒和一包烟，往桥的方向走，走上一块小斜坡，再越过一座楼梯，来到河堤。这里是我的心灵故乡。

坐在棒球场旁的椅子上，用iPod听着〈1979〉与〈High & Dry〉这些从高中聆听至今的歌曲，闻着露水沾上青草的味道，看着堤岸旁早起运动的人们。夏日清晨的微光渐渐在河面扩散，人生风景，何其明朗。

当下觉得，终于做了一件对得起自己的事，对青春有个交代。终于能放下那些牵挂与眷恋，安心地告别二十余岁。甚至觉得，这辈子若只能写一本书，其实已没有遗憾。

这本书从发想到完成耗费我四年岁月。或许不只过去十六个悠悠晃过的春夏秋冬，或许这一生所过的生活，遇见的朋友，那些意识与无意识间所做的决定和准备，都是为了完成这本书。

然而完成它并不容易，我得拿出全部的心神和精力。实际创作的二十一个月，我仿佛活在与真实世界平行的宇宙里。写作时情绪随着内容起起伏伏，每写完一章就像剥了一层皮，内心又被掏空一次，得静静等待元气复原，不断替自己打气，才能往下一章迈进。

时常一星期说不到几句话，每天都在挑战自己的极限。黄昏时坐在公寓顶楼的长椅看着夕阳落日，深夜时又躺在上面望向星月银河。整个过程好像一个人背着重装备爬山，踩过低谷时四周一片黑暗，爬上高原时又望见最美的景致。独自面对是唯一的选项，面对那些心魔与干扰，那些让人动摇信念、怀疑自我的有毒物质。

幸好每天都是新的一天，而我就这样跌跌撞撞爬过了四十座山。如今那些酸甜甘苦，都成为这趟难忘旅程的注脚。

写作是一条孤独而漫长的路，没有亲朋好友的支持和鼓励，这本书不可能完成。

谢谢我最亲爱的家人，正如保罗·奥斯特所说："我已经一跃而下，然后就在最后的关头，有个东西伸出援手在半空抓住我。我将那个东西定义成爱。那是唯一能阻止一个人坠落的东西，那是唯一能推翻地心引力定律的东西。"特别是一路看我成长的爷爷陈冶秋先生与阿嬷林李萍女士，我在他们身上看见生命的坚韧，也学到处世的智慧。

谢谢 Dean Wareham 巡回伦敦时抽空写的推荐序。谢谢台湾的大家出版社总编辑赖淑玲与特约编辑欧佩佩，对繁体版书稿下的工夫。谢谢北京的理想国愿意将这本书引进中国大陆，被更多读者看见，也谢谢执行编辑孙瑞岑的用心，及美术设计阮千瑞赋予它的装帧。

二〇一四年夏天我在台湾出版了第二本书，这时回头翻读《给所有明日的聚会》，许多当时的回忆又被唤起。目前这两本作品中，我自己偏爱的是哪一本呢？其实我答不出来，但我确信，每个作者的第一本书，都有着不同凡响的意义。历时多年，简体版终将问世，我期待这部作品，能与对岸的读者们展开跨越时空的对话。

其他要说的话其实都已写在书里，这十三万字记录了我在纽约看见的风景、听见的乐声与遇见的人物。它是我的生命故事、对摇滚乐的颂歌，也是写给我们青春的情书。

我们是最富足的一代，也是最茫然的一代，时常不知将被身处的时代带向何方。也许这本书无法明确指出什么方向，我却希望借由它发出一则微小却坚定的讯息，那正是纽约教会我的事：无论你活在什么地方，过着怎样的生活，怀抱什么梦想，最重要的不是这个世界如何看你，而是你如何看这个世界。

　　当然，我必须感谢我的读者。我不认识你，但我知道你正在某处听着某些歌曲，看着某些电影，和我有相同的疑惑，想着同样的事情。我想和你分享两句陪我渡过写作难关的格言，或许，它也能帮助我们克服往后所有的问题。

　　我相信，所以我继续。
　　很困难，但是我相信。

　　谢谢你们听我分享这些故事。

陈德政　二○一○　冬　台北
二○一四　秋　补记

part one

new york, new york

Chapter 1_ Ride Into The Sun
在烈日下奔跑

Date_ 6 May, 2003

Thought I'd seen some ups and downs

Till I come into New York town

People going down to the ground

Buildings going up to the sky

〈Talking New York〉by Bob Dylan

二〇〇三年初夏，我来到纽约。

我当时才二十四岁，还很年轻，生命中经历过的惨事几乎都与当兵有关，如开着一辆从海湾战争退役的美制坦克，以很慢的速度在新竹郊区的丘陵地冲锋陷阵（时速绝不能超过三十公里，否则履带会裂开！士官长谆谆告诫）；或某个七月正午，双肩各背了三把 65K2 步枪，全身扛着二十几公斤的装备发疯似的向集合场狂奔。

气喘吁吁跑到定位才发现自己被耍了，连长敲着我们的钢盔悠悠地说："各位弟兄辛苦了！运动一下，待会儿吃饭更有食欲。"

你可能已经看出来，我们连长是名他妈的混蛋，不过我猜全天下的连长"一定"都是混蛋吧，否则怎么当连长？

就如 Smashing Pumpkins 乐团主唱 Billy Corgan 挑贝斯手，技术其次，生理结构一定得是女的。或是六十年代以黑白胶卷精心拍摄的法国新浪潮电影，主角一定要一直抽烟，从卧室、厨房、厕所，一路抽到公园、咖啡馆甚至火车站。仿佛不抽烟，台词就说不出口，场景就连不下去。

戈达尔的《筋疲力尽》是经典案例，男主角从第一幕抽到最终一幕不说，片尾遭警察枪击倒地，人都快挂了，临死前还是要吐一口烟。特吕弗同一年的作品《射杀钢琴师》也是，主角与妓女关灯办事前不急着调情，先共享一根烟。

地球运转既然有一套不可逆的法则，我只能虚心接受连长是名混蛋这个事实。

他身形瘦长，脸小小的，长年曝晒在南台湾的烈日下，皮肤晶亮得像抛光过的黑色大理石，每天都要抹很多发蜡将西装头固定得服服帖帖。即便到了黄昏领着部队跑三千米，无论山脚下的风力多强，头发一根都不会飘动，远看像一顶反射夕阳余晖的半罩安全帽，其实还挺酷的。

他是陆军官校毕业的正期生，换成老百姓也能听懂的说法，不过比我大几岁已官拜上尉，月入五万多元，政府还包吃包住。等等，我怎么晓得他的薪水数字？因为全连的薪水都由我经手，可是我刚才不是还狼狈地塞在坦克车的驾驶舱里攻山头？

这正是军旅生涯神奇的地方。

或许我浑身沾满机油，手拿榔头修车的样子实在太滑稽；或许属于我"保管"的坦克总是中邪似的发动不了（倘若你没当过兵，大概无法想象基于某种愚蠢的分工原则，部队里每人都有保管物，退伍时交还。伙房兵是一只饭桶，补给兵是一打水壶，文书兵是一台电脑，以此类推），恰好连上管钱的预财士快退伍了，连长一个转念，让我从地狱直升天堂。

我的保管物从一辆快解体的坦克缩小成几颗图章和一本存折，兵阶由阿兵哥晋升下士——等于多了一倍的薪水买唱片。工作场所更由满地烟头、油渍遍布的车厂（是的，香烟与汽油，这两种物质在陆军车厂是可以并存的，只要没人笨到让它们起交互作用就好），升级成一间个人专属，采光通风俱佳的办公室。

这又印证了老兵特爱挂在嘴边的至理名言："最操的单位也有爽缺，最爽的单位也有烂缺。"

若以四个字总结这句话的精髓，便是"人生无常"。然而对于大学毕业不久，涉世未深的我，无常仍是很抽象的概念，就像结婚生子一样抽象。我只庆幸自己运气不错，每天能借洽公的名义换上便服，骑着摩托车到屏东市区游晃，正事一小时就能办妥，直到傍晚收假前时间全是自己的。

宝贵的自由光阴，我不像隔壁连的预财士干脆搭火车回家吃中饭，我通常只做两件事：在民生路的屏东师院图书馆（后来改名为屏东教育大学）苦读英文，或去网咖浏览当日的 NBA 对战数据，同时收听 BBC Radio1 线上广播。

最常收听的是传奇 DJ John Peel 的节目，他和善温煦的声音给人巷口杂货店叔叔的安心感，虽然带点英国腔，幸好尚在"可辨识"的范围，不像苏格兰腔简直是火星语。播放的音乐总是很混搭，前一秒是朋克乐，后一秒接嘻哈舞曲，可是谈话间传出的那股平稳律动，却隐含着"所有事情都会过去"的讯息。

而对一名每天依靠数馒头维系求生意志的人，所有事情都会过去，就是他想知道的一切。

二〇〇四年十月二十五日，John Peel 过世那天，我在布鲁克林开往曼哈顿的 F 线地铁上用 iPod 听着 The Undertones 的〈Teenage Kicks〉。这是 John Peel 生前最喜欢的歌，长度只有两分半，半小时的车程我反复听了十几次，泪水微微在眼眶打转。我想念他的声音，也想念屏东那段无忧无虑的日子。

除非你是自虐狂，或走火入魔的军事迷，把当兵模拟成不用缴费且时间超长的战斗营。男生都恨透了迷彩服，我当然也是。不过也许出于念旧，退伍后的我却经常忆起军中那段时光，与当过兵的朋友提起，大伙都一副我脑袋有问题的表情。

我怀念整个下午枯坐在树下只为了等待一道命令，或是脸颊涂得黑黑绿绿，趴上石头伪装成地景之一，那些穷极无聊的浮游往事。四肢虽然被禁锢了，思绪却能疾速绕过营外生活的甜美片段，心灵是何其自由。有时夜深人静，眼前便蒙蒙闪过以前顶着月光站夜哨，偷听广播浑浑打着瞌睡时迎面飞来萤火虫的奇妙光景，每隔几个月还会梦见连长对我鬼吼鬼叫。

我更怀念那群一起倒馊水、洗餐盘，荒野中一边堆沙包一边分享冷笑话的连上弟兄。可惜这边不像学校，还有毕业纪念册，我们通常只是握手与拥抱，很少交换电话与 e-mail。那些曾朝夕相处，就寝前在蚊帐里瞎扯退伍后想去哪边教书、到哪里旅行、在哪个角落开一间餐厅的好弟兄，如今全失联了。我常在想，他们身在何方，日子过得好不好？

当兵是一段很特殊的岁月，不用烦恼未来——未来暂时被没收了。既然时间无法快转，干脆什么都不要想，过一天是一天。

直到离开部队，我才明了全副武装在烈日下奔跑，伪装成一颗石头与一次假兵变（当时的我一如《失恋排行榜》的约翰·库萨克，是不愿给予承诺的混蛋），这些自以为很糗的事，与真实人生将逐一遇上的难关相比，又算得上什么煎熬。

电影《蓝色大门》中，孟克柔对张士豪说："如果，你十七岁，你想的只是能不能上大学，不再是处男，尿尿可以一直线的话，你该是多么幸福的小朋友。"还没长大的自己，时常幻想长大的美好：不用再写功课，能大摇大摆蹲在路边喝酒。直到真正变成大人，才惊觉过去懵懵懂懂的无知状态，品尝的已是幸福的滋味。

二〇〇三年五月六日，空中没有一片云，辽阔的天幕放射着心神荡漾的蓝。

下午五点，我换上T恤与牛仔裤，腋下夹着一封牛皮纸袋，里头躺着那张叫人朝思暮想的该死的退伍令，一只塞着退伍旅费的红包袋，与一份后备军人返乡守则（我当然看都没看就把它捏成一团扔了）。手上提着连长送的铜质奖牌，图案是几匹奔腾的马，马儿头上刻着"鹏程万里"。跨出营区大门，宪兵对我说了声恭喜，我再也没有转过头。

我的债还完了，从今以后，没人能阻止我要去天涯还是海角。

发动摩托车，最后一次穿越两旁都是稻田与椰子树的蜿蜒小径。太阳快要下山，西边的天空泛着不可思议的金黄色，是我见过最璀璨的晚霞。摄影师称它为魔幻时刻，我最喜爱的战争片《细细的红线》（它其实不是战争片，更像一首抒情诗）导演泰伦斯·马立克的名作《天堂之日》里无尽草原与天空交会处层层叠叠，仿若印象派画作的绝美渐层色，全是魔幻时刻抢拍而成。

沿着熟悉的省道骑向屏东车站，夕照渐渐由金色转为橘色，然后是红色。我的心海突然通满电流，传来一股"去纽约闯闯吧！"的声音。我不知它是从哪儿来的，过程有点像上帝从外层空间垂下一根长长的绳子到我身边（上帝是外星人没错吧？），下端还装着助听器。我毫不犹豫将它挂上耳朵，听见上帝正对我说着悄悄话。

不！那更像一则无法违背的指令。

村上春树也在差不多的情况下动手写小说。二十九岁春天，他在神宫球场观赏养乐多燕子队对广岛鲤鱼队的球赛，当燕子队洋将Dave Hilton击出二垒安打的瞬间，他决定"来写小说看看"。这种接近天启的经验真的很邪门，好像命中注定的真爱，一生只会出现那么一次。然而只要紧紧抓牢，一次也就足够。

那股声音对我说，如果我想遇见美丽的人物与深邃的历史，我必须去纽约。如果我想在青春成为乡愁之前将它保存在一个真空的盒子里，永远记住当初的模样，我必须去纽约。如果我想让二十余岁的最后几年尽情燃烧，体验生命的极限与荒芜，感受狂喜的温度也看见寂寞的颜色，我必须去纽约。

因为纽约就是摇滚乐的首都。

它蕴含一种催眠的魔力，音量虽小，却很坚定。退伍不到一个月，我置身在飞往纽约的班机上，随着屏幕显示的剩余里程数逐渐归零，机身开始回旋倾斜，穿过云层准备降落。

我感觉世界的中心点此刻就在自己脚下。

Chapter 2_ Hey Ho, Let's Go

蓄势待发

Date_ 30 May, 2003

The kids are losing their minds

They're all reved up and ready to go

Hey ho, let's go

Hey ho, let's go

〈Blitzkrieg Bop〉by Ramones

　　我嘴巴叼着护照，肩膀挂着米色的 EASTPAK 背包，在屁股快要裂开以前终于结束了十八小时的难熬飞行，抵达肯尼迪机场的入境大厅。

　　背包是大二上学期买的，同班女友也有一模一样的海军蓝色款，我们常为了谁先入手争执不休，毕竟情侣间总是不喜欢另一半指责自己刻意模仿对方（可是被模仿的人心里又爽得要命）。她的背包绣着红底白字的 H，是哈佛大学的限量联名款，我的素色款显然逊掉了。

当时的品牌忠诚度还很低，购买 EASTPAK 纯粹是被耸动的宣传海报打动，海报内容是一具骷髅人在沙漠中爬行，肩上的桃红背包却闪亮如新，我猜它想表达的是包包非常坚固耐用。虽然手法有点吓人，不得不承认广告并无夸大，十多年过去，我仍一天到晚背着它。

　　同行伙伴是马瓜，我高中三年的同班同学，他的绝技是中场三分球，而且愈防守愈会进，我们后来索性就放着让他投。在网络尚不"万能"的九十年代，身为荷尔蒙过剩的高中生，有名同样喜欢听音乐的同学比英文老师很正更幸运——两人可以交换 CD 和进口音乐杂志，彼此多听了一倍的音乐，也多看了几张辣妹合唱团发福前的清凉照。

　　联考前几个月高三已经停课，我们会乔装成去学校自修的用功学生，从早上八点连续打十二个小时的篮球，只有吃饭与喝水才肯休息，碰到学弟要上体育课就溜进一墙之隔的成功大学再战。偶尔也无照骑乘俗称小绵羊的 50cc 摩托车载女生去全美戏院看场二轮的《阿甘正传》，或是去海边兜兜风。当时还不用戴安全帽，海风将中分的发线笔直劈开，整个人沉浸在莫名拉风的快感里。总之真心想 K 书的高三生是不会去学校的。

　　马瓜的 CD 随身听是具备防震功能的 SONY 银色款，在卡带还没绝迹的年代就和现在的 iPod 一样帅。他会逼我听枪与玫瑰（Guns N'Roses）的〈Welcome to the Jungle〉，手拿扫把在黑板前模仿 Slash 弹吉他的臭屁姿势，一边揣摩 Axl Rose 唱歌的欠揍表情。当我们将带去学校的 CD 都听完一轮后，再一同骑脚踏车到北门路的唱片行补货。马瓜当然不是本名，来历是高二军训课时教官让我们看的《最后的莫西干人》（诡异的是，向大学同学打探高中军训课都在做啥，无论来自哪一所高中一定都在看电影，而且必定看过《勇闯夺命岛》）。片中有个印第安人名叫马瓜，而他的发型和这印第安人浑然相似，从此被冠上这个绰号。

《最后的莫西干人》是一部残忍的杀戮片，教官以为破表的血腥指数足以压下我们蠢蠢欲动的精虫。不过隔了这么久，剧情全忘了，不是记忆力不好，是当初根本没专心在看。当银幕上的印第安人夹在英法两军的枪口下进行一场场恶斗时，我正紧盯着同学刚从身旁传来的《少年快报》。

那是一九九六年，天底下除了迈克尔·乔丹和芝加哥公牛队，还有什么比《灌篮高手》那场湘北和山王的血战来得重要？

前来接机的是马瓜在大学摇研社的学长酒神。摇研社的全名是摇滚研究社，顾名思义是"研究"取向，属于理论派，那些真正扛乐器到台上硬干的是摇滚社。摇研社与摇滚社宛如分裂自同一颗受精卵的双胞胎，些微的基因差异导致长相稍有不同，基本上仍属同一物种。

双方有时难免会互相看不顺眼：摇研社批评摇滚社的技术那么差劲，还敢厚着脸皮一直上台；摇滚社讪笑摇研社连上台的机会都没有，只能暗中偷偷羡慕。他们其实深知没人比对方更了解自己。两者我都参加过。

我们拦下计程车，将大包小包丢进后车厢，前往酒神位在皇后区的出租公寓歇脚。沿路阴雨绵绵，路边景色湿漉漉的，没隔几分钟我就意识到纽约驾驶不来温良恭俭让这套，按起喇叭那股狠劲真让人叹为观止，变线超车与加速过弯都是讨生活的基本技能。可惜不是每名驾驶都像《计程车司机》里的罗伯特·德尼罗顶着同样有型的朋克头，我猜在德州的奥斯汀比较可能遇上那类人物。

下了快速道路，车子在宽敞的皇后大道疾行，由于太久没有好好睡一顿觉，双耳又被节奏古怪的拉丁舞曲来回轰炸（司机看来是名墨西哥人，音乐放得震天价响），累积的疲惫一次全找到了洞，从皮肤缝隙汩汩涌出。

前座的酒神为了唤回我们的专注力，指着窗外像导游一般拉高音量喊着："我们现在经过的是森林小丘（Forest Hills），纽约经典朋克乐团 Ramones 和民谣二人组 Simon & Garfunkel 都在这一区发迹喔。"他的弦外之音其实是："不要被街头走动的良民误导了，这儿曾经也蛮酷的！"

谈话间车子转入巷内，几经穿梭停在一栋大型集合公寓门口。趁着雨势稍小，我们将行李拖入大厅，搭乘电梯来到他的住所。

推开门，堆着满地的黑胶与一整面 CD 墙映入眼帘，一房一厅全被音乐淹没，走廊还挂着一幅披头士《Abbey Road》专辑封面的大海报。没等行李摆好，我们就像饥渴的海盗发现宏伟的唱片岛，蹲在地上挖起宝来。

酒神的品味很折中，爵士、古典、金属与前卫音乐安然并存，冰箱还贴着一张新泽西乐团 Yo La Tengo 的圆形贴纸。电视上一左一右摆着两尊公仔：一边是洋基队的 Roger Clemens，一边是大都会队的 Mike Piazza。这两个家伙在二〇〇〇年地铁大战结下梁子（当年纽约两支棒球队同时打入世界大赛，全城沸腾），酒神让他们常相左右，幽默感显然一流。

在他家用过温馨的晚饭后，才傍晚六点，酒神说今晚实验场馆

Tonic 有场下城爵士领袖 John Zorn 与 Arto Lindsay 的联袂演出，有兴趣可与他一道去。虽然整整相隔半天的时差让我眼皮肿胀，思绪轻飘飘的，但我深知拒绝这个邀约不仅代表我很不上道，更证明我是蠢蛋——谁飞了大半个地球只为了到另一个地方睡觉？

按捺隐隐发热的好奇心，我们匆匆整理了一些随身物品，踩着探险的步伐由皇后区搭乘地铁，像碰碰车般直闯曼哈顿岛的下东城。

这是我在纽约的第一晚，坐在摇晃的车厢内，我对接下来要去的地方充满了无限想象：我会碰到谁？表演将有多精彩？纽约客是否和传说一样是种很独特的生物？许多问号如洗衣机的滚筒在脑袋里不停地打转。我暗暗祈祷今天的太阳不要太早下班，我想在天色尚未暗下之前好好打量这座城市，即使只有几眼也好。

外表低调的演出场馆 Tonic 墙上的涂鸦，已于 2007 年停业。

下东城

Date_ 30 May, 2003

When the wind is in your hair

You laugh like a little girl

I'm the luckiest guy on the Lower East Side

'Cause I've got wheels and you want to go for a ride

Want to go for a ride?

〈The Luckiest Guy on the Lower East Side〉by Magnetic Fields

纽约地铁像一条由十几个巨型沙丁鱼罐串起的银色长蛇，转弯时还会发出金属碰撞的敲击声。第一次成为车上的旅客，兴奋的心情就像小学生放了很长的暑假，在期待已久的开学日背着新书包去学校上课似的。

我盯着车门旁边那张五颜六色、仿佛好几道彩虹交错而成的复杂地铁图，心想这辈子大概永远无法将它搞懂，一边沿途默数我们停靠了多少站。当心中那个数字跳到十五时，酒神说："到啦，这是迪兰西街（Delancey Street）车站，该下车了！"想到下东城就在我的头顶，加上闷在地底太久，颈部以上昏沉沉的，某种迷幻的感觉油然而生。

我们从东北角的出口探出头。踩到地平面后我吸了几大口气，试图让脑筋清楚一些，于是汽车废气、印度烤饼的油烟味、廉价的古龙水混合着远处的咖啡香，一股脑攻占我的嗅觉神经。这里明显缺乏负离子与芬多精，我只好替大脑开启自动唤醒机制，揉揉眼，身旁的景象逐渐鲜明起来。

透过日落前最后几道光束，我用力打量街区的样貌：铁灰色的威廉斯堡大桥矗立在不远的前方，像一头巨兽横跨着东河，河的对岸是布鲁克林。路旁林立着干洗店、杂货铺与平价成衣店，对街是一整排食堂。民以食为天，这些比邻交错的披萨屋、甜甜圈店、中式快餐店与中东小馆，替下东城提炼出浓郁而扑鼻的文化混血魅力，一如不同族裔的独门香料，闻了一次就会上瘾。

我们沿着迪兰西街步行，在第一个直角左转，顺着诺福克街（Norfolk Street）又走了一小段，却迟迟不见 Tonic 的影子。酒神拿出事先抄好的便条纸，"107 号，咦，难道走过头了？"可是印象中，刚刚我们只经过一排公寓和一座空旷的停车场。

等等，几秒前我正纳闷那座停车场的收费亭怎么盖得特别大，难道它就是？我们急忙掉头，停在那栋单层建物门前。

墙上贴着几张破破烂烂、疑似演唱会传单的纸张，寻不着任何印有 107 三个数字的门牌。我们不死心又找了一阵，总算在一张传单的右下角发现微小的 Tonic 字样，间接证明这座毫不起眼的建筑物的确是 Tonic 的所在。

　　Tonic 送我的见面礼是一场别开生面的震撼教育，原来纽约摇滚场景里愈有名气的地方，愈不需要招摇俗艳的招牌，无论侧身在多隐秘的角落，识货的人总有办法找得到路。但是问题又来了，已经晚上七点半，表演八点就要开始，除了几辆孤零零锁在停车交费机上的脚踏车，整条巷子冷冷清清，丝毫嗅不到人潮聚集的迹象。

　　虽然满头雾水，像电线杆一直愣在外头也不是办法，酒神把门拉开，我和马瓜尾随其后。眼前出现一块长形空间，桌上摆着几本《Vice》杂志与一叠《村声》。再往前是一座通向地下室的楼梯，没看见舞台——这边总有舞台吧？我们满腹狐疑走向前方的小房间，隔着镶满气孔、颇有老式电影院情调的透明层板和里头的人打交道。他是我们在 Tonic 遇见的第一名人类。

　　原以为坐在里面的会是穿着火辣的摇滚俏妞，没料到竟是名头发花白的大叔，约莫五十来岁，戴着一副厚重眼镜，眉宇间流露出一股威严，似乎听过很多音乐的样子。酒神表明来意，大叔瞄了瞄时钟，以一种"你们来早了"的眼神打量我们。

　　"开演前十分钟才售现场票，请你们先排队。"说完他低头继续做自己的事。

　　不过我们几个人，实在不知有什么队好排，可是既然无事可做，只能乖乖听从大叔的指示。酒神趁等待的时间分享了几则轶事：Tonic 创建于一九九八年，原址是间超过八十年历史的酿酒厂，平日除了经营场馆，也兼营厂牌，出版实况录音专辑。前面那座楼梯通往另一处展演场地 Sub Tonic，提供尚未成名的乐团演出机会。

换句话说，更"地下"的艺人就窝在更"地下"的楼层，然后各凭本事拼命向上爬。

谈话间我们身后不知从哪儿冒出一大群人，甚至一路延伸到门外！看看手表，快要七点五十分，他们好像全拿了对讲机，约好似的选在同一时间集体现身。想想还真惊悚，难道他们刚才全躲在街角暗处？我们笨头笨脑的蠢样都被看得一清二楚？我请酒神帮忙买票，自己到门外溜达溜达，探个究竟。

打开门一看，不得了，队伍绵延三十米，几乎回堵到迪兰西街的人行道。组成分子以四十岁模样的独身男子居多，不乏貌似大学教授或音乐品味偏执的学者型人物。这群人如何一口气全冒出来？完全超出我的理解范围，除非他们全是附近公寓的住客，或像地鼠藏在下水道，天暗了才推开盖子爬出来。

折腾了半天，演出压根还没开始我已学到两件事：一、因为很酷，Tonic 享有不挂招牌的特权；二、表演前十分钟到场就好，除非你不介意成为被观察的对象——从此我将这条准则谨记在心，奉行不渝。

在外面拍了几张照，重回场内时友人已买妥门票。"多少钱？"我向酒神打探。"十元。"我掏出一张十元纸钞，头一次具体感受纽约客的幸福。

我们顺着指示推开另一道门，进入表演厅。与其说是表演厅，更像一间仓库：两旁是斑驳的红砖墙，脚下是灰白的水泥地，低矮的舞台挂了一道红色帷幕，左右两侧沿着墙缘摆着几张桌椅聊作点缀，通风管有些凄凉地镶在天花板上。吧台在后方，音控台挤在小阁楼里，其余是一片空旷，喇叭与灯具更是简单得像旧货市集捡来的拼贴货。

贵为下城音乐的重镇，Tonic 不只外观低调到极点，连内装也一派极简，干脆后台都省了。

往后又去了几次，才渐渐领悟出设计的巧妙之处。舞台降低，乐手与乐迷的距离随之缩短，两者的主从关系被稀释了，塑造出紧密的社群感。拿掉休息室，再有名望的乐手在这儿都得放下身段，搬椅子、架音箱，全自己来，久而久之大伙培养出表演前互不干扰、结束后再行交流的默契。

管他是实验吉他巨匠或环境电音先驱，下了台都可以自在地找他喝上一杯——反正他也无处可躲。

我们喝着啤酒闲扯时 John Zorn 与 Arto Lindsay 从身旁走过，一前一后步上台阶。场内大约塞了一百人，随着喧哗声转小，灯光暗了几盏，表演准时开始。John Zorn 穿着深蓝上衣与迷彩裤，手拿招牌兵器萨克斯；Arto Lindsay 也是一身轻松打扮，浅蓝色的电吉他带点塑料质感。两人是当晚的挂牌主秀，坐在中央，围绕他们的是一名以口技见长的吟唱歌者，与几名专门模拟电子音效的乐手。

这是我人生第一回亲临前卫音乐的现场，两位大师好好帮我上了一课。

乐器在他们手中不是用来演奏旋律，只是制造声响的工具。John Zorn 的萨克斯偶尔还会咆哮出一段稍能识别的音阶，Arto Lindsay 那把接上破音效果器的电吉他纯粹是不折不扣的发声体，以各种角度、指法和把位发出奇形怪状的声音。一旁的歌者也没闲着，嘴巴张得老大，像名魅惑人心的巫师，发出喃喃自语的梦呓。

坦白说，这种"音乐"不太容易入耳，与噪音的区隔已经非常模糊。然而就在某个奇异的频率里，冰冷坚硬的声波却能转换成一道直击心底的强力暖流。时间分秒流逝，台上的乐声从一种极度不和谐的状态，缓慢抵达和谐的彼端。我在毫无防备之下被庞大的音场紧紧包覆，意识有点涣散，酒精不安分地在血液里发酵。

表演进行了一小时，我的耳朵犹如洗了一场激烈的桑拿，瞌睡虫早已被歼灭殆尽。惊魂未定尚在平复情绪时，酒神提议不妨到台前找 John Zorn 聊天。

"如果他不甩我们岂不是很尴尬？"我先设想了最糟状况。

"他去过台湾，不用担心啦。"酒神满脸信心地说。

他是对的。几分钟后 John Zorn 双手搭着我们的肩膀，众人一同傻笑合照。漫长的一天迈入尾声，步出 Tonic，我们往地铁的方向走，准备回酒神家打地铺过夜。此时 John Zorn 的座车恰好经过，他将手伸出窗外，像个大孩子般挥手向我们道别。

你可能以为关于 Tonic 的一切就这样美好地循环下去，它仍以低廉的门票让人获得愉悦的心灵满足，它还是不爱挂招牌，安静的存在已使纽约的每个夜晚都更精彩。可惜真实世界并非这么运作。

敌不过残酷的商业现实，这座下城音乐的精神碉堡在二〇〇七年四月十三日拉下铁门。最后登台的演出者不是别人，正是 John Zorn。

那是二〇〇七年第一个十三号星期五。

针织工厂

Date_ 12 June, 2003

Sung with a chorus of tones

Backed by drums and drones

We march towards the sea

Boys of melody

And they'll follow me

And I'll sing harmony

〈Boys of Melody〉by Hidden Cameras

　　人在异乡，每餐汉堡薯条胃肠也会抗议，一到用餐时刻双脚往往像装了磁铁向中国城移动。虽然这边的餐厅都偏港式，与我们熟悉的台式口味不大一样，至少还能解解馋。这天照例在和合饭馆打了顿牙祭，饱餐后步上百老汇大道。英伦朋克巨团 The Clash 的歌曲〈Broadway〉这么唱着：

Down the avenue

So fine, in style

　　可惜我们吃得太撑，挺着鼓鼓的肚子无法像歌词描述的那般潇洒，只能慢慢向南走到翠贝卡区（Tribeca），目标是针织工厂（Knitting Factory），一间店名颇像服饰修改铺的性格场馆。Tribeca 是个复合字，意指"运河街以南的三角地"（Triangle Below Canal Street），由于纽约街坊宛如活生生的有机体，范围经常在变，现在看地图，翠贝卡的形状已经不像三角形了。

　　嘻哈巨擘 Jay-Z 在〈Empire State of Mind〉饶舌道：

Now I'm down in Tribeca

Right next to De Niro

　　罗伯特·德尼罗正是此区最知名的住客，由他创立的翠贝卡影展办得有声有色，如今和纽约电影节并列纽约影坛的年度盛事。拥有肥沃的文化土壤，时髦餐馆与酒吧也大举进驻，地产商更不会放过。根据《福布斯》杂志的统计，翠贝卡已是全美地价哄抬得最高的地段之一。

　　酒神指着街道两旁五六层高的楼房："这里八十年代是工业区，你们眼前这些公寓，几乎都是厂房与仓库改建的。看过《捉鬼敢死队》这出电影吗？"

　　"捉鬼敢死队"五个字就像一串黄金钥匙，开启我记忆迷宫中一扇阖上许久的门，土气的迪斯科节拍从门缝溜了出来，闹哄哄制造立体环绕音效，悬疑的贝斯声如回力球般咚咚地跳。几小节后耳细胞也加入这场派对，齐声高喊：

Who you gonna call? Ghostbusters!

一瞬间比尔·莫瑞身穿卡其制服、脚踏黑皮靴、背着仪器四处捉鬼的逗趣模样又活灵活现起来，他绝对是史上最狼狈也最具喜感的银幕英雄。

"当然看过！印象中是爷爷带我和姊姊去电影院看的，我还是小学生，觉得黏答答的史莱姆好恶心。"

"既然如此，这件事一定要让你知道。"酒神故弄玄虚，咽了咽口水，"那伙人的指挥总部是改装自翠贝卡的一间消防局喔，离我们目前的位置不远。"

一行人在狭窄的莱昂纳德街（Leonard Street）右转，两侧是外形典雅的大楼。走了几十米，针织工厂黑色的店旗迎面飘扬。它寄居在灰石建筑物下方，外墙漆成墨绿色，几根白色长柱立在墙边的石阶上，二楼还架着一具防火梯。

玄关的墙上钉着训导处门口必备的木质告示牌，张贴的不是整洁秩序比赛名次表，而是五花八门的乐团巡演海报。也许为了弥补我在Tonic的遗憾，一名头发染红、手臂刺着动物图案、嘴唇还穿着银环的小妞跷着二郎腿坐在走廊尽头的售票亭，全身上下简直依我的刻板印象量身打造，连卖票时皮笑肉不笑的神情都呈现得恰到好处。

我们从她手中接过门票，步入主厅，发现内装比Tonic还简约：天花板寥寥架了几盏灯，舞台前缘叠着几个阳春监听喇叭。乐迷容身的空间也很局促，顶多挤个两三百人。

我先到吧台买酒，招呼我的是另一名红发俏妞。她用印章在我的手背盖上荧光戳记，我暗中嘀咕自己又不是屠宰猪，为何替我做记号。俏妞看出我脸上的疑惑，酷酷地说："这代表你达喝酒年龄啦，等下再来就不用看证件了。"

她心里铁定想，你这新来的。

等待布帘拉开的同时，我和马瓜专心听酒神讲古："针织工厂早期走的路线与 Tonic 差不多，标榜前卫爵士和实验音乐，也经营厂牌。"他以在地音乐观察家的口吻侃侃而谈，"近年希望扩展客源，逐渐调整风格，也安排摇滚乐团演出。"

正如当晚这场，由笃信基督教的民谣歌手 Sufjan Stevens 担任开场嘉宾，成员全是男同志的多伦多乐团 Hidden Cameras 压轴。两者的潜在关联性实在太摇滚了——他们实践了一句常被印上 T 恤的经典口号：Jesus Loves Gay People Too!

往后几年针织工厂带给我许多精彩回忆，如日本迷幻队伍 Ghost 领着全场进入极乐涅槃（我身旁几名老兄大概嗨翻了，竟然上演起全武行）；或是 The Wrens 主唱化身成特技演员，在我的爱歌〈Hopeless〉间奏时从舞台左侧几乎与二楼同高的台阶腾空跃下，一个利落翻滚起身继续唱歌，想必在家中练过。

还有一次我在男厕瞄准小便斗，猛然瞥见 Smashing Pumpkins 前任吉他手 James Iha 站在隔壁做着相同的动作。即使肿得像颗气球，昔日的帅气风采已被中年阿伯的温吞样取代，我依然斜眼就能认出他。只是十年前我将《Mellon Collie & The Infinite Sadness》当成《圣经》捧在手上，怎么听也听不腻，岂能料到有一天终于遇到他竟是在这种情境下？想到这，我拉拉链的手微微颤抖。

这些片段我都铭记在心，最难忘的仍是初访针织工厂这晚，因为当时还没没无闻的暖场乐手 Sufjan Stevens，成为日后我最喜爱的男唱作人。

其实我对他并非一见钟情，起先感觉这家伙的名字取得真怪，不知该如何发音（正确念法应该是"舒服样"）。他手拿木吉他，身旁围着一群童子军打扮的合音天使，玩的是洁净动听的低传真民谣。与浩浩荡荡登台的 Hidden Cameras 相比，他的朴素与害羞显得格格不入，一副在学校常被女生欺负的样子。

Sufjan Stevens 无法幸免于暖场团特有的尊荣待遇，当他唱着感人歌谣礼赞耶稣时，台下买酒的买酒，上厕所的上厕所，情侣旁若无人搂搂抱抱，更有人跑到外头抽烟。

也不能全怪乐迷没礼貌，毕竟暖场团很像爱情动作片的"爱情"部分，通常是填充时数用的，有谁真心想看爱情动作片的男女主角谈恋爱？当你把一出东洋进口的优质巨片从硬盘深处打开，作业程序必是急忙跳过铺陈爱情的桥段，直奔刺激诱人的"动作"场景。

观团文化或许现实，尝尝人情冷暖却是迈向成功的必经之路。披头士与滚石乐团也非一出道就征服万人体育馆，大家都是咬牙苦撑过来。只要肯努力，有朝一日必能出人头地，从爱情文艺小生跻身动作巨星之林。

三年后我坐在五层楼高、可容纳数千人的卡内基音乐厅，看着Sufjan Stevens 登上美轮美奂的舞台。当初那名说话轻声细语的善感男孩，摇身一变成了炙手可热的新星。我遥想与他初次相会那晚，他走红的速度超乎预期，Hidden Cameras 那场宛如变种人攻击地球的同欢会也格外像是宿醉时的梦境。

他们仿佛刚逃离国庆阅兵的仪队，十几个人拿着不同乐器游行上台，曲与曲之间不断进行大风吹：打鼓的去弹吉他，弹吉他的去玩贝斯，玩贝斯的去拉大提琴，拉大提琴的去吹小喇叭，吹小喇叭的去敲铁琴。那么敲铁琴的呢？当然是去打鼓。

他们是摇滚乐团，也是举止爆笑的杂耍大队，兴致一来还会模仿晨间公园的土风舞社玩起带动唱，或是跳下台与观众交换汗液。最抢戏的是一名头戴银行抢匪最爱的遮脸帽、全身只穿一条内裤的舞者，什么乐器都不弹，专门扭腰摆臀，确保场子维持在沸点。全员甚至在曲子结束时集体跌倒，我们差点把肚子里的炒饭喷出来。

表演尾声，Hidden Cameras 合唱了脍炙人口的成名曲〈Boys of Melody〉，如歌中颂扬的善良男孩，他们哼着悦耳的旋律，将童真还给这个世界。难怪同志导演约翰·卡梅隆·米切尔将这首歌选为另类爱情动作片《性爱巴士》的串场曲。

二〇〇五年元旦，姊姊结婚，我被指派一项非常神圣的任务：制作新郎新娘成长纪实投影片。若将婚礼比喻为一场演唱会，投影片的功能就是暖场团，替即将踏上红毯的新人暖身。

我挑的音乐正是〈Boys of Melody〉。幸好《性爱巴士》那时还没上映。

最酷的唱片行

Date_ 18 June, 2003

Looks just like the sun

Looks just like it

But I'm breathing, thinking one

〈Looks Just Like the Sun〉by Broken Social Scene

每座城市都有一间最酷的唱片行，如波士顿的 Newbury Comics、奥斯汀的 Waterloo Records，以及芝加哥的 Reckless Records（据说是《失恋排行榜》的拍片场景，实际走访后证明只是误传），纽约最酷的则是 NoHo 区的 Other Music。

NoHo 是 "豪斯顿街以北"（North of Houston Street）的缩写，夹在东村与格林威治村中间。二十世纪纽约艺术圈两名优秀的 Robert 先生：抽象表现主义大师 Robert Rauschenberg，与替朋克教母帕蒂·史密斯拍摄《Horses》专辑封面的摄影师 Robert Mapplethorpe，都是此地的住民。

Other Music 店名取得别有深意。九十年代开业时，对面一块街区全被唱片王国 Tower Records 占领，Other Music 自知财力与藏量都不如对手，想求生存必得专精在主流品味之外的另类之声，甚至更小众的偏门品项上，成为"另一种音乐"的领导品牌。没想到叱咤一时的 Tower Records 敌不过网络冲击，千禧年后陆续撤店，Other Music 却蒸蒸日上，还增设线上音乐商城，兼顾数位下载市场。

历史总是站在勇于创新的那一边。

第一次去 Other Music 也是酒神带的路。我们从人山人海的百老汇大道转入东四街，Tower Records 雄霸一方。酒神指着一面高悬空中的蓝底橘字旗说："喏，那是 Other Music 的旗子，我们到啦！"衬着阳光，旗子射出一道道优雅的光芒。

有时初识一件艺术品，如一篇文章、一幅画作或一段旋律，你读、看或听见它们的时刻，藏在体内的零碎概念被精确赋予重量，凝结出形体。当我首度跨入 Other Music 的门廊，才惊觉梦想中的唱片行原来真的存在，仿佛心中筹划许久的蓝图被人拿去施工，盖出来的成品比原先设计的更好。

它是一座音乐搭起的城堡，陈设井然有序，挑高的方形空间满是木质唱片架，一根类似照相馆拍摄全家福布景的白色罗马柱指向屋顶，旁边垂着几盏吊扇，扇叶呈现略微烤焦的熏黑色。面向人行道的大落地窗贴着强打新片的巨幅海报与一只猜不出功能是啥的半圆形哈哈镜。

两面由黑胶砌成的金字塔墙是全店最抢眼的景致，六七层的规模以 12 英寸新盘为主，也有少量的 7 英寸单曲与二手盘。价格愈昂贵的珍稀唱片，居住的楼层也愈高，几张镇店之宝都快顶到天花板了，想一睹尊容得劳驾店员搬来大梯子，自个儿爬上去看。平价出清盘则散落在地板的纸箱里，弯下身才好翻检。

柜台上缘的套装选辑像一堆彩色积木，三面白板密密麻麻写满新到货、销售榜与店员的当月爱碟推荐。一个"现正聆听"的小架子钉在墙上，摆放播送中的 CD，代表以后听到很棒的店内音乐，就不用担心鼓起勇气去柜台询问却换来一个"啥，这都没听过？"的鄙夷眼神。

然而总结往后经验，架子通常装饰用途居多，店员一忙起来，往往忘了将 CD 置上，或者明明已经换片却留着前一张的壳。发生过几次买错的糗事后我学乖了，直接问店员最快！虽然走在时代尖端，店员其实亲切随和，有问必答。真正会用眼神杀人的，是距离不远的另一间——它的故事留待以后再说。

Other Music 替音乐分类方式更是一绝，包括一些约定俗成的常见种类，诸如：

   · Psychedelia 迷幻摇滚：听久了产生飘飘然幻觉，让人灵魂出窍的音乐。

   · Progressive 前卫摇滚：结构繁复、曲式冗长，专给失眠症患者服用。

   · Acid Folk 酸性民谣：宅男玩给宅男听的音乐。

   · Jazz 爵士乐：中年人听的摇滚乐。

   · Classical 古典乐：由一票过世已久、爱穿束腿裤的欧洲白种男性所发明。

   · Hip-Hop 嘻哈：七十年代纽约布朗克斯区黑人对人类文明的辉煌贡献。

· Reggae 雷鬼：原产地是牙买加，统治者叫 Bob Marley，经济作物是大麻。

· Electronica 电子音乐：不一定适合舞池，某些诡谲情境更适合深度心灵之旅。

· Used 二手音乐：非音乐形式，泛指使用过的状态，范围包含上述全体。

仅此一家的独门品种则为：

· In：最入时的独立摇滚，你刚从网络下载完立刻逼朋友听的那些。

· Then：酷老头年轻时做的音乐，如尼克·凯夫与汤姆·维茨。你绝不会在此翻到卡朋特兄妹、空中补给或其他你老爸老妈恋爱时的定情歌。

· Out：这是最深奥的一区，涵盖实验音乐、工业噪音与前卫音乐（Avant-Garde，注意，这和前卫摇滚又不同了，音乐世界是很复杂的）。

照这逻辑，John Zorn 该摆哪一区？若是他较悦耳的作品，就放 Jazz；若是挑战听者耐性，故意激怒人的（如我们经历的那场），就放 Out，大概是这么一回事。那么约翰·柯川呢？当然是 Jazz。

一如多数独立唱片行，为了回馈乐迷，Other Music 也定期邀请乐手至店内演出。即使缺乏专业灯光音响的加持，能与心爱艺人近距离接触还是很吸引人，而且不需门票就能入场。前提是你得勤快些，早点去排队，因为大家都爱贪小便宜。

多早去排才算保险？得依行情而定，愈当红的乐团，凑热闹的人一定愈多。你大可前一晚去搭帐篷，若没被警察驱离说不定还能和露宿该区的流浪汉结为好友，下次请他帮你排。只是这么做实在大费周章，人在美国不意味就得挥霍"美国时间"，况且纽约其实不是美国，虽然美元仍是官方流通货币，但论穿衣风格、居民气质与饮食习惯，纽约自成一国。总之晚上八点的场次，傍晚五点去排应该妥当，不过这是综合许多实战经验得出的结论了。

初次参加 Other Music 的免费现场，错将 Tonic 教我的"撑到最后一刻再出现"当成一体适用的铁律，以致严重误判情势。当天的乐团是多伦多的 Broken Social Scene，第二张专辑《You Forgot It in People》甫在美国上市。我刚到纽约前半个月几乎每天都去 Other Music 报到，铁石心肠如我有次竟被 CD 旁的手写介绍给蛊惑了。详细内容并不重要，大意是说"不买的话你是笨蛋！"我不想当笨蛋，抱着姑且一试的心情带了一张。

店员没骗人，用力听过几遍，我感觉摇滚乐的未来就在这了。它是一张完美的夏日专辑，收录的全是沾染实验色调的无瑕流行曲。听着它，我祈祷秋天永远不要来临。侧标上几句话尤其动人：

《You Forgot It in People》提醒我们音乐仍有被再创造的空间，这张专辑献给那些远离家园、寻找希望的人。

演出当日，我们秉持"绝不会有太多人对他们感兴趣"的轻松心态，开演前半小时才抵达现场，毕竟 Broken Social Scene 尚未变身成超级

Other Music 是纽约最酷的唱片行，分类一绝，并常有免费演出。

乐团，仍属"圈内人"的秘密。我们错得离谱，人潮一路延伸到拉法叶街（Lafayette Street）的 Blue Man 剧场，闹哄哄的场面好比露天排队比赛。

眼看挤进去的机会非常渺茫，可是人都到了，只得硬着头皮排排看。队伍走走停停，工作人员沿路发放纪念明信片安抚民心，好不容易推进到门边，却在"下一位就轮到自己"的紧要关头停了下来。

哎，有必要如此惩罚我们吗？

我隔着玻璃往里头一瞧，不得了，简直和巅峰时刻的东京电车没两样，只差不见铁道员使劲将旅客推入车厢。正打算悻悻然离去，顾门的店员也许闻出我们的忧伤，以"别怪我没事先警告你们"的神色将门拉开，示意我们入场。

进去是进去了，之后二十分钟却以双手微微张开都会和旁人肢体碰撞的紧绷姿势贴在大门内侧，前方稍微推挤，身体就有被抛到马路上的危险。可喜的是逐渐有人因受不了拥挤先行告退，我见机不可失，一有空隙便往里面钻，演出至一半时已悄悄攻占第二排，这果然是一场持久战。

观众爆满，乐团的阵容也很庞大，一共来了七个人。日后我才明白这种编制只算轻装上阵，Broken Social Scene 现场常像妈祖出巡，找来一大群朋友抬轿，我曾目睹台上的乐手拆成两支棒球队尚有裁判名额的恐怖阵仗。团员与乐迷热情互动，主唱还征求自愿者合唱我最喜爱的曲子〈Almost Crimes〉。演出持续了一小时，结束后我逮到一名成员在 CD 上签名，才意犹未尽地回家。

往后几年，关于这场表演却有几个疑惑在我脑中盘旋不去，没料到五年后在一个奇异的情境里全部得到解答。

我和这群加拿大佬坐在同一辆计程车里，我在前座，身后是乐团主唱 Kevin Drew、贝斯手 Brendan Canning 与吉他手 Andrew Whiteman。时间是二〇〇八年三月，司机在下班时刻的新生南路左钻右钻，技巧熟练闪着车阵。后座传来不可置信的啧啧称奇声，如所有初来乍到的老外，他们正被台北街头英勇冲锋的机车大队与不顾旁车死活的亡命公车弄得目眩神驰。

我从书包拿出预先备妥的 CD 和照片——我知道错过这个机会将令我抱憾终生。

"那个……"我试图让他们的注意力暂时离开窗外的交通奇观，"几年前我在 Other Music 看过你们喔。"

"啊！"三人发出既惊喜又腼腆的声音，我猜他们有些懊恼成名前的矬样被前面这家伙看见了。"你们那天很帅啦，音乐也超赞！"我实话实说，他们似乎松了口气，肩膀的线条变得柔和。我将 CD 和当天拍的照片递过去，"我始终搞不懂，照片右边那位戴着墨镜的是哪位？"

他们窃窃私语了一阵，Brendan Canning 率先自首，"那是我啦！"我盯着他嘴巴周围那圈胡子，浓密的程度足以让任何误入歧途的昆虫瞬间窒息而死，但是照片里那人的下巴却干干净净。他看懂我狐疑的表情，扯扯胡须说："我那时还没留胡子呀。"好，谜团一击破。

"还有，CD 背面的名字到底是谁签的？"他们将车顶的小灯打开，仔细端详半天，一致同意是 Andrew Whiteman 的笔迹。他当初签的是绰号 A. Wise，难怪我认不出来。这桩千古悬案也破了。

"最后，"即将全数破关，我也有点紧张，"记忆中有名长发女生弹贝斯，一直不确定她的身份是？"三人起先一头雾水，你看看我，我看看你，随即陷入深沉的思考。同一时间我几乎听得见啪啪啪的音效，他们正在大脑深处的档案夹翻阅过去数年上百场演出的资料。

"她是 Feist ！" Kevin Drew 恍然大悟喊道，"她现在比 Broken Social Scene 还红啦，都不跟我们一起巡回喽。"与女友分开多时，提起 Feist 让他呵呵笑了起来。

车子在罗斯福路左转，与两旁的公车继续搏斗，我透过后照镜偷偷观察着他。城市的灯火照映在他的脸颊，原先那抹笑容已渐渐淡去，取而代之的是想家的神情。我将视线拉回前方，夜景在挡风玻璃外缓缓流动，我心底浮现出当晚的画面，他在我身前大声唱着〈Almost Crimes〉，一切恍如昨日。

中央公园

Date_ 27 June, 2003

You're back in your old neighborhood

The cigarettes taste so good

But you're so misunderstood

You're so misunderstood

Short on long term goals

There's a party there that we ought to go to

Do you still love rock and roll?

Do you still love rock and roll?

〈Misunderstood〉by Wilco

　　我这辈成长于影像时代的孩子，对于未知国度的理解时常来自风景明信片，或年少时观赏的电影。然而同样是影像，静止与动态传递的讯息却各异其趣。

照片里的中央公园常是与世无争、适合全家出游的祥和样貌。无论摄影师按下快门的季节是满园翠绿的夏天、落叶缤纷的秋日或白雪皑皑的严冬，中央公园宛如一处备受精灵呵护的桃花源，任劳任怨消化城市排放的毒素，将污浊的废气过滤为新鲜的氧气。

电影里的中央公园却是心事重重的人交换秘密、哀悼往事，与人久别相逢的地点。虽然自一九〇八年的黑白默片《罗密欧与朱丽叶》至二〇〇九年众星云集的《纽约我爱你》，过去一个世纪在中央公园取景的电影少说有数百部，我观看的仅是沧海一粟，不过印象最鲜明的几出，剧情转折的关键场景都在中央公园，想必不是偶然。

曼哈顿本身是座半岛，中央公园坐拥岛中之岛的特殊地势，像一面镶嵌的镜子，反射人性的脆弱，也反射芸芸众生的情与欲。十九世纪中叶完工，久远的历史涵养出数量可观的高耸古木。有着树林庇荫，外力不易侵扰，行走于内自然卸下防备，回归自我。公园于是化身成巨大的告解室，揭示角色的原貌，与深埋心底的身世之谜。

《蒂凡尼的早餐》的男主角离开公寓后被神秘客一路跟踪，两人在公园的音乐台遭遇，神秘客揭露自己的身份是奥黛丽·赫本远在德州的丈夫，来纽约的目的是把她带回家乡。《几近成名》中伤心欲绝的凯特·哈德森在饭店喝个烂醉，还狂嗑一堆安眠药，幸好凭洗胃保住小命；隔天酒醒，她与年轻的音乐记者漫步在公园湖畔，浑身是伤的她决定脱掉面具，将真实姓名娓娓道来。

改编自狄更斯小说的《远大前程》，格温妮斯·帕特洛选在中央公园告知伊桑·霍克自己即将成婚的消息；《华尔街》片尾，迈克尔·道格拉斯在雨天的草原将查理·辛揍倒在地，查理·辛挨了一记老拳，却用绑在身上的录音机将迈克尔·道格拉斯坦承犯罪的自白全数录下，作为呈堂证供。

　　面积如四百多座足球场大小的中央公园也是一座立体迷宫，彼此思念的人从不同角落进入它的领地，千辛万苦穿越层层阻碍终于见到对方一面。

　　为了追寻自我，梅丽尔·斯特里普在《克莱默夫妇》开演不久便离家出走，抵不住对儿子的想念，一年后她回到纽约，请达斯汀·霍夫曼将儿子带到中央公园。父子俩依约赴会，男孩看见母亲拔腿飞奔而来给她一个大大的拥抱，母子团圆那幕自此深植人心。

　　约翰·库萨克与凯特·贝金赛尔这对史上相聚时数第二短的银幕情侣（第一名当然是《西雅图夜未眠》的汤姆·汉克斯与梅格·瑞恩，两人甚至没说几句话），花上整出《缘分天注定》的时间在茫茫人海搜寻另一半的身影，历经一再的错失机会与擦身而过，终于在中央公园的溜冰场重逢。同样是下雪的溜冰场，心碎至极的《爱的故事》可没这种圆满结局，片头与结尾其实是同一幕：男主角绝望地坐在积满雪的中央公园，望着空旷的溜冰场悼念刚过世的妻子，落寞地说出那句经典台词："该如何描述这名二十五岁的早逝女孩？她美丽而闪耀，她深爱莫扎特、巴赫、披头士，还有我。"

　　中央公园当然也有幸福时刻，《倾城佳话》饰演警察的尼古拉斯·凯奇与饰演女侍的布里吉特·芳达有情人终成眷属，乘坐热气球在公园上空举办空中婚礼。《一日钟情》各自离婚还带着拖油瓶的乔治·克鲁尼与米歇尔·菲佛，斗了一天的嘴后尽释前嫌，在喷水池玩起了水。公园一扫阴霾，成了主角们共享快乐时光、托付终身的幸运地。

尚未亲身踩过它的石子地，尚未在溜冰场跌过跤，无远弗届的影像艺术让无数旅人探访中央公园前行囊已装满期待。它气象万千，捉摸不定，将以哪一面示人？唯有去了才知道。

首次走入这座都市森林是参加一场演唱会，场地是位于公园心脏地带的 SummerStage。每逢夏日许多艺人都来此献唱，有些是免费演出，有些为自由捐献，只有热门场次才得购票。主办单位以售票场的盈余摊平免费场的开销，颇有互助会的精神。

我们从东南角的广场饭店（Plaza Hotel）出发，正是一九六四年披头士初访美国时下榻的地点；希区柯克的《西北偏北》开头，老牌影星加里·格兰特在这里被绑架上车。我们沿着公园南侧走了一段，路边停着载客用的马车，车夫一边招揽观光客一边清理马粪，导致这条路的"味道"十分特别，一种咀嚼过的青草与汗水的集合体。

踏入园内，想仗着自己的方向感找到舞台，谁知太倚赖直觉的后果是，首趟公园历险就上演迷航记。原先打定"一直往一个方向走"的主意完全行不通，一来路上看不见指示牌，更别说台湾公共场合随处可见的"你现在位置"式的详尽地图；二来园里步道弯弯曲曲，根本无从猜测脚下的路将通向何方。

只能凭感觉乱走。行经人造小山坡、岩石区、草原、湖泊与拱桥，几乎玩过一轮大地寻宝仍深陷五里雾里。心情愈来愈沉，我可不想迟到，当晚是无坚不摧的钢铁组合：纽约地头蛇 Sonic Youth 与芝加哥先锋 Wilco 联手出击。

正准备放下无谓的矜持，拦下身旁飞驰而过的直排轮老兄问路，马瓜说："听！是不是有声音？"我将耳朵拉长，果然，远方传来咚咚咚的鼓声，仿佛重回九十年代锐舞派对的情景，一伙人开车到深山或海边，依靠听声辨位寻找隐秘的露天舞场。

顺着那股低频步行了几分钟，相同打扮的年轻人愈聚愈多，SummerStage 就在眼前。它被一群绿树环绕，周围隔着一排围篱，由于没设屋顶，遇上需要门票的场次，爬树技巧高超的乐迷大可挑顺眼的树爬上去，场内景象便一览无遗。别怀疑，纽约无奇不有，真有不少人这么做。

通过票口，台上只见架好的乐器，外头听到的鼓声原来是热场用的罐头歌。有人席地野餐，有人在后头丢飞盘。趁着还有时间，我到摊位买了件 Wilco 的 T 恤，在流动厕所撒了泡尿，然后手拿啤酒挤到台前。踩着软软的草皮，微风徐徐吹过皮肤，抬头还能望见星空，在这看表演真是舒服。

如今回想起来，我究竟如何从这场演出存活下来，仍是个谜。Sonic Youth 用吉他猛敲音箱，制造凄厉的噪音反馈，我被毁天灭地的音墙持续轰炸，神游在无光的太虚。随后登台的 Wilco 玩的却是热情醒神的另类乡村摇滚，我像登上一辆云梯车，瞬间来到阳光普照的高原。

这一下一上剧烈震荡，能全身而退已算命大，想不透的是我在安可曲〈Misunderstood〉终了前跟着主唱 Jeff Tweedy 高喊了三十六次 Nothing，竟还挤得出力气摸黑走到草莓园（Strawberry Fields）。

草莓园是纽约市政府为了纪念约翰·列侬而在公园西侧开辟的三角形园地，地形微微隆起，中央以马赛克瓷砖铺成放射状的圆形标志，圆心写着 IMAGINE。草莓园一名出自披头士的歌曲〈Strawberry Fields Forever〉，列侬的老家利物浦也有一座草莓园，是当地的孤儿收容所，列侬儿时常去那里玩耍。

原以为散场的摇滚客都会来此聚聚，结果除了瓷砖上摆着几束鲜花和一张《Let It Be》的黑胶唱片，四周空无一人。或许大家都谨记Art Garfunkel 曾在〈A Heart in New York〉唱的：

Looking down on Central Park

Where they say you should not wander after dark

我们各挑了一把长椅坐下，在静默中回味刚才发生的事。我平常不太抽烟，只是刚目击两组挚爱乐团的演出又身处神圣的草莓园，不来上几口实在对不起列侬英灵。我跟马瓜要了一根，点燃。

烟雾在夜色中冉冉上升，闪着银色的光。我的内耳隐隐作响，那是耳细胞临死前发出的哀鸣。耳细胞就像逝去的青春，缺乏再生能力，一旦消失了再也无法复原。我吐了一口烟，向它过去二十多年让我听见美妙世界的贡献致敬。

中央公园共有九千多把长椅，两年半后我坐在同一把椅子上，向隔壁的老嬉皮要了根烟来抽。这回不再是形单影只的场面，我身边聚集了好几百人，大伙唱着激昂的歌，跳着迷离的舞步。

那天是列侬遇刺二十五周年忌日。

part two

nyc ghosts & flowers

Chapter 7_ Lonely Planet Boy
寂寞星球男孩

Date_ 14 August, 2004

It's a lonely planet joy

When the song from your other boys

That's when I'm a lonely planet boy

I'm trying, I'm crying

Baby for your love

〈Lonely Planet Boy〉by New York Dolls

Sounds 是一间老派唱片行，外观是一面漂亮的砖墙，白色招牌印着典雅的红字，是牛排馆喜欢的配色。想登堂入室，得踏上一座灰石阶梯来到挑高拱廊的下方，再推开一道厚重木门。为了防范窃贼，店家设下类似温泉澡堂的入场机制——别担心，不是要你脱光，而是将包包寄放在置物柜里。

我选了一个空格，把包包放进去，然后取走一张号码牌。

店里的货色中规中矩，主攻老摇滚与朋克，独立摇滚也进得颇齐。低廉的破盘价有时比 Amazon 网站还便宜，每回想添购"基本款"唱片我一定来这边报到，它从未让我空手而归。

这天我心中已锁定好猎物：New York Dolls 发行于一九七三年的同名专辑。

New York Dolls 是典型"领先时代太多"的团体，明明是一群爱泡妞的男子汉，却硬称自己是娃娃，装扮惊世骇俗至极：紧身亮片洋装、粉红腰带、紫色丝巾加银色高跟鞋。脸上的妆也不马虎，眼影、腮红、口红一应俱全。发型更不用说，全是蓬松的长卷发，足以藏好几只鸽子那种规模。

他们简直将自己当成妓女在打扮。

七十年代初期，阳刚的重金属接管战局，浓妆艳抹的脂粉味不合时代胃口，他们被乐坛视为淫乱的代名词。正如他们的歌〈Lonely Planet Boy〉描写的那群男孩，New York Dolls 被放逐到孤寂的星球上，只能彼此依偎，靠着酒精和药物浇愁。

幸好英国尚有一批形象阴柔的同好，如大卫·鲍伊与马克·波伦等华丽摇滚乐手，走的也是雌雄莫辨的路线。New York Dolls 拥有人多势众的优势，当五个人一字排开卖弄风骚，即使嘴巴说讨厌他们的卫道人士，目光也多半会停留在他们的屁股上。

虽然多数人轻视他们，当他们是花瓶，其实他们的音乐很带种：直接、潇洒且能量十足，替数年后的朋克风暴点了一把火，吉他手"约翰尼闪电"（Johnny Thunders）深具攻击性的尖锐音色更成为一代宗师。乐团妖艳的造型启发了无数美丽少年：华丽金属、日本的视觉系摇滚，乃至扮装皇后与性工作者都向他们学了好几招。曼哈顿下城真有一家脱衣舞酒吧，店名就叫 New York Dolls。

　　然而一如男生永远少一双球鞋，女生的牛仔裤总是不够穿，虽然这张专辑多年前就被我写入待购清单里（初次听见是在浊水溪公社吉他手左派家，他放的餐前音乐正是这张），却总是有更多需要"立刻"听见，否则世界就会毁灭的音乐挡在前面，以致迟迟下不了手。

　　这次将它恭迎回家，催化剂是地下车库音乐节（Underground Garage Festival）。别被名称误导了，举办地点并非地下车库，而是曼哈顿、皇后区与布朗克斯三区交界的兰德斯岛（Randall's Island）。主办人 Little Steven 是"工人皇帝"布鲁斯·斯普林斯汀御用乐团 E Street Band 的吉他手，也是美剧《黑道家族》的一员，圈内德高望重的前辈。

　　以他的分量，邀来的都是响当当的角色，New York Dolls 是全部阵容中我较生疏的一组。就如平常都在鬼混的学生考前仍得抱抱佛脚，我可不希望到时全场跟他们狂欢，只有我这名蠢蛋不知何时该随大鼓拍手、何时加入副歌的吼叫段落——我不想当场子里最不上道的家伙。

　　我在 N 区顺利发现目标，到柜台结账途中一整墙新到货卯起来对我吹气，引诱我多看它们几眼。我强迫自己不能转头，深知手边没有多余预算时，唱片行绝非久待的场所。

　　我将 CD 放到桌上，神似艾迪·墨菲的黑人店员按了按收银机，含税价十元有找。我掏钱的同时店员问道："下周要去车库音乐节？"

　　"对啊，得先做点功课。"我抓抓头，意图被揭穿了有些不好意思。

　　"有听说谁要取代杀手的位置吗？"店员将零钱递给我。

　　"杀手？什么杀手？"我被弄糊涂了，New York Dolls 不是摇滚乐团吗，怎么变犯罪组织了？

"我是说贝斯手 Arthur Kane 啦，他的绰号叫杀手。"店员将放入纸袋的 CD 又拿了出来，五名阴阳怪气的人瞬间出现在我眼前，他们坐在同一张沙发上。

"瞧！就是他。"店员指着最左边那位。

我低头凝视那帧封面，照片中的 Arthur Kane 穿着削肩上衣，脖子挂了一串珍珠项链，右手拿着鸡尾酒，嘴里还叼根烟，一副郁郁寡欢的模样。原来他就是杀手。

"他发生什么事了？"

"你不晓得啊，他半个多月前过世了。"

我猛然想起前阵子在《纽约时报》读到一则讣闻，只是当下没意识到这则死讯会影响我接下来欣赏的表演。进一步说，我压根没料到过气摇滚明星的死，与"我的生活"会产生任何联系。

"我猜他们会找代打乐手吧，总不能开天窗。"

"哎，老天没眼。他当初和主唱 David Johansen 闹翻，被踢出乐团，搬到西岸发展的际遇很糟，酗酒、家暴、自杀，样样都来。"店员口气愈来愈沉，"你猜后来怎么了？"我摇摇头。"他看破红尘，洗心革面成摩门教徒，替教会的图书馆工作。消息传回纽约，大家都跌破眼镜。"

没想到一张 CD 竟能带出如此峰回路转的故事。

"所以他退出江湖很久了？"

"他没碰乐器十多年啦，要不是歌迷俱乐部会长 Morrissey 亲自出马，他还不见得肯复出咧。"

"Morrissey？你是说 The Smiths 乐团主唱 Morrissey？"

"是啊，出道前的 Morrissey 写过一本《New York Dolls》的书呢。"

店员语气依旧哀戚，却难掩"这种琐事我都知道"的得意表情。

"Arthur Kane 答应邀约，六月去伦敦参加复合公演。你也知道，几名创团成员都挂了，爱碰毒品嘛。除了杀手，只剩 David Johansen 和吉他手 Sylvain Sylvain 还在。他退隐这么久，快三十年没和其他两人同台喽，你想想，事情的意义对他有多重要！"

店员不胜唏嘘地说完故事，结尾比电影情节更戏剧性：伦敦演出获得空前成功，Arthur Kane 返回洛城，认真思考重返乐团的可能。可惜美梦转眼即逝，三星期后他在毫无预警的情况下过世，死因是血癌。那场复合公演，也成了坎坷生命里永恒的绝响。

往后一周，这件事在我的心头萦绕不去。它很悲壮，凄凉极了，换个角度却动人不已。Arthur Kane 是下了多大的决心与勇气才告别奢靡的过去，洗尽铅华成虔诚教友？当他终于站上魂牵梦萦的舞台，与昔日伙伴再次聚首，台上的他是否感应到自己正走着人生最后一段路？

八月十四日，我从上东城出发，搭乘接驳车抵达兰德斯岛。场地四周摆满大型彩色气球，视线所及都是百事可乐、Dunkin'Donuts 等赞助商的广告牌，草地上还停了不少婴儿车，整个会场气氛和"地下车库音乐"实在搭不起来。我买了啤酒和热狗，坐在大草坪远远望着曼哈顿。

挨过无聊的下午时段，表演总算在黄昏开始加温。七十多岁的国宝级艺人 Bo Diddley 捧着特制的方形吉他弹出劲辣的节奏蓝调；丹麦二人组 The Raveonettes 的女主唱宛如真人版的芭比娃娃，还是北欧限定的款式。等这些人下台，终于轮到 New York Dolls 登场。

David Johansen 穿着红色无袖 T 恤从后台冲出来，衣服也许是儿兰德斯岛的"地下车库音乐节"现场，各种赞助商的广告牌，和"地下车库音乐"实在搭不起来。2004 年 8 月。

童尺寸，套在身上紧到不能再紧，整截肚子露在外面，才五十岁出头，脸上的皱纹与手臂的松弛肌肉看起来像只刚动过失败抽脂手术的沙皮狗。Sylvain Sylvain 比较正常，披着黑色皮夹克，手拿 Gibson 吉他。至于谁是新的贝斯手，我根本不在乎，反正不是 Arthur Kane。

考前猜题果然奏效，许多歌我都能哼上几句，特别是华丽摇滚电影《丝绒金矿》翻唱的〈Personality Crisis〉前奏一出，台下立即欢声雷动。可是随着 New York Dolls 退场，我的身体却胀满空虚感，好像完成某种任务似的，今天到此为止就好。

我心不在焉地打量接着上台的 The Strokes，他们意兴阑珊的演出更让我提不起劲。当压轴主秀——快六十岁的伊基·波普仍像年轻时全身只穿一条紧绷牛仔裤如一具故障的电动马达在台上不停扭动时，我转身向出口走去。

坐上回程巴士，我盯着灯火通明的曼哈顿夜空，耳朵响起了英伦传奇乐团 The Who 的成名曲〈My Generation〉，其中两句歌词是这样的：

I hope I die before I get old

Why don't you all fade away?

我突然替 Arthur Kane 感到庆幸。他在两个月前已经历过这辈子最荣耀的时刻，能绚丽地飞离这颗寂寞的星球，何尝不是一种祝福？

我想此时的他，应该也在天堂微笑吧。

Chapter 8_ Howl!

嚎叫!

Date_ 21 August, 2004

Sally dances on the floor

She says that she can't do it anymore

She walks down St. Mark's Place

And eats natural food at my place

〈Sally Can't Dance〉by Lou Reed

暑假结束前的倒数第二个星期六,我从六号地铁的亚斯特广场(Astor Place)出站。一辆漆成橘色的卡车停靠在第四大道,车前站了一排人。我接着往南踏过一块水泥三角洲,一具黑色雕塑如放大版的魔术方块斜立在地表。我用指头轻弹,它发出闷闷的响声。

卡车是 Mud 咖啡车,车身挂着特制的美国国旗,左上角以星星拼成和平标志,每天开到相同的位置,天黑了再开走,全年无休贩售新鲜咖啡给往来行人。方块是纽约客俗称的 The Cube,以一吨的钢铸成，抓到适当的施力点，凭一人之力也能将它转动。

看到这两个地标，代表东村也不远了。

东村原是下东城北边的区块，六十年代的"垮掉的一代"诗人、摇滚乐手和边缘艺术家成群迁入，逐渐形成聚落。为了和同样被波希米亚人占领的格林威治村（又称西村）相辉映，住民将这取名为东村，正式从下东城"独立"出来。

我继续向东，形形色色的人陪我穿越第三大道：游客、学生、朋克和扮装皇后。来到对面，身前是东村最热闹的圣马克街（St. Mark's Place），也是通向异次元的入口。此时一群村民正在村子里集会，地点就在圣马克街的另一头，我得加快脚步才不会错过太多。

然而圣马克街处处令人分心，每家店都让人想进去探探。企图对两旁景物无动于衷，就像和女友去沙滩玩耍得克制视线不能飘向诱人的比基尼女郎，是对意志力的严峻考验，即便街坊样貌和过去的无政府时代相比已改变不少。

另类名团 The Replacements 写给 Big Star 乐团主唱 Alex Chilton 的同名曲是这么唱的：

Exchanging good lucks face to face
Checking his stash by the trash at St. Mark's Place

歌词中满地垃圾的圣马克街已不复见，当初收容潦倒艺术家的廉价旅社、挤满颠覆分子的穷人酒馆，如今大多改头换面，幸好几间老店依旧屹立不摇，让圣马克街还是很有看头。纽约的房租控制政策也让许多老房客能用低廉的租金赖着老窝不走，目前仍在东村走动的

东村最热闹的圣马克街，是通向异次元的入口。

白发嬉皮多半二十岁起就住在这了，如〈Sally Can't Dance〉的主角
Sally：

She lives on St. Mark's Place
In a rent-controlled apartment, eighty dollars a month

Velvet Underground 主唱卢·里德在七十年代写下这首歌，资讯
难免过时，现在不可能以八十元住上一个月了。但无论如何，他们交
的房租依然远远低于市价。

下过雨的八月午后，我沿湿滑的人行道向前，展开这趟异次元旅
行。最先会经过摇滚服饰店"垃圾与杂耍"（Trash & Vaudeville），在
朋克与新浪潮的全盛期，Ramones 与 Blondie 成员都在这儿打点行头。

往前走一小段，算命摊、日式居酒屋与爱尔兰酒吧接踵而至。
Sounds 唱片行在右手边，斜对角是间小巧的店，橱窗贴着超人的红色
S 标志，正是闻名纽约的圣马克漫画店（St. Mark's Comics）。《六人行》
里古灵精怪的菲比流落街头时便在店里打工，《欲望都市》里的凯莉
也在这邂逅了帅哥漫画家。

与漫画店相隔三栋建筑是排造型别致的公寓：红砖墙搭配乳白窗
框与门柱，楼下开了超市、发廊与中餐馆，散发出退休之家的安享天
年感。你若真以为它像外表暗示的这般善良而视若无睹地走过，可就
被耍了，纽约最颓废的摇滚史就在此地发生。

这排公寓共有四栋，墙壁全数打通，原是波兰移民的活动中心
The Dom。Dom 在波兰语代表"家"。一九六六年初，安迪·沃霍尔
看上里头宽敞的空间，承租下来改造成舞厅。四月八日星期五晚上，

纽约城里的时髦客、艺文界人士、药头、模特、无脑的潮流跟班，所有亚文化要角和一些莫名其妙不太相干的人全部到齐，等着看沃霍尔端出的好戏："爆炸塑料不可避免"（Exploding Plastic Inevitable）。

沃霍尔没让大家失望，当晚挤在台前的人，和一个月后在曼彻斯特观赏鲍勃·迪伦演唱会的人（当时一名乐迷对迪伦喊了一声"犹大"，指责他背离民谣道统），目击的都是往后能和子孙说"爷爷年轻时曾经在那里"的传奇现场。

"爆炸塑料不可避免"是打破艺术疆界的多媒体大秀，结合了摇滚乐、灯光秀、前卫电影和实验剧场。Velvet Underground 眼神空洞地在台上弹奏乐器，团员身后立着几面屏幕，播映沃霍尔拍摄的短片或幻灯片。由于影像中也有团员本身，卢·里德转头看见的或许就是面无血色的自己。

同一时间天花板的灯光闪个不停，刺眼的光线令人晕眩。舞者挥舞着皮鞭，有时跑到台下与人互动，有时在舞台上示范海洛因的"标准注射程序"。早就嗑挂的观众进入飘飘欲仙的集体催眠状态，沉浸在感官经验被一举敲开的迷乱国度。

沃霍尔本人站在二楼阳台后方，宛如黑暗帝国的皇帝透过墨镜俯视洞穴中歇斯底里的男男女女。

"爆炸塑料不可避免"像根致命的毒针插入流行文化贫血的心脏，在主流与另翼两极都造成轰动。可是针头的毒性实在太强，演出者每回登台都是身体和心灵的疲劳轰炸，下了台简直像历劫归来。台下某些"入戏太深"的观众散场后仍陷在幻境中无法自拔，真的再也回不来了。

演员不堪负荷，公演一年宣告收摊，The Dom 的经营权随之易手，改装成嬉皮场馆电子马戏团（Electric Circus）。然而六十年代晚期嬉皮风潮已成强弩之末，电子马戏团撑了几年也关门大吉，这排公寓于是从良，演变成当前这副温驯模样。

告别 The Dom，我走到第二大道，转进街角的杂货店 Gem Spa。不知情的人一定觉得它平凡无奇，外头挂满帽子、假发、雨伞和太阳眼镜，全是品质堪虑的便宜货。里面也不特别，出售杂志、香烟与乐透彩，角落还藏有色情光盘，和纽约其他数千家杂货店似乎没啥不同。

除了两件事：New York Dolls 同名专辑封底放的便是团员在 Gem Spa 门口搔首弄姿的照片，每人都打扮得花枝招展，Arthur Kane 穿着金色长筒靴，David Johansen 左边的乳头露在外面吹风。Gem Spa 号称供应全纽约最地道的 Egg Cream，一种源自布鲁克林的饮料，里面既没有蛋，也没有奶油，是以全脂牛奶、苏打水和巧克力糖浆调制而成。

那种甜腻浓稠的滋味，世界上大概找不到比它更恶心的饮料，很多纽约客却特爱这一味，瘾头重者甚至对它产生病态的迷恋，卢·里德便以〈Egg Cream〉为名写了一首歌，赞颂他的口舌缪斯：

When I was a young man, no bigger than this

A chocolate egg cream was not to be missed

You scream, I steam, we all want egg cream

他在歌词中详细陈述配方，推荐哪边可以喝到最棒的 Egg Cream，还说喝起来的口感像丝绸一样柔软。即使有他大力背书，我仍缺乏尝试的勇气，至少今天没有。我在 Gem Spa 买了一瓶矿泉水，沿着圣马克街再走一个街区。

穿过第一大道，街边出现一间二手衣店，从招牌到门窗全是花花绿绿的涂鸦，很有迷幻巴士的风格。店名叫 Physical Graffiti。且慢！这不是齐柏林飞船经典专辑的名字？我下楼打探，一名感觉一星期没睡的女店员用例行公事的语气说："噢，你等下走到对街，转个身就知道了。"临走前她补上一句："你是今天第五个下来问这个问题的人。"

我按指示走到对街，回头打量这栋建筑物。当我认出它时浑身起鸡皮疙瘩，因为《Physical Graffiti》的专辑封面正立体地浮现在地平面，而且比预期的还要壮观。

它是一栋左右对称的五层双拼公寓，二手衣店位在右边那栋的地下室。褐色的砖头沾满黑点，好像浴室里刷不掉的污垢，左右两边各架了一具破破旧旧的深色防火梯。消防栓与垃圾桶的位置几乎与封面上如出一辙，仿佛拍完照的过去三十年间再也没人住过这栋公寓，一直保存着当初的样子。

《Physical Graffiti》的美术设计在七十年代非常新颖：封面和封底分别呈现白天和夜晚的景致，并将封套上窗户的部分挖空，在内袋相对应的地方安插不同的图片，代表千奇百怪的住客：拿雨伞的修女、健美猛男、天使、猫、航天员、螺旋桨战斗机、着女装的主唱 Robert Plant 和吉他手 Jimmy Page，及其他形貌诡异的人物。

为了符合唱片的正方形尺寸，设计师将其中一层拿掉，封面上的公寓因此比实际要扁一点。后来才晓得滚石乐团的《Waiting on a Friend》音乐录影带里，米克·贾格尔也是坐在这栋公寓的台阶等着好哥们基思·理查德兹，两人随后在门前拥抱。

我走完圣马克街的最后一段,跨过 A 大道,抵达村民的集会场汤普金斯广场公园(Tompkins Square Park)。大小只有中央公园的八十分之一,它是当地住民最重要的精神坐标和休憩场,一路见证东村的发展,六十年代的反战示威与大麻解放运动都在园内上演。《远大前程》的伊桑·霍克到纽约寻梦,坐在公园的长椅上画图,起身到饮水机喝水时,朝思暮想的格温妮斯·帕特洛不知从哪儿冒出来,给了他一个深情舌吻,场景也在这里。

公园曾有过一段黑暗期,在占屋客四处流窜的八十年代曾是可卡因的交易重镇,游民以此为家,过着风餐露宿的日子。记得〈Sally Can't Dance〉的主角吗?她不幸在这被强暴了:

> She was the first girl in her neighborhood
>
> Who got raped on Tompkins Square, real good
>
> Now she wears a sword, like Napoleon
>
> And she kills the boys and acts like a son

卢·里德是不是将纽约所能涵盖的主题全写过了?确实如此。U2 主唱 Bono 曾说:"卢·里德之于纽约,就如乔伊斯之于都柏林。"乔伊斯旷世巨作《尤利西斯》的主角是都柏林的小市民;卢·里德则用上百首歌记录了纽约生活的变迁史。

虽然在圣马克街耗掉不少时间,所幸我并未来得太迟,公园此刻就像《星球大战》描述的"很久以前,一个遥远的银河系……"放眼望去全是外星生物。这是堂堂迈入第二年的"嚎叫!"艺术节,纽约一年四季各种节庆中最疯狂刺激的一个,名称是向"垮掉的一代"诗人艾伦·金斯伯格半世纪前的伟大长诗致敬。

金斯伯格是东村最知名的居民，从五十年代到一九九七年过世，人生超过半数的岁月都在东村度过。他搬过的家全绕着公园打转，由他"代言"艺术节再恰当不过。

出生于保守的犹太家庭，金斯伯格将生命奉献给文学与前进思潮：性解放、个体自觉、药物合法化，他是别具洞见的布道者，也是嬉皮的思想导师。他丝毫不避讳自己的同志身份，一生鼓吹同志民权，许多知识青年的卧房都贴着他的海报。

金斯伯格在乐坛更备受敬重，约翰·列侬在反战国歌〈Give Peace a Chance〉里高喊他的名字，迪伦则视他为最知心的老师与朋友，将他的照片放在《Bringing It All Back Home》的专辑封底，还在一旁的文章写道："总统就职大典为何不请金斯伯格去读诗呢？"当迪伦在《Subterranean Homesick Blues》影片中翻着字牌时，站在镜头后方的正是金斯伯格。电影《我不在场》也没忘了向两人的友谊致敬，影片尾声两名时代巨人望着耶稣雕像，在草原上跳着旋转舞。

为期一周的"嚎叫！"内容相当精彩，数百场活动分头在东村各处的酒吧、咖啡馆和小剧场举行，参与的艺术工作者高达上千人，堪称另翼文化的进香团。除了乐团演出、独立影展和电音派对，重头戏是周末的变装秀和即兴作画，刚才在第三大道和我一起过街的那群人都是来参加这场嘉年华。

我在公园绕了一圈，到处是古怪的装置艺术，几对同志浑然忘我躺在草地上接吻。露天市集招揽了各式摊位，有些灵媒驻场，有些贩卖手染T恤或黑胶做成的烟灰缸。扮装皇后穿戴夸张的假发和高跟鞋，像女神出游般受群众簇拥，所到之处掀起阵阵骚动，妖娇程度连李安

A 大道上尼加拉瓜酒吧北面墙上的壁画，主角是 The
Clash 乐团的主唱 Joe Strummer，旁边写着鼓舞人心的名
言："The Future Is Unwritten" 和 "Know Your Rights"。

《制造伍德斯托克》里那名身穿碎花洋装的保镖都比不上。

我从西侧出场，踩着 A 大道向南行进。公园外墙贴满了画布，画家拿着笔刷尽情挥洒，题材天马行空，这幅是栩栩如生的彩色肖像，下幅是略带禅机的黑白泼墨，公园四周成了五彩缤纷的街头艺廊。我在东七街停下脚步，来到旅程的终点尼加拉瓜酒吧（Niagara Bar）。

酒吧北面的外墙上画着一名穿皮衣戴墨镜的家伙，酷酷地盯着我，正是 The Clash 主唱 Joe Strummer，旁边写着鼓舞人心的 "The Future Is Unwritten" 和 "Know Your Rights"，都是他说过的名句。Joe Strummer 和金斯伯格其实极有渊源，金斯伯格曾替 The Clash 的《Combat Rock》专辑献声，乐团巡回至纽约还一同上台表演。如今两人都化身为东村的守护灵，指引迷途的村民返家的路。

从我当下的方位再往东，将进入传说中的字母城（Alphabet City）。Joe Strummer 曾在 The Clash 的名曲〈Straight to Hell〉里唱到：

> From Alphabet City all the way
> A to Z, dead head

我尚未做好直达地狱的心理准备，暂时还不打算去那里。

水星酒吧

Date_ 8 October, 2004

Not much Friday night

Pinball, Lower East Side

Walked out of the past and into the bar

I used to think about you all the time

I would think about you all the time

〈Damage〉 by Yo La Tengo

　　试着幻想一种情境：独裁者统治了半世纪的国家历经一场和平革命，政权交还人民手中。青春男女成群结队涌上大街寻欢庆祝，彻夜不眠，直到隔天凌晨玩累的人沾着一身酒气回家，行有余力或许再和爱侣亲热一下。

　　听来是不是很激励人心？这是下东城每周五的入夜场面。

　　我通常不属于当街作乐的那群。我只是静静地看，享受置身漩涡中央却不用担心被水灭顶的旁观趣味。品尝这幅奔腾景致的绝佳场所，是利文顿街（Rivington Street）的小茶馆 teany。

店名结合了茶（tea）与纽约（ny），外墙挂着一面淡绿色的素雅店旗，落地窗与围栏隔出一块露天庭院，红圆桌、白椅子摆设其中。围栏架着几只金属花盆，雏菊与绿草沿着栏杆落下。店里一边是漆白的砖墙，一边是大镜子，桌椅整齐排列，素色的沙发靠在墙角。

别具巧思的陈设有如自家客厅般舒适，店主想必是哪位品味精良的人士——teany 的老板正是赫赫有名的电音玩家 Moby，墙上的手绘卡通全是他的手笔。身为土生土长的纽约客，Moby 在二〇〇二年与女友合伙开店。他是出了名的素食主义者，teany 只供应芒果鳄梨色拉、腰果三明治与南瓜披萨等有机餐，也自制小糕点。最招牌的是多达一百种的茶：冰的、热的、罐装的、现泡的，连普洱茶都有。

选择太多反而让人不知所措，我往往很没创意地点上一杯黑咖啡。

店内的音乐很正点，是我一再光顾的主因。难忘一个下大雪的冬夜，我坐在靠窗的位置捧着迪伦的自传《摇滚记》猛啃，另外两桌也是单独一人。桌上的烛光在书页间摇曳闪动，我被精彩的故事牵着走，突然喇叭传来 Broken Social Scene 的歌曲〈Ibi Dreams of Pavement (A Better Day)〉，我最心爱的打气歌之一，可能也是其他两人的。

澎湃的前奏浇淋在头顶，如窗外的雪花洒在人行道那般壮丽。我们不约而同望向店员，再看看彼此，交换了不言而喻的微笑。那个片刻，店员变成我们专属的 DJ。

可别以为这里会狂播 Moby 的作品，事实上他对员工立下一条规矩：不准在店里播我的歌！然而这道法令已然失效，几年后两人分手，女方获得全部的经营权，对此他语重心长地说："千万别和爱人共同创业。"

从 teany 左转，对街是 Beastie Boys 经典专辑《Paul's Boutique》的封面拍摄地，如今成了简餐店。由此路口顺着拉洛街（Ludlow Street）向北则是下东城人潮最汹涌的一段，路上徘徊的多是情侣档，不出男女、男男、女女三种组合，也不乏哥们与好姊妹档，一幕幕青春浮世绘就在街头上演。

拉洛街也是曼哈顿最容易遇上摇滚乐手的街道之一，新兴艺术家在六十年代迁入此区，Velvet Underground 两名灵魂人物卢·里德与约翰·凯尔，成名前就窝在街旁的廉价公寓里写歌。下东城发迹的 The Strokes，娃娃脸主唱 Julian Casablancas 在个人专辑中替拉洛街写了一首同名曲：

Faces are changing on Ludlow Street

Yuppies invading on Ludlow Street

Nightlife is raging on Ludlow Street

History's fading, and it's hard to just move along

历史确实正在流逝，多年来由于雅痞大量入侵，拉洛街不如以往破败了，不过一抹淡淡的酸臭感还是深得废业青年脾胃。整条街最引人入胜的是由南到北相邻而居的 Cake Shop、Living Room 与 Pianos 三家店，都采多角化经营，下午卖咖啡，晚上供简餐，再晚一点将灯光调暗就成了酒吧，并安排乐团表演。

其中最有味道的是 Cake Shop，请来的团总是最酷，店尾还藏了一家仿佛复刻《科学睡眠》男主角童趣卧房的小唱片行。

货架缠着灯泡绳，动物模型和绒毛玩偶躲在各个角落；黑胶贴满每一面墙，杂志与摇滚书也不少。虽然贩卖潮流音乐，唱片行仍洋溢八十年代的怀旧氛围，木头柜塞满卡带和 VHS 录影带，窗户贴着一张彩色唱片，印着小男孩骑飞天脚踏车送外星人 E.T. 回家的图案。

由 Cake Shop 往北越过史坦登街（Stanton Street），行经橱窗摆着披头士公仔、以古董吉他著称的乐器行 Ludlow Guitars，再走一段便会抵达豪斯顿街，街口是十九世纪开业的著名熟食店 Katz's，以烟熏牛肉和意大利香肠喂饱了好几个世代，墙上挂满政治人物与流行巨星大驾光临的照片。让它升格成观光客必游景点的是一出你一定看过的电影：《当哈利碰上莎莉》。

回想比利·克里斯托与梅格·瑞恩坐在餐厅那幕：他咬着火腿三明治，她则公然表演性高潮，起先只是轻声喘息，后来整个人触电般纵情大吼。那场戏被公认是梅格·瑞恩从影来最接近"实力派"的演出，场景正是 Katz's。店家也很幽默，在"事发地点"的天花板悬挂一块广告牌，昭告世人哈利与莎莉当初就在这对桌椅用餐。

我在豪斯顿街右转，迈向东边不远的水星酒吧（Mercury Lounge），全曼哈顿我最中意的小型场馆。它栖身在五层红砖公寓的一楼，门口贴满乐团海报，两侧钉了几根比人还高的粗壮木条，一面小黑板立在墙边，用粉笔写着团序和票价。前厅被长长的原木吧台占了一半，表演厅得再往里头走。

水星酒吧只能容纳两百多人，却因地段时髦，成为渴望征服纽约的乐团必须攻破的滩头堡，叫得出名号的在地团几乎都在这边跨出第一步。走红前的 The Strokes 曾担任每周一的驻场团，话题女王 Lady Gaga 出片前也在此登台。对外来客而言，踏上这座舞台更是重要指标，英国乐团 Arctic Monkeys 首场美国公演便在这里。

乐团的发达轨迹其实很像武侠小说的练功情节，先挑轻量级对手增加经验值，再一步步挑战大魔王。纽约摇滚圈有一道不成文惯例：若能从水星酒吧顺利毕业，挡在前面的便是五百人容量的 Bowery Ballroom，这关很要紧，许多乐团不论怎么努力永远卡在这层，再也上不去了。通过试练代表任督二脉已经打开，就能和千人大小的 Webster Hall 决斗。

我在曼哈顿欣赏过德州奥斯汀乐团 Explosions in the Sky 三次，依循的就是这条路径。

首次领教他们的威力得回溯至二〇〇二年，我尚在服役，特别向连长告假北上，与满室的乐迷蹲在忠孝东路一处地下室里，体会不需言语的乐曲如何与心灵产生共鸣。我听见吉他啜泣的声音，看见鼓点的轮廓，感受四根贝斯弦的震动。Explosions in the Sky 像一颗透明的水晶，我的身体幻化成一片广阔的海，将水晶掷入海里，美丽的残响乘着浪潮而来。

他们是一群纯朴的德州人，巡回至世界各地不忘为音箱系上德州州旗。他们从不安可，因为演奏时已榨干身上每一分力气。

二〇〇四年我汗流浃背挤在水星酒吧，竖耳聆听铃铛般的吉他声响，怎样都想不到这组从不唱歌的团体，升级过程竟能如此顺遂。看着他们一路过关斩将，无形中也培养出一种革命情感。我更想不到的是，能和团长 Munaf 在地球另一端萍水相逢。

二〇〇八年他们再度访台，因缘际会下我与 Munaf 面对面坐着一起吃豆花。

我注意到他手腕内侧的刺青，图案是第二张专辑《Those Who

Tell the Truth Shall Die, Those Who Tell the Truth Shall Live Forever》封面上那只飞行天使。

"天使有什么典故吗？"我指着他的手腕。

"她是英军的庇护灵，传说中在第一次世界大战阻止了德军的进攻。"

难怪天使下方站着一排拿枪的军人，我终于弄懂它的寓意。

"我们四个人的手腕都刺着这只天使，"Munaf接着说，"她是我们的幸运符，提醒大伙这段路是兄弟们并肩熬过来的，往后只要谁离开，乐团就解散。"

我心念一转，问道："专辑中我最喜欢的曲子是〈Yasmin the Light〉，始终查不出Yasmin的字义。"

Munaf咽下嘴里的豆花笑着说："Yasmin是我母亲的名字，她是我生命中的光芒，我将这首歌献给她。"

我的思绪飘回六年前的深秋，Explosions in the Sky谢幕后我拦了一辆计程车直奔台北车站，搭乘夜车返回屏东时天已破晓。我在营区前那条又宽又直的林荫大道上走着，和煦的朝阳抚平不了收假前的落寞。我的双耳还浸泡在魔幻的音墙里，那不过是几小时以前的事。

我将耳机戴上，一遍又一遍听着〈Yasmin the Light〉，我要延长做梦的时间，我还不想那么早醒来。从今以后，这首歌对我有了崭新的意义。

Chapter 10_ Halloween Parade
万圣夜游行

Date_ 31 October, 2004

This Halloween is something to be sure

Especially to be here without you

This celebration somehow gets me down

Especially when I see you're not around

〈Halloween Parade〉by Lou Reed

　　有些事情一生体验一次就可以了，譬如高空弹跳、攀登玉山顶峰或结婚。

　　除此之外，举凡冠上一年一度但内容大同小异的活动，凑个一次热闹取得"过来人"的资格就行，实不需年年赴会。以纽约为例，挤在时代广场憋了半天的尿只为了从遥远的距离望着水晶球落下，然后拖着疲惫的身躯和发白的意识返家，如此迎接新年的第一天其实不如电视转播的那般美好。

万圣夜游行也是，除非你患有不甘寂寞的病症，往人多的地方跑是唯一的解药，或者你是实际走在队伍里的人。

万圣夜类似咱们的中元节，是好兄弟从阴间来人世放风的日子。家家户户门前会摆上龇牙咧嘴的辟邪南瓜灯，常民也将自己打扮成巫婆或吸血鬼上街驱魔。经由美式流行文化的洗礼，游行变成综艺感十足的大型庆典。纽约的排场世界最大，一九七三年开走至今，每年吸引数万人装神弄鬼。起点是苏活区，队伍沿第六大道一路北行，穿越格林威治村的精华地带。

我从一号地铁的克里斯多福街（Christopher Street）出站，它是格林威治村的交通枢纽，周遭开了许多烟斗专卖店和情趣用品店，商店的墙上都挂着彩虹旗。服饰出租店挤满了人，显然都在为游行做最后的准备。库布里克的奇片《大开眼戒》中，汤姆·克鲁斯便在此区的店家租了斗篷和面具去参加纵欲杂交派对，我猜今夜还不至于刺激到那种程度。

沿着克里斯多福街走，行经一座小公园，左手边是石墙酒吧（Stonewall Inn），一九六九年因警察骚扰引发的暴动事件成了现代同志运动的滥觞。如今纽约市政府将这段街道以石墙为名，酒吧二楼的窗台插了十几面彩虹旗。

我在格林威治大道右转，身后相隔一个街区是《村声》最早的办公室。一九五五年一伙年轻人凑了一万元办刊物，总部设在三层公寓的二楼，楼下是面包店。草创时期以报导村子里的新闻为主，随后将触角覆盖整个纽约市，强烈影响了当代艺术的走向。无论抽象绘画、实验音乐或前卫电影，它始终站在革命的前线。

《村声》详实记载反战和民权运动的足迹，在时代洪流中发出刚

毅的响声，目前已是全球发行量最大也最具指标性的另翼刊物，东村附近有一整栋大楼都是它的基地，规模不可同日而语。

我和朋友约在第六大道和西八街口碰头，此处有一块三角形腹地，理论上足以吸纳涌出来的人潮，实际上完全没用，依旧寸步难行。我们后头不远是吉他之神吉米·亨德里克斯创建的电子淑女录音室（Electric Lady Studios），名称来自他的伟作《Electric Ladyland》。当初投资百万元打造，存心与披头士的苹果录音室（Apple Studio）互别苗头，可惜亨德里克斯本人只享用过几次。

一九七〇年八月，他在里头录下蓝调演奏曲〈Slow Blues〉，三星期后在巡回欧洲时意外猝死，时年二十七岁。〈Slow Blues〉成为他的遗作，电子淑女也被奉为摇滚国的珍贵资产，乐手以在此录音为荣，传奇地位一如伦敦的艾比路录音室（Abbey Road Studios）。

滚石乐团、齐柏林飞船、枪与玫瑰与 White Stripes 都是电子淑女的杰出校友。我们并非摇滚巨星，却能透过实景拍摄的摇滚 YA 片《爱情无限谱》一窥堂奥。片中女主角的老爸是电子淑女的老板，她将男主角偷渡到里面参观，两人天雷勾动地火一发不可收拾，男孩在垒包间全速进攻，终于让女孩在录音间的沙发上高潮。

不愧是 YA 片。

人行道万头攒动，大街却没啥动静，不是说七点开始吗？我看了看表，已经七点三十分，前导队伍也该走到我们这边了，难道出了什么状况？此时身旁快步走过四名赶赴起点的扮装客，组合是科学怪人、半兽人、僵尸与《星球大战》的绝地武士。

我别无选择，拦下绝地武士。

"你们是不是迟到了？"

"迟到？你说什么啊，还不到七点咧。"他说话时粘在下巴的假胡子一副摇摇欲坠的可爱模样。

"明明七点半了，街上却空空的。"我把手表举到他面前。

"哈！孩子啊……"绝地武士放声大笑，"今天是十月的最后一个星期日，日光节约时间的终点，时钟得调慢一小时，现在才六点半啦。"

"所以今天共有二十五个小时？"

"对！"绝地武士神气地挥舞手中的蓝色光剑，"不过别高兴得太早啊，四月的第一个星期日只有二十三个小时，这偷来的一小时终究得还回去的。你们国家大概没有这种制度吧？"我摇摇头，向他打躬作揖，感谢他行侠仗义。

目送他离开，我连忙将手表往回拨，突然多活一小时的感觉还真奇妙。后来我才知道农业社会的台湾也采行日光节约时间，只是我尚未投胎，难怪毫无印象。

围观群众在"真正的"七点三十分鼓噪起来，马路上大军压境，第一大队率先抵达西八街口！行进方式分好多种，除了徒步，有人踩高跷、骑三轮车，最讲究的是几匹白马拉着南瓜车，上头坐着王子和公主。超人和蝙蝠侠是历久弥新的角色，当时红翻天的《杀死比尔》与《加勒比海盗》剧中人也倾巢而出，只见日本高校生与骷髅头海盗在街头火并。

再过两天就是总统大选，头戴小布什面具四处横行的人自然招来潮水般的嘘声——别忘了，这里是纽约，永远的自由之都。编制庞大的鼓号乐队一边演奏一边变换阵形，花车播着兴高采烈的电子舞曲，两旁的住民也拉开窗户高声欢呼。整条第六大道人满为患，场面可比《黑客帝国：重装上阵》那场圣城锡安的动感舞会。

队伍像一头不停长大的巨龙，迟迟不见尾巴，已过九点丝毫嗅不出结束的迹象。我双腿发麻便和朋友告辞，踩着满地的垃圾与碎纸花在人缝间穿梭，同时用耳机听着卢·里德替万圣夜游行谱下的〈Halloween Parade〉。歌词中各色各样的人物从四面八方涌向纽约下城，今晚听来特别有感触。

突破层层人墙来到西十四街的地铁入口，下楼前想起最酷的乐评人莱斯特·班恩斯（Lester Bangs）就在附近一栋公寓里因服用过量的止痛药过世。那时他才三十三岁，写下的评论和短文已达数百万字。

班恩斯的文章如烈焰般照射人心，字里行间蚀刻着真知灼见。由于文风刚猛犀利，下笔不留情面，无可避免得罪了一票摇滚客，其中与他最为敌对的正是卢·里德。访谈时彼此冷言冷语，互相攻击，竭尽所能置对方于死地。

卢·里德说："莱斯特·班恩斯是蓄胡的胖子，我不屑在他的鼻孔里拉屎！"

班恩斯不甘示弱地回应："卢·里德是堕落的变态，可悲的垂死侏儒！"这些对话至今被视为经典流传。

班恩斯百般挖苦卢·里德其实是爱之深、责之切，他心底奉卢·里德为偶像。早期还没太多人听得懂 Velvet Underground，班恩斯已是最坚定的拥护者，甚至称卢·里德那张全是白色噪音的破格作品《Metal Machine Music》是史上最伟大的专辑。然而卢·里德向来痛恨乐评人，恶评或美誉对他来说根本不痛不痒。

奥斯卡影帝菲利普·塞默·霍夫曼在《几近成名》里演活了班恩斯，而班恩斯的传记《刚左摇滚》选用的书封，挑了一张他背对格林威治村高耸地标杰斐逊市场图书馆张手微笑的照片。他当时所站的路口，与我当下的位置一模一样。

我回头看了一眼群魔乱舞的第六大道，在鬼门开启的今夜究竟该如何区别生与死？班恩斯说不定正悠哉地躺在云端上抽烟，洒脱地看着庸庸碌碌的我们，而路上又有多少狂欢客的内心早已默默死去，只是自己仍未查明。

〈Halloween Parade〉持续在耳畔流转，卢·里德在曲子尾声唱着：

See you next year, at the Halloween Parade

可是我失约了，我明年没有再回来。

Chapter 11_ Blind Chance
机遇之歌

Date_ 1 February, 2005

In an ocean of noise

I first heard your voice

Ringing like a bell

〈Ocean of Noise〉by Arcade Fire

十二月的寒冬，纽约刚下完一场雪。

我在零下十度的豪斯顿街疾行，姿势像极了法国摄影师布列松镜头下的人物——双脚离地，神色匆匆。街边排水孔冒出晶亮的白色蒸汽，轰隆隆的地铁从脚下奔驰而过。正午的太阳抵御不了刺骨的寒风，我将衣领拉高，双手迅速插回口袋。

尽管鞋底沾满碎冰，我的步伐却愈跨愈大，最后几乎跑了起来。途中即使经过日光电影院（Sunshine Cinema）和流行服饰店American Apparel，对墙上的新片广告牌和撩人的模特海报只能视而不见，心中盘算的只有一件事：加拿大乐团 Arcade Fire 的预售票已开卖半小时，我得用最快的速度冲向水星酒吧。

白天没表演时，水星酒吧也代售其他场馆的门票，Arcade Fire 将于明年二月登台的 Webster Hall 正是其一。

慌张地来到门口，果然站了一长串人，我在队伍后方，忐忑的心情就像保健室外头等待注射预防针的小朋友，最后一张票随时可能被人夺走。暴露在冷空气的脸颊不断发出求救的讯号，更难受的是几名刚买到票、以胜利者姿态推门而出的人在扬长而去前不忘语带同情对我们说："兄弟们，祝好运喽！"

一群假惺惺的混账，谁是你兄弟。

不过换成是我也会这么做，毕竟握在手中的是全城最抢手的门票。虽然票面价只售十五元，我敢打赌此刻已经有人在 craigslist 网站以一百元脱手。这种获利率连最顶尖的基金经理人都自叹不如，难怪黄牛这行在纽约真能称上一种职业。

队伍缓慢移动，步入室内前面还排了好几个人。眼看就要铩羽而归，不可置信的事发生了！终于轮到我时，售票小妹以纽约客罕见的温热眼神看着我说："你很幸运，还剩两张票。"随后她以无可奈何的口吻向我身后的人感性喊话："抱歉让各位久等，你们可以回家了。"

记忆中大学电脑选课和金马影展划位都不曾如此惊险，我将两张得来不易的门票小心翼翼收入皮夹，重回冰天雪地的世界。走在街头，无法控制脑袋不去回放过去半小时储存的资料，它像一台三十五厘米放映机，按时间顺序一格一格回溯刚才经历的每一幕，许多"如果"蜂拥而至：

如果出门前多接了一通电话？

如果搭的是下一班车？

如果等红绿灯时有游客向我问路？

如果跑来的过程在雪上滑倒？

如果前方的人多买了几张票？

生活中一些微不足道的细琐小事，时常不知不觉左右我们过日子的节奏与日子开展的方式。波兰导演基耶斯洛夫斯基的《机遇之歌》，男主角是否跳上那班开往华沙的列车，令他的后半生际遇呈天壤之别。《奇幻人生》里的威尔·法瑞尔若非将手表调快了三分钟，也不会被公车撞上。

那些看似无关紧要的决定，近乎反射动作的无心之举，激起的往往是最深的涟漪。只要上述任何一个"如果"成真，我将与这场演出失之交臂，一个刻骨铭心的夜晚将从我的生命中消失。我不是宿命论者，只是当"神迹"真的降临在身上，仍得感谢摇滚上帝伸出他的命运之手，助我达成心愿。

我将门票放入抽屉，以零钱盒妥善压着，这样盼呀盼，随着圣诞节与新年相继离去，总算等到二月一日。当晚和 Y 在第四大道与东十一街的撞球店门口会合，一同走向 Webster Hall。Y 是研究所班上的台湾同学，我们大学其实也同校，却绕到地球对面才相识。他头脑机灵，大笑时眼睛总是眯成一直线，和我在纽约四处征战，是我最忠实的观团战友。

Webster Hall 号称是全美第一间夜总会，与自由女神、可口可乐都在 1886 年问世。首任老板是雪茄商人，早期入席的都是名流雅士，《了不起的盖茨比》的作者菲茨杰拉德便是座上嘉宾。经营权几度易主，一度转型为舞场，却不减它尊崇的地位：猫王、杰弗逊飞船与盲眼歌手雷·查尔斯都曾在此献艺；大西洋对岸的 U2 与 Depeche Mode 初访美国也选择这里公演。如今这座华美的红砖建物已成了市府认证的历史地标。

不似多数大型场馆改采电子屏幕，Webster Hall 仍以手动方式组合门外的"今日演出艺人"广告牌，一个字母一块拼字板，很有波士顿红袜队芬威球场外野计分板的古典况味。伍迪·艾伦《怎样都行》那名跷家少女就在这和朋友欣赏演唱会，广告牌显示的乐团是 Anal Sphincter（肛门括约肌），团名当然是艾伦虚构的，他典型的"下半身思考式"幽默。

地上三层与地下一层全是 Webster Hall 的领地，宛如罗伯特·奥特曼的电影《高斯福德庄园》那座大宅，新来乍到的乐迷常以为自己误闯了迷宫，或置身机关重重的主题乐园。

大大小小的房间，错综复杂的回廊。有些房间摆着钢琴和撞球台，黑白交错的格子地板像一面西洋棋盘；有些房间堆满古董家具，门上挂着引人遐思的裸女油画；回廊则贴有《惊魂记》、《北非谍影》与《乱世佳人》等经典海报。不同房间播送不同音乐，旁厅专放嘻哈舞曲，休息室播着驰放电音，点着线香的厕所响着奇诡的雷鬼乐。

挑高的主厅如同一座祭坛，阳台钉着弥勒佛、印度象神与日本天狗等各国雕塑，并以聚光灯塑造出暗影，某些幽暗区域更是禁止一般乐迷进入，在这玩躲迷藏一定非常过瘾。

或许出自巧合，我与多位年少时仰慕的英雄都在这座祭坛初会，他们都是脱队发展的主唱：我在台前听着 Ian Brown 演唱 Stone Roses 的〈Waterfall〉、Richard Ashcroft 高颂 The Verve 的〈Bittersweet Symphony〉，甚至 Billy Corgan 只弹了一小节的〈Today〉前奏都能

Arcade Fire 在 Webster Hall 的现场，2005 年 2 月。他们代表的是当下，是现在进行式。

令我激动莫名。可是内心深处却明白，他们只是义务性地表演几首往日金曲，让我能放心长大，不带遗憾地告别青春期。

Arcade Fire 不一样，他们代表的是当下，是现在进行式。

首张专辑《Funeral》当时出版不到半年已在乐坛掀起滔天巨浪，家乡是寒冷的蒙特利尔，音乐却溢满瞬间加温的爆发力，能融化人心底层最冰冻的角落。从第一首歌〈Wake Up〉开始，我的身体漂流在一片黑色海洋里，悠扬的提琴与砰然的鼓击支撑着我的背脊，华丽的和声与绝美的旋律带着我寻着光源游回岸边。

仿佛末日即将来临，Arcade Fire 在台上毫无保留地掏出一切，让人真的相信他们将每次出场都当成最后一次。我的血温上升、耳孔扩张，头发起了静电作用，与场子里上千名观众跟着他们呐喊，歌曲行进间陷入一种接近宗教体验的狂喜状态，心脏怦怦地跳，感觉连墙上的壁癌都在呼吸。

兴奋过度加上轻微缺氧，直到结尾曲〈Headlights Look Like Diamonds〉我才回过神来，失重地踏出大门。我和Y在亚斯特广场分手，独自沿拉法叶街往南漫步。时间感早已扭曲，过去九十分钟如梦一场。

踢着脚边的残雪，雪块浮现出演出结束时旁人的表情。好多朴实的脸庞沾着喜悦的泪水，我们知道今夜不可能以任何形式再被复制，只能牢牢记住，然后永远想念。

倾颓的堡垒

Date_ 5 March, 2005

There's a wind that blows in from the north

And it says that loving takes its course

Come here, come here

No I'm not impossible to touch

I have never wanted you so much

Come here, come here

〈Come Here〉by Kath Bloom

　　对我最具启蒙意义的爱情电影《爱在黎明破晓时》，开头情节是这样的：伊桑·霍克与朱莉·德尔佩在欧游火车上邂逅，两人于维也纳结伴出站，搭乘轻轨电车同游市区，随后来到一间名为 ALT & NEU 的唱片行。

　　伊桑·霍克顺手翻弄箱子里的黑胶，Alice Cooper 与 The Kinks

的作品轻轻滑过他的指尖；朱莉·德尔佩则抽出一张民谣女歌手 Kath Bloom 的唱片。两人走到后头的试听间，把门关上，放上唱针，Kath Bloom 的歌曲〈Come Here〉如清新的微风，缓缓拂过心头。

随着旋律流泻，情愫在狭小的空间里蔓延，彼此流转的眼波藏着千言万语——傻笑、窃喜、犹疑与不安，没有人说一句话，没有人愿意打破这份宁静。就如所有刚滋生的爱苗，斗室里的音乐实在太美丽。

借由这经典一幕，导演理查德·林克莱特将荡漾在陌生人间的暧昧与试探呈现得丝丝入扣。然而若非以唱片行为背景，主角无法共享清亮的歌声，少了曼妙的乐曲催化，爱情尚未被有毒物质感染前的纯真状态也不会显得如此浪漫。

对我这类早在 MP3 还没统治人类前已中了摇滚乐剧毒的人，唱片行不仅是贩售音乐的所在，也是摇滚经验里不可或缺的一部分。有天若一觉醒来发现地球上的唱片行全消失了，那种心灵毁灭作用就像熟龄女子得知保养品工厂都将关闭一样强大。

那天确实会降临吗？莫非不久的将来我们只能在网络上买唱片，少数幸存的唱片行被迫转型为精品店，将 CD 当成奇珍异品来贩卖？照趋势看来，也许是时间早晚而已。千禧年后美国倒了数千家唱片行，连商业活动最旺盛的纽约都不能幸免：两家 Tower Records 相继谢幕（上西城那家正是伍迪·艾伦在《汉娜姊妹》中巧遇黛安·韦斯特的地点），Virgin Megastore 也不堪亏损，时代广场与联合广场的分店接连吹起熄灯号。

财力雄厚的跨国企业都无力苦撑，何况只由老板与伙计张罗大小事的独立唱片行：苏活区的 Rocks In Your Head、东村的 Finyl Vinyl、格林威治村的 Vinylmania 与 B 大道的 Sonic Groove，每间都有酷炫的店名，有些甚至七十年代已开始营业，可是飙涨的房租与下滑的收入一来一往，结局只能被刻上阵亡将士纪念碑。

难道大家都不听音乐了吗？不是的，是听音乐的习惯被科技改变了。

过去十年全球唱片的销量跌了近一半，网络下载所占的比率却逐年攀升。

推估再过不久，市场将被数位与实体平分，届时每售出两张专辑，其中一张便是经由缆线传送至消费者硬盘的无形电子讯号。

二〇〇五年三月，我挤在 Kim's Video 观赏性格歌手 Bonnie "Prince" Billy 的店内演出，当时仍是歌舞升平的景象。我意识到数位洪流终将席卷我们的生活，却天真地以为这里是坚固的避风港，如哈里森·福特在《印第安纳·琼斯 4：水晶骷髅王国》躲进的那台冰箱，即使外头核子试爆也能毫发无伤。

时间证明它终究不是史上最酷的考古学家藏身的那台冰箱，Kim's Video 逃不过这场浩劫。

它是纽约庶民文化的传奇，老板是韩国移民金先生。八十年代多数亚裔移民不是开餐馆就是经营干洗店，金先生的干洗店兼营录影带出租，结果赚得比本业还多，他干脆将干洗店收掉，专心打造影音王国，全盛时坐拥三间门市，最崇伟的一间位在圣马克街，楼高五层，外墙钉满新专辑的巨幅封面。

Kim's Video 完全体现了纽约多元的特点：一楼卖的是 CD，请来专业采买进货，水准可与 Other Music 比肩，且因店面宽敞，藏量是 Other Music 的两倍。许多年度大片发行前，这边已有电台流出的公

2005 年 3 月我在 Kim's Video 店内观赏 Bonnie "Prince" Billy 的演出。Kim's Video 最辉煌的年代有二十万人会员，但仍无法承受网络时代的冲击，于 2009 年停业。左图为唱片店外观。

关片可捡，店方更游走在法律边缘自制版权不明的绝版片，供应独步全球的"私酿"珍品。

Other Music 的内装是窗明几净的干爽风格，Kim's Video 恰恰站在对立面，如一座潮湿阴暗的洞穴，屋顶的灯随时一副快熄的样子，眼花缭乱的传单像壁纸层层贴着墙壁，琳琅满目的贴纸爬满每一个货架。乐团 T 恤用塑料袋包着，沾着一层薄薄的灰，CD 看似照字母排列实则随兴安插，每回想寻觅目标都得费上一番手脚。

混乱成了它独到的美学，更别提这里的"气味"，那并非形容氛围的词汇，而是真真切切的味道：陈年霉味加上湿气，有时还混杂呛鼻的古龙水。置身此地是很特殊的纽约体验，好像坐在产业道路旁的传统菜市场享用一顿米其林名厨烹煮的大餐，被一旁来来往往的砂石车弄得灰头土脸，味蕾还是频频高潮。

二楼出售黑胶、DVD 与电影书，精彩度不输一楼。DVD 收藏堪称纽约之最，以类型分为艺术片、喜剧片、恐怖片与情色片等，还有不知从哪走私来的《重庆森林》与《阿飞正传》法语配音版。二楼也开辟出导演专区，侯孝贤、杨德昌与蔡明亮都有自个儿专属的名牌。看见外国人比我们更重视自己的文化资产，令人感动又惭愧。

三楼是影片出租部，最繁荣时登记在案的会员高达二十万人，在地巨导马丁·斯科塞斯也是其一。纽约市共有八百万人，相当于每四十人即有一人持有会员证。然而出租业务也在网络的挑战下受到重击，不敌线上片商 Netflix 的强力吸纳，二十万会员最终仍在光顾的不到十分之一。

包山包海的商品是 Kim's Video 最大的卖点，脾气执拗的店员同样叫人津津乐道，几乎成为一种风景：一名皮肤苍白、无时无刻不在恍神的女店员，仿佛吸了泡过海水的可卡因，眼袋是紫色的。一名肌肉结实、皮裤扣上铆钉腰带的大胡子黑人，乍看像小一号的 TV on the Radio 吉他手。一名终年都穿同一件肮脏皮衣、同一条破洞牛仔裤与同一双发黄帆布鞋的卷发男——或许他有很多件皮衣、很多条牛仔裤与很多双帆布鞋，只是每款看起来都一样。

当你捧着手中的货品到柜台结账时，就得准备自己的品味遭受无情的检视。

你必须像刺猬摆出迎战的姿势，带着高昂的斗志和信心面对各种可能的质疑、不屑和挑衅，才能提着袋子顺利脱身。

"什么年代了还在听这个，你是山顶洞人吗？"

"有没有搞错，被吹捧的烂团你也买单？"

"这导演最赞的片子看过没，买这失败作品干啥？"

"哎，又一位无知的电影系学生，被教授牵着鼻子走。"

正常情况下这些话不会直接说出口，除非你的喜好真的让他"忍无可忍"。店员会透过睥睨的眼神、抽搐的嘴角、轻蔑的鼻息与不耐烦的肢体动作传递讯息。偶尔也会露出嘉许的神情，代表"你很上道"，但绝不会因此给你额外折扣，你获得的是某种虚幻的精神奖励。

更不幸的是那些斗胆拿二手 CD 去兜售的可怜虫，遭遇的磨难不忍卒睹。我最喜爱的小说家保罗·奥斯特在名作《月宫》中描述二手书商的嘴脸全然适用于此：

> 永远让对方觉得好像自己给的是一堆废物，借此贬低货物的品质，就能开出谷底价。整出戏就是设计来让我感受到自我判断的不切实际，让我先对自己厚着脸皮把书带给他的行为觉得丢脸。

你是在跟我说你要用这些玩意儿来换钱？你竟敢奢求帮你把垃圾运走的清洁人员给你钱？

何必自讨苦吃呢，换一家不就得了？相信我，不论买或卖，参与的人都乐在其中，整个过程趣味横生，娱乐性十足更有自虐式的快感。不然我们做个民调，《失恋排行榜》那间冠军黑胶店，你最想和他做朋友的店员是让人恨得牙痒痒、巴不得将他脖子扭断的杰克·布莱克，对吧？

可惜此景只成追忆，这座耸立了二十年的堡垒在二〇〇九年初关门，五万多部 DVD 被西西里岛的小城 Salemi 买下，当局计划开设电影图书馆。可预见的未来，黑手党人人都是电影专家。剩余品项则搬到第一大道，规模只剩一层，一切无法相提并论。

我们无助地进入一个虚拟时代，买唱片按个鼠标就好，不见性情古怪的店员和你斗嘴，过程就像排泄一般直接，却无聊透顶。在 Facebook 拥有一票现实生活素未谋面的朋友，却仍感到寂寞；在网络谈情说爱，难道从此不渴望真实的体温？

R.E.M. 吉他手在唱片行工作时结识了主唱，Smashing Pumpkins 主唱在唱片行工作时结识了吉他手。乐手在唱片行结缘，进而组团；乐迷在唱片行相识，进而交往。千万别忘了唱片内页散发的油墨香、纸的触感、翻动时迎面传来的风。这些事永远不会被冰冷的科技取代。

当然，还有将 CD 拔离底座的瞬间，那声清脆动人的"啪"。

Chapter 13_ Walk On The Wild Side
漫步在狂野大街

Date_ 5 April, 2005

A hustle here and a hustle there

New York City is the place where they said

Hey babe, take a walk on the wild side

I said hey Joe, take a walk on the wild side

〈Walk on the Wild Side〉by Lou Reed

春暖的四月，我沿着西二十八街往哈德逊河的方向走。入夜的切尔西公园，青少年借着微弱的街灯在篮球场厮杀，球鞋与地板摩擦出尖锐又雀跃的声响。

穿越第十大道，前方出现一条离地两层楼高的空中铁道，被两侧的厂房夹着，像一座吊桥与地面对望。铁道搭建于三十年代，串连曼哈顿西侧的工厂区，辛勤运转了半世纪，运货的功能逐渐被卡车取代，街头再也不见奔驰火车留下的残影。青铜色的铁道饱尝日晒雨淋，覆盖一层深褐色的锈痕，年久失修的本体成为涂鸦客现成的画布，也是城市探险家最爱潜入的荒废场域。

潮流舞场 Crobar 开在这并不稀奇，纽约许多入时景点特爱挑人烟稀少的废置街区开店。切尔西南边的肉品包装区（Meatpacking District）曾是屠宰场的聚集地，治安败坏的八十年代更是毒贩与性工作者的大本营，然而过去几年高级餐厅与精品旅馆一举涌入，被资本家彻底改造后，往昔的破落感几乎流失殆尽。《欲望都市》的豪放女莎曼珊便住在此地。

走进 Crobar，漂浮的干冰与闪烁的霓虹灯让我眼神迷茫，女侍的裙子一件比一件短。几名钢管辣妹在小厅的台阶上跳舞，胸罩前缘塞着客人打赏的小费。我在吧台点了份威士忌加可乐，小小一杯索价十元，付钱时我眉心抽动了一下。

同样一杯，水星酒吧只售六元，价差反映出主力客源的消费力。好在我不是这里的主力客源，往后只去过一次，"看"黑人 DJ Carl Cox 打碟。我纯粹将他当成单人乐团欣赏，并非去跳舞，自己笨拙的舞姿不适合在公众场所展现。

主厅的天花板挂着一颗巨型水晶球，镭射光在人群中扫射，好像狱卒用探照灯搜寻逃狱的囚犯。我周遭挤满了中年人，他们热切喊着"卢！卢！卢！"迎接 Velvet Underground 主唱卢·里德登台。我有样学样地鼓噪，一边向身旁绑着哈雷头巾的大叔问道："这边对卢·里德来说会不会有点太时髦了？"

要是我知道一年后将在上东城的爱马仕旗舰店参加他的签书会就不会这么问了。店里一条看似普通的丝巾要价三百元，铂金包更是天价，相较之下 Crobar 一杯十元的饮料实在太平民。

大叔正色地看着我说："他爱怎样就怎样，他是卢·里德。"接着回过头，像名激动的小乐迷继续高呼偶像的名字。

真是一语惊醒梦中人。对！他是卢·里德，纵横乐坛四十年，一生都在打破规则，挑战极限；或者说，他就是极限本身，我们凡人还是乖乖闭嘴。

一九六五年，卢·里德伙同吉他手 Sterling Morrison、女鼓手 Maureen Tucker 与中提琴手约翰·凯尔以 Velvet Underground 为名成军。奇魅的团名来自一本描述怪僻性仪式的同名书，书封印着皮鞭与高跟马靴。

当时摇滚圈人人嬉皮，Velvet Underground 不吃这套，他们特立独行，从思想到装扮全和嬉皮唱反调。嬉皮身着色彩鲜艳的衣裳，他们则一身黑衣黑裤，墨镜更像直接钉在脸上似的舍不得拿下来；嬉皮笑得阳光灿烂，他们总是一副被倒债的阴郁模样；嬉皮歌颂爱与和平，强调社群感，他们迷恋的是性虐待、海洛因毒瘾与颓丧的厌世主义。

若说西岸的嬉皮是爱神捎来的祝福，东岸的 Velvet Underground 就是死神洒下的瘟疫。

他们不甩传统的编曲公式，以实验手法从结构上颠覆了摇滚乐，六十年代听来如下世纪传来的反响，置于今日依旧非常前卫。不合时宜的带刺姿态被主流社会漠视，没料到时移境迁，Velvet Underground 却成了"纽约酷"的终极象征，对后辈产生无穷影响力，Ramones 与 Sonic Youth 承接的都是那把香火。

莱斯特·班恩斯生前写道："现代音乐始于 Velvet Underground，他们的作用力将永远持续下去。"环境乐派大师 Brian Eno 更说过一句被反复引述的名言："这张专辑刚问世时没几个人把它买回家，可是买了它的人最终都组了自己的乐团。"Eno 指的"这张专辑"正是史上经典封面的《The Velvet Underground & Nico》，你或许没听过里头的音乐，但是那根鲜黄的香蕉你一定看过。

若非遇上香蕉的创作者，往后的摇滚史可能全部都要改写。

一九六五年十二月，Velvet Underground 在格林威治村的奇异咖啡馆（Café Bizarre）驻场，店里缺乏正式的扩音系统，乐器全由两台阳春音箱传送，音场像一团压扁的面糊。有回鼓坏掉了，Maureen Tucker 干脆到附近的餐馆偷了两个垃圾桶，将它们倒放在地上凑合着用，大概没办法做到比这样更"低传真"了。

光怪陆离的乐曲激怒老板保守的品味，没完成两周合约就被扫地出门。每晚票房都很惨淡，乐团被解雇的前两晚，台下坐着一位闻风而至的贵宾，正是波普艺术大师安迪·沃霍尔，他的缪斯女神 Edie Sedgwick 也在现场。

沃霍尔与 Velvet Underground 就像拖鞋与蟑螂，是天注定的一对。六十年代中期沃霍尔虽贵为下城艺术圈的国王，魔掌却尚未伸入音乐圈，他迫切需要一组臭味相投的乐团实现野心勃勃的"爆炸塑料不可避免"。Velvet Underground 狡猾的边缘性格正中沃霍尔下怀，双方一拍即合，除了在纽约公演还巡回全美各地。

沃霍尔更下海担任经纪人，他建议（或者说要求）Velvet Underground 让德国模特 Nico 入团，沃霍尔认为她低沉黯然的歌声与 Velvet Underground 简直是绝配，况且多了一名冷艳的女主唱也提升视觉上的美感，"不然这些家伙怪里怪气的，外形真不称头！"他还不惜将自己的大名与画作——那根暗示阳具崇拜的异色香蕉放上封面，以刺激销售。

哈雷大叔见我神游在历史的河流，用手肘敲了敲我，"嘿，小子别发呆了，卢·里德上台啦！"随后他将大拇指与食指扣在一起，放入嘴里猛吹口哨。

卢·里德穿着枣红 T 恤和浅灰卡其裤，手拿银色涂装的 Fender Telecaster 吉他，三人伴奏乐团全是江湖老手的架势。一名身穿黑色礼服，形色端庄的女子脚开开地坐在舞台左侧，双腿中间夹着一把大提琴。我猜在场男士都想化身成那把大提琴。

有些艺人演出前会客套几句活络活络气氛，卢·里德啥也不说，吉他轰的一声刷下去，其他乐手立刻跟进，歌曲一首首紧凑衔接。台上的他精神绝佳，双眼炯炯有神盯着观众，远看像一尊神。全场似乎都在掌控之中，连偶尔的走音与掉拍都像故意，驾驭舞台的高深道行是上千场表演修炼而来。

他的外表和两年前差不多，完全不像六十三岁的老人。当时我在 Tower Records 参加他的唱片签名会，那是我生平首次接触传说中的人物，排队时揪紧的心脏就快跳出胸腔。卢·里德套着一件印有 New York City 三个字的白色长 T 恤（和约翰·列侬穿红的那款图案相同），语气和善异常。即使比预期中亲切，和他对话时我的舌头依然狂打结，语言能力退化到三岁。

有过那次经验，后来的爱马仕签书会就没那么紧张了，卢·里德看我是东方面孔还将我介绍给一名随侍在旁的黄皮肤、黑头发大汉。我们用中文交谈，他是任师傅，卢·里德的太极拳老师，脖子背着卢·里德的莱卡相机。

"听说菲利普·格拉斯勤练气功养生，原来卢·里德练的是太极？"

"不只练太极呢，他对东方文化着迷得很。"任师傅说得没错，卢·里德来年出版专为打拳而谱的"冥想专辑"《Hudson River Wind Meditations》，甚至亲自飞了一趟河南省陈家沟，到陈式太极的发源地朝圣。

年轻时是吊儿郎当的大毒虫，暮年竟变成蹲着马步潜心练拳的学徒，只能说浪子回头金不换。临走前任师傅递了一张名片给我，"你也可以来学拳啊！"他热情地向我招生。我一度认真考虑，结果发现自己想当卢·里德"师弟"的企图远大于学拳的动机，因而作罢。

当晚的歌单一首 Velvet Underground 也没有，这是他的傲骨，他也够格这么做。七十年代离团后经历画上眼影的华丽摇滚时期、头染金发的朋克时期，以及"去你们的！"即兴恶搞时期，卢·里德的个人专辑累积了二十张，乐坛分量有增无减。

整晚的结尾曲〈Perfect Day〉出自他脍炙人口的《Transformer》专辑，电影《控制》中，Joy Division 主唱 Ian Curtis 的房间就贴着《Transformer》的封面海报。

苍劲的歌声从他六十多岁的喉咙深处传来：

Oh, it's such a perfect day
I'm glad I spent it with you

我想起《猜火车》其中一幕：伊万·麦克格雷格在药头家打了一管海洛因，手臂的鲜血从针头边缘渗出。他嘴唇发紫，身体沉入红色的地毯里，药头将他拖上计程车，司机再将他扔到急诊室，急救后由父母领回。导演丹尼·鲍尔冷静地看着镜头下的主角堕落到深渊，替

卢·里德在 Crobar 演出，当晚以一曲〈Perfect Day〉收尾。2005 年 4 月。

整场戏铺上了〈Perfect Day〉，听来像一首残酷的安魂曲。

一九九六年当我瘫陷在台南国花戏院的椅子上，被影音交媾出的病态美震慑，绝对料不到九年后能亲耳听见它。我的情绪汹涌起伏，是想念十七岁的青春，还是曲子原本就很感伤？我想两者都是。

哈雷大叔见状，伸手过来轻拍我的肩膀，仿佛在说"我懂"，我点头向他微笑。两小时前我们还带着竞争心态：他觉得我是菜鸟，我不喜欢他的前辈派头，如今我们是同一国了。一场演出可以改变很多事。

返回地铁的途中，泥土淡淡的甜味弥漫在春天的晚风里。纽约迷离的夜色下，那些偏僻的陋巷间，不知还藏着多少迷人败德的故事等着我发觉，我正踏在卢·里德曾经走过的狂野大街。

Chapter 14_ Like A Rolling Stone

滚石不生苔

Date_ 30 April, 2005

When you got nothing

You got nothing to lose

You're invisible now

You got no secrets to conceal

How does it feel

To be on your own

With no direction home

Like a complete unknown

Like a rolling stone?

〈Like a Rolling Stone〉by Bob Dylan

　　九局下半，一出局，跑者攻占满垒。打者大棒一挥，球从本垒板中央乘着一道美丽弧线轻盈地飞向右外野，安打！三垒上的跑者奔回本垒得分，洋基队以4：3击败多伦多蓝鸟队，球员挤在本垒前庆贺。

我站在一垒后方，欢呼声像海潮袭来，整座球场随着声波微微晃动着。球迷相互击掌，享受能自在拥抱陌生人的时刻，"瘦皮猴"法兰克·辛纳屈的〈New York, New York〉从播音系统窜出，歌声盘旋在内野上空，随后被一阵风吹向外野草坪，这是洋基球场的散场仪式。

我和数千名球迷一同走向地铁站，脑中想着刚结束的球赛：王建民的大联盟初登板虽然被后援投手搞砸了，七局只失两分还是很够水准。况且有幸置身场内，看他沉稳地投出每一球，胜负其实并不重要，我已目睹了历史。

搭乘B线地铁告别布朗克斯区，列车一路南行，我从西七十二街出站，天黑前抵达上西城的Beacon Theatre，赶赴今天第二个行程。我将目睹另一种历史：二十世纪流行文化的象征，摇滚史上最传奇的人物鲍勃·迪伦。今晚是他连续五场演出的最后一晚，过往的经验告诉我，最后一晚通常最棒。快步来到门前，入口处的鹅黄灯泡亮着"BOB DYLAN & HIS BAND"这几个字。

Beacon Theatre是典型的二十年代浮华建物，比帝国大厦还早两年屹立在曼哈顿街头。由于完工后才进入大萧条年代，搭建时没人知道美国经济就要大难临头，建材与装饰都极尽奢华：白色的大理石地面，晶亮的铜质扶手，吧台以桃花心木打造，屋顶挂着富丽堂皇的吊灯。

这只是前厅而已，主厅更像古代帝王金碧辉煌的陵寝。我突然觉得自己穿着T恤就大剌剌入场有点不太礼貌,这种感觉在坐定之后更强烈。

环视周遭，自己可能是全场最年轻的观众，多数人不是一身白领装扮，就是饱经风霜的老嬉皮模样，花白的头发与脸皮的皱褶隐隐透露出"一九六九年伍德斯托克音乐节老子就在那"的神气讯息，与我平日在下东城撞见的物种截然不同。

照理说任何情况下能拿到"全场最年轻"这个头衔都该感到开心，可是当我坐在主厅的红色绒布椅上等待迪伦登台、盯着金光闪闪的屋顶与色彩斑斓的壁画时，油然生出半夜偷偷打开老爸的酒柜找酒喝，却因"经验值太低而挑到最难喝的一瓶"那种做错事的感觉。

我好像不属于这里，这里似乎不是我该来的地方。

迪伦出场时大家都站起来拍手，他缓缓走到舞台左边，挨着钢琴站着，面无表情敲着琴键。第一首歌是〈Maggie's Farm〉，四十年前的夏天，他在新港民谣音乐节（Newport Folk Festival）也以这首开场。当时的迪伦才二十四岁，顶着鸟巢乱发，身着皮夹克、紧身裤与尖头靴，电吉他背在身上，脖子架了一把口琴，与五人伴奏乐团展开一段总长不过十五分钟，却永远改变摇滚史的表演。

冒冒失失的贝斯，山雨欲来的滚烫鼓点，前奏的四小节已传递出浓浓的窒息感，仿佛某种不祥的前兆。迪伦胡乱吹了几声口琴，火辣的蓝调吉他奏着挑逗的语句，一只裸身魔鬼正将舞台团团笼罩，跳着狂乱的舞，露出邪恶的笑。

对台下乐迷来说，那只魔鬼其实是迪伦自己。他们心中民谣是神圣纯洁的，迪伦替吉他"插上了电"，不只出卖了民谣社群，也背弃了这份道统。震耳欲聋的音量更令人坐立难安，群众开始鼓噪，发出带有敌意的嘘声。民谣大老 Pete Seeger 更是气急败坏，差点拿斧头把电缆砍断。

迪伦的转变确实让人措手不及，世界压根还没准备好，他已改头换面。

"你还跟我们站在同一阵线吗？"一名乐迷绝望地对台上大喊。他喊出众人的心声，眼前所见实在太荒唐了，被封为时代的良心、反文化旗手，迪伦竟甘愿糟蹋自己，转投世俗淫靡的摇滚乐阵营。

迪伦不动声色，把歌唱完：

Well, I try my best

To be just like I am

But everybody wants you

To be just like them

他让歌词说明一切，拒绝被定型成抗议歌手，人民的英雄，那担子太沉重，他只想当自己。《我不在场》以更戏剧的手法重现这一幕，凯特·布兰切特饰演的迪伦与乐手们一字排开，在台上冷不防地转身，用冲锋枪扫射观众，意思是："不要吵，你们通通给我闭嘴！"

〈Maggie's Farm〉标示迪伦从民谣歌手过渡到摇滚巨星的阶段，是他生涯的重要作品，可是一如在飞机失事现场吃力地搜寻黑盒子残骸，我直到曲末才察觉出它的身份，因为从头到尾听来都像别的曲子。怎么会这样呢？

年轻时迪伦受人称道的特质，是歌声早熟得像名历经世事的老头，待他真的成了老头，声音却模糊刺耳，如前一夜喝了太多咳嗽糖浆，早上又被热咖啡烫到的咽喉含了一颗卤蛋，听来受尽了折磨。若说录音室版本是五档狂飙，现场版反而像一档起步，温驯，不时还会熄火。

拿现在和过去相比当然不公平，再劲朗的嗓子都逃不了岁月。只是望着离我不过几十米的迪伦，却感到我们之间隔着好几光年。他整晚没说一句话，没正眼瞧过观众，自顾自地弹钢琴，偶尔吹吹口琴，从未将身旁的吉他拿起。

"他真的是迪伦吗？"我不断反问自己。

会不会开演前被外星人绑架了，眼前的他只是苍白阴森的活体标本？犹如不远处自然历史博物馆收藏的填充动物，得配合橱窗内的情境摆出相对应的姿势：牦牛在飘雪的山脉苦行，美洲豹在雨林追捕猎物。它们注定永久静止地活下去，被观看，被指指点点。

惊讶的是其他人都乐在其中，我却心不在此，变成彻彻底底的局外人。

走出 Beacon Theatre 金色的门，心情非常沮丧。这是我买过最昂贵的门票——我大可用同一笔钱去看十场电影，我更惊觉革命的年代离我好远，为何还要紧紧抓着从不属于自己的经典不放？沿着百老汇大道往南，我想起《失恋排行榜》尾声约翰·库萨克在倾盆大雨中失神蹀步，配乐正是迪伦的〈Most of the Time〉。那首歌陪我度过整个大四的寂寥冬天，不同的是约翰库·萨克刚参加完女友父亲的葬礼，而我，刚从生平第一场迪伦演唱会离开。

往后几年我曾想赌气，不再理他，但是我办不到。在纽约过活，每日穿梭于藏满摇滚史迹的巷弄间，迪伦会冷眼靠在路口的电线杆打量着你，你终究得向他走去。他像一具悬浮在城市领空的幽灵，想看见阳光，就得让视线穿透他的羽翼。

我在唱片行与咖啡馆，杂志与电影中，反复听闻他的事迹，一再读到以前的他究竟有多酷：十九岁那年远离明尼苏达老家，只身闯荡格林威治村；如何开创时代、引领时代又终结时代；如何抗拒成为典范，却宿命般地成为最卓越的典范。

正如斯普林斯汀所说："猫王解放你的身体，迪伦解放你的心灵。"

我情不自禁搜集他的唱片与书籍，在格林威治村寻找他曾经驻足的证明，曾经存在的蛛丝马迹：一九六二年搬入的西四街公寓（楼下开了一间情趣用品店），驻唱过的小酒馆（如今大多关门了），与女友结伴走过的小径（路树依然长青）。

我的好奇心不减反增，那些传说是那么精彩，我更确信 Beacon Theatre 那夜他一定是被外星人绑架了。我得再给他一次机会，这次我们要做个了断。

二〇〇七年九月十六日，奥斯汀音乐节（Austin City Limits）的最后一天，我和数万人群聚在一片大草坪上。一连三天的活动包含一百多组乐团，大会特别将迪伦安排在最后一个时段替音乐节画下句点，是尊重，也是礼遇。

迪伦登场前其余七个舞台全数清空，唯独主舞台还在活动，聚光灯照得星空宛如白昼。人潮从会场各方涌入，朋友三五成群，情侣两两成双，年龄横跨每一个世代。许多家庭扶老携幼，野餐巾旁停着婴儿车，车里的小生命咬着奶嘴。这回"全场最年轻"这个头衔肯定与我无关了。

我与女友肩靠着肩站着，纾解各自的腿酸，心想迪伦的音乐不晓得伴随在场多少人长大？这种与成长过程合而为一的记忆，以如此贴近生活的方式产生的情感，岂是我这名说着外国语的异乡人所能理解。

当晚的他像位老绅士，一袭黑西装与白衬衫，头戴米白牛仔帽，领口还打了黄丝巾。也许宽阔的户外空间发挥了作用，少了压迫感，迪伦判若两人，歌声不像上回气若游丝，背上的旋钮也不负众望转到

"吉他模式"，大部分的时间都站在中间弹吉他。最窝心的是，我终于在他脸上看到了笑容。

歌曲逐一唱过，我开始祈祷这绝妙的夜若能以"那首歌"做结就更完美了。它是摇滚迷毕生都想亲耳听见的曲子，可惜在 Beacon Theatre 那一晚被遗漏了。

然后在这微凉周日夜，当空气的温度、人群的紧密度、夜空的透明度，远处餐车传来的烧烤香混合女友发丝残留的马鞭草洗发精清香，与啤酒打翻在草坪上一闪即逝的白色泡沫全都呈现在最和谐的状态时，福至心灵般，〈Like a Rolling Stone〉的前奏响起。

我的头皮发麻，四肢动弹不得，全身的毛细孔都在燃烧，歌曲进行到一半转头和女友说："好像没有遗憾了。"她对我点点头："走吧！"

我们将舞台抛在身后，穿越了草坪，缓步向出口走去。迪伦的声音就如车子开进隧道时愈来愈微弱的广播讯号，逐渐变小、消失，但是每一句我都听得好清楚。我们顺着林中步道行经吊桥与小坡，最终找到一条公路，沿着公路又走了半小时回到奥斯汀市区。

我们饿坏了，在当地念书的友人开车送我们到校园附近的 Trudy's 餐馆，推开门，里头已无客人。

"打烊了吗，还可以点餐吗？"朋友问。

"还可以，不过厨房快关了，得一次点齐喔。"女侍笑着说。

我们一行四人一口气点了汉堡、色拉、意大利面、可乐与啤酒，食物摆满一整张桌子。侍者和厨师慵懒地坐在隔壁桌喝酒聊天，等着下班。

当我的第二瓶啤酒送上桌，神奇的事又发生了！这种事出现在电影情节，实在刻意又老套，现实生活真的碰上却像个奇迹。餐馆的点唱机此时传出一首不知哪名已离去的客人点的曲子，不是别首，正是〈Like a Rolling Stone〉。

过去一小时被无瑕地串接起来，仿佛一个无尽的回圈，梦才刚醒，又再次跌入。迪伦似乎仍在台上唱着这首歌，这首歌永远不会结束：

> How does it feel
>
> To be without a home
>
> Like a complete unknown
>
> Like a rolling stone?

侍者和厨师跟着副歌大声唱和，歌声中满是快活；我们也加入他们，轻声地唱，两桌人交换了尽在不言中的眼神。此刻，我们说的是同一种语言。

饱餐一顿，朋友载我们回下榻的 Motel6，途中我看着窗外夜色，有了新的体悟。虽然一代人、一代歌，迪伦从不属于"我们发现"的音乐，然而时间的流动就像一条长河，那些最纯粹与精炼的结晶，经过漫长的洗刷与淘选，终究会冲向自己。

人生是一趟悠长的征途，我们也要像石头一样无畏地滚动，这是我从迪伦身上学到的事。

一直滚动，直到终点。

Chapter 15_ People Have The Power

摇滚怒女

Date_ 1 May, 2005

Jesus died for somebody's sins but not mine

〈Gloria〉by Patti Smith

世界上有形形色色的协会，千奇百怪的排行榜，不过都没有这份来得酷：由美国推理作家协会选出的"全球最佳谋杀城市"。

哪座城市获此殊荣？

当然是纽约，否则《教父》里的阿尔·帕西诺岂能旁若无人走到餐馆厕所找出预藏好的枪，众目睽睽下将同桌的人杀掉，其中还包括一名警长。

纽约长大的马丁·斯科塞斯将家乡这项"特色"发挥得淋漓尽致，在他的镜头下，纽约俨然是一座血债血还的罪恶之城，从《穷街陋巷》、《好家伙》到《纽约黑帮》，无论剧情发生在十九世纪还是近代，剧中男子汉总是挖空心思将仇人干掉。更别说陨石、海啸与暴风雪等天然灾害，或是哥斯拉、金刚与外星人等面目可憎的变种生物，如何前仆后继在银幕上摧毁这座半岛。

不是天灾就是人祸，难道纽约客真的这么该死？布洛克给了一个合理解释，如他的名作《八百万种死法》所示，纽约有八百万人，因而有八百万种死法。至于这些人究竟怎么死的，又为何而死，真是个微不足道的问题。

或许这是电影和文学中的纽约，真实的纽约呢？九十年代经由市长朱利安尼大力整顿，纽约已跃升全美最安全的大城之一，想不到吧！这也代表：一、你能在三更半夜独自搭地铁回家；二、不用担心在路上被抢而将包包背在前面（况且那样实在很蠢）；三、除非你心怀不轨，才会在华盛顿广场遇到跟你搭讪的大麻贩子。

纽约如今是安全了，却少了点刺激，少了前辈口中那股造反氛围。以前可不是这样的，市府和毒枭挂钩、官员贪污腐败、不肖检察官被黑道控制，蝙蝠侠居住的高谭市影射的正是纽约。尤其东村与下东城更摆明生人勿近：占屋客在破败公寓划地为王；流浪汉垫着报纸肆无忌惮睡在街头，臭气冲天的家当就堆在身旁的推车里。妓女、皮条客、毒虫与酒鬼在晦暗街道来来往往，混杂着波希米亚族与艺术家，写字的、画画的、玩音乐的和搞剧场的。

这伙人以不同的手段讨生活，却有两个共通的特点：年轻，穷。

而在糟糕透顶的东村与下东城，由南向北又贯穿了一条糟糕透顶的 Bowery 大道，所经之地全是低开发社区，巷弄间龙蛇杂处，不时沦为帮派火并的地盘。

大名鼎鼎的另翼文学教父兼"垮掉的一代"舵手威廉·巴勒斯（Sonic Youth 的《NYC Ghosts & Flowers》便以他的画作为封面），

七十年代就住在 Bowery 大道二二二号一间被他唤作"碉堡"(The Bunker）的地下室里。"碉堡"原为 YMCA 体育馆的更衣室，房间密不透风，一扇对外窗户也没有，巴勒斯与其说是住在那，不如说是自我幽禁。

闭锁的气息弥漫在房里，正常人住个几天就得幽闭恐惧症了，可是曾写出奇书《裸体午餐》、文字启发了 Soft Machine 与 Steely Dan 等团名、并将"重金属"一词发扬光大的巴勒斯并非常人，脑袋构造和我们不太相同。他乐于窝在"碉堡"内，好整以暇等着文人雅士登门拜访——卢·里德、安迪·沃霍尔、苏珊·桑塔格都是堡内盟友，滚石乐团的米克·贾格尔也爱往那边跑。

在这样一条仿佛为犯案现场量身定做的路上，这样一块处处充满生机，也泛滥着毒品、性交易与亡命罪犯的危险街廓，一九七三年十二月，史上最经典的场馆 CBGB 在 Bowery 大道三一五号点灯开幕。

CBGB 意指 Country、Blue Grass 与 Blues，老板 Hilly Kristal 原希望为乡村、草根蓝调与蓝调艺人提供演出机会。开张几个月生意却不见起色，来年春天，一群貌不惊人的邋遢小子央求登台表演，Hilly Kristal 抱着"反正不会比现在更惨"的心态姑且让他们试试，那伙人后来成了朋克运动的先驱 Television。

神经质的吉他独奏，油漆未干似的黏稠贝斯线，主唱 Tom Verlaine 唱起歌一副岔气的模样，Television 与乡村和蓝调都搭不上边，却蕴含高昂的可塑性。看中他们的潜力，Hilly Kristal 来个政策大转弯，安排他们为周日的驻场团，同时宣布 CBGB 不再局限于特定曲风，任何乐团都能获得演出机会。是的，任何乐团，只要符合一项规定就好：必须表演原创曲目。

走过动荡不安，谋杀与抗争不断的六十年代，美国在七十年代进入重整期。尼克松总统因水门事件请辞下台，歹戏拖棚的越战总算接近尾声。Velvet Underground 解散，迪伦迈入"自我探索"时期，对宗教音乐产生旁人无从理解的兴趣。前卫摇滚与华丽摇滚当道，前者的歌愈来愈像恐龙的排泄物又臭又长，后者替双颊抹上更厚的粉。

几年间嬉皮的美梦幻灭了，阴谋论者开始揣测登陆月球只是棚内预录的电视转播。青年集体染上了某种精神阳痿症，对啥事都不关心，也无所谓。

CBGB 的出现揭示出一种全新可能：别啰唆了，技术可以再练，先上台再说吧！

鼓励创造力与想象力的态度让 CBGB 成为朋克摇滚的原乡，也是艺文圈碰头的据点。Hilly Kristal 善待乐团，通常门票收益归乐团，酒吧收益归场馆，这对许多刚起步的团体而言是一笔重要收入，且登台一次，往后便能免费入场。

由于来者不拒，张开双手欢迎各色人等，CBGB 宛如四海一家的怪人收容所：墙外饥肠辘辘的游民徘徊不去，墙内潦倒困顿的乐手大口喝酒；散场时两群人混在一起，真分不出谁才是游民，谁才是乐手。

一九七四年四月十四日，街上孩童含着复活节彩蛋，Television 在 CBGB 第三度登台，台下稀稀疏疏站了十一个人。这晚的历史地位也许不如一九七六年六月四日，当时 Sex Pistols 在曼彻斯特开唱，场内不到四十个人，几乎都是乳臭未干的少年郎，看完演出却一致受到感召，各自组了 The Smiths、Joy Division、The Fall 与 Buzzcocks。可以说那场 Sex Pistols 演唱会直接点燃了曼城的后朋克火苗。

而一九七四年复活节当晚，伟大的摇滚女歌手帕蒂·史密斯是在场的十一人之一，陪在身边的是相挺至今的吉他手兰尼·凯尔（Lenny Kaye）。两人之前已在东村的圣马克教堂搭档，帕蒂·史密斯朗诵自己的诗，兰尼配上即兴伴奏。欣赏过 Television，两人体悟到双人的力量毕竟有限，拥有编制完整的队伍表演起来才够力！

你一定好奇我怎么知道观众只有十一个人？一九七四年我根本还没出生呢。

其实这则故事是我亲耳从帕蒂·史密斯嘴里听来的，地点就在 CBGB。二〇〇五年五月一日，她回到孕育自己的 CBGB，距离首度在此出场已间隔三十年。我大概上辈子烧了好香，能在国际劳动节观赏帕蒂·史密斯，就像中秋节抓着嫦娥的裙摆飞向月球：时间、人物与地点全是最完美的组合。

初次走入 CBGB 好像掉入历史的井，是言语难以描绘的超现实感。一座狭长的山洞迎面而来，愈往里面空间愈窄，你不禁怀疑几十年来这里是否毫无改变，一如《侏罗纪公园》那只被琥珀包覆的蚊子，好端端封存在真空里，跟从前完全一样。

胡子白花花的 Hilly Kristal 坐在办公桌前一边跟熟客打招呼一边翻阅手上的文件，戴着一副老花眼镜，样子像比较酷的肯德基爷爷。通风管挂着不知哪名先贤遗留的女用内裤，照花色看来年代有点久远，也不排除是当代小妞中意的复古款式。

数以千计，不，数以万计的贴纸、海报、传单与酒标，叠罗汉般层层附着在墙壁、吧台与天花板，凡是平面处就贴着东西。想象 Jackson Pollock 的抽象泼墨画，将缤纷的油彩替换成厚厚的印刷品，CBGB 的内装就是那个德性。它呈现出摇滚场馆最究极的原型：肮脏、紊乱、阴暗、拥挤，永远吵吵闹闹。

对普通人而言这里丑毙了，可是在摇滚党徒眼中，它丑的方式个性到了极点。

我沿着狭隘的走道侧身向舞台靠拢，短短一段走了许久，一来到处是肩膀，得左闪右闪避免撞车，二来每走几步都会心想：艾伦·金斯伯格和莱斯特·班恩斯是否曾在"这个位置"相对而坐，喋喋不休地抬杠；"邪恶席德"（Sid Vicious）和"约翰尼闪电"是否曾在"这个角落"用酒瓶互殴，坚持自己的艺名是乐坛最酷；贾木许和伊基·波普是否曾在"这座吧台"对饮波本威士忌，讨论《咖啡与烟》的剧本；Courtney Love 是否曾在"这把椅子"跨坐在猛男的大腿上，磨磨蹭蹭……

等等，莫非那条内裤就是？

帕蒂·史密斯是一旦上台你再也无法将视线移开的演出者，即使将从未听过她名号的人丢进场子也会被降伏。她身上有一种刚强又温柔的特质，演唱时是精神抖擞的领袖，锐利的眼神散发慑人的光芒，连吐口水的动作都潇洒极了。歌与歌之间从那名念着咒语的女神，转换成健谈，甚至有些害羞的女孩，和乐迷讲古，分享趣事，快六十岁了仍保有一颗赤子之心。

CBGB 的音响系统果然也名不虚传，音场尖锐无比，不同音轨就像摔了一跤的鸡蛋，蛋白与蛋黄糊成一团。由于状况频出，第一首歌没唱几句只能被迫重来。

"音响烂透了！"一名老兄大喊。

"是啊，就和过去一样烂，这就是 CBGB 的声音。"她慧黠地回应。

喇叭暖机了一会儿，终于恢复运作，乐手施展得愈来愈起劲。激昂的字句搭配生猛的节奏，从这位活传奇的嘴巴铿铿锵锵地吐出。她在台上开了一道隐形的门，引领众人入内。适逢劳动节，兰尼唱了工运名曲〈Part of the Union〉。

如投完一场完全比赛的投手在九局下半自行挥出再见全垒打，当我以为今夜不可能更美妙时，一名头戴灰色鸭舌帽，身穿黑色大衣的谜样男子从我旁边蹑手蹑脚地经过。我在认出他的那一刻偷偷戳了他一下，一来证明他是真的，二来也能向别人炫耀我戳过他。

他是 R.E.M. 主唱迈克尔·斯戴普（Michael Stipe），意外的神秘嘉宾。

斯戴普十五岁那年听了帕蒂·史密斯的出道大作《Horses》便决定组团，从此视她为心灵导师。他是被《Horses》撼动的万千青年之一；Sonic Youth 领袖 Thurston Moore 年少时迷恋帕蒂·史密斯的一切，剪报本贴满她的照片。

斯戴普在喝彩声中上台与帕蒂·史密斯相拥，两人坚定地凝视彼此，合唱了〈People Have the Power〉，是整晚的最高潮：

I believe everything we dream
Can come to pass through our union

We can turn the world around
We can turn the earth's revolution

歌词传递的理想是那么有感染力，人心的良善面都能隐隐共振。

你真的相信当下的自己处在一个更美好的世界里。

结束后我不忘到地下室参观 CBGB 的必访景点：恶名昭彰的厕所。百闻不如一见，地板泛着薄薄水气，砖墙画满涂鸦和留言，正如多数的厕所文学，全是脏话；马桶和小便斗也不能幸免于难被贴纸层层攻击。可惜我缺乏眼福，没撞见传说中的活春宫，我猜那种好康不是每晚都有。

穿过漆黑的甬道返回一楼，我发现帕蒂·史密斯、迈克尔·斯戴普、兰尼·凯尔与其他乐手正待在舞台后方的休息室。那间休息室简陋得像个违建，连张门或帘子都没有，他们自在地坐在板凳上喝水，闲话家常。

我默默望着这群离我不到两米的杰出人物，身体涌起一股暖流。十年前帕蒂·史密斯的丈夫与兄长相继过世，是斯戴普与团员们一路扶持，让她克服伤痛，今天才能昂然站在这里，唱着这些坚毅的歌曲。

"摇滚乐是我们文化的声音。"这是她的名言，我却觉得摇滚乐对她来说，更是人性光辉的展现。

咔嚓！我在心中悄悄按下快门，我要让时间定格，永远牢记这一幕。在 CBGB，在摇滚之国最后的岛屿。

Chapter 16_ Champagne Supernova
香槟超新星

Date_ 22 June, 2005

How many special people change

How many lives are living strange

Where were you while we were getting high?

〈Champagne Supernova〉by Oasis

一九九六年二月五日，一个晴朗的周一午后，我骑着脚踏车从学校离开。对一名高二生来说，寒假只是一种概念，它很短暂，大概就像初次性经验，学期刚结束仍得去上辅导课。

不过辅导课有个优点，只上半天，下午可以鬼混。行程说出来很无聊：先打几场篮球，再穿一身湿透的制服去逛唱片行。我先沿着东宁路骑，接上民族路，随后在北门路右转，几分钟后在每次经过都感到惊险万分的台南火车站圆环绕了四分之三圈，把车停在中山路的敦煌书局门口。

敦煌书局备有不少西洋音乐杂志，价格最可亲的是香港的《音乐殖民地》，读起来也最不费力，还潜移默化弄懂许多港式用语，如结他（吉他）、班霸（天团）。店里另附设迷你影音部，贩售 CD 和卡带。

当时的 CD 很便宜，进口片不到三百元，但辛苦存下的零用钱一星期只有一张的预算，每张都得精挑细选，并规定自己务必听到滚瓜烂熟才能购入下一张。然而相较于排列组合，或是秦岭淮河以北冬天出产什么作物，花上一星期将一张专辑倒背如流不是太困难的事，我每每能超前进度。

当天买回家的，是绿洲（Oasis）刚发行四个月的第二张大碟《(What's the Story) Morning Glory？》。

仿佛结账完速度不快一些 CD 就会烧起来，我一路飙车，只花十分钟就冲回房间，从墨绿书包的夹层把它取出（那个夹层通常是藏匿和同学借来的情色刊物），猴急地脱掉透明塑料膜，动作比解开女生的胸罩还迅速。接着将片子毕恭毕敬放入音响，躺在床上，手掌叠放在后脑勺，像枕头那样支撑着头部，脚趾头靠在一起，然后把眼睛闭上。

来，我准备好了，上吧！

接下来发生的事，套句二十一世纪偷情男女被抓包时最理直气壮的答辩语："过程就是大家所想的那样！"是的，你能想到的接下来五十分钟全发生了，会有疑问的部分应该是，为何我将日期记得这么清楚？

其实我从国三便开始写日记，而且鲜少记载每日感怀或自我检讨，反而以流水账的方式巨细靡遗写下吃了啥、买了啥、和谁去了哪里。若要问我哪天将 The Bends、Different Class 或 The Great Escape 捧回家也都查得出来。这些事虽然琐碎，这辈子可能根本也不会再次翻阅，可是借由写在日记中似乎便能将它们留住。

随着日记本愈积愈多，我才领悟到那些最叫人怀念的，往往是最浮光掠影的事。

那天下午的一切都是从〈Hello〉如警铃般"咚咚"两声巨响揭开序幕，宛如午夜时分值勤的警车从楼下呼啸而过，你从睡梦惊醒的同时小鼓奋力敲了十二下，沉甸甸的大鼓和着低鸣的贝斯用力踩踏，那时才二十三岁的 Liam Gallagher 用一种"不然你想怎样"的骄傲口吻唱着：

I don't feel as if I know you
You take up all my time

从这一刻起你的人生注定不一样了，再也无法回头了。他接着唱到：

Nobody ever seems to remember life is a game we play

要一名毛都还没长齐的小鬼全然参透歌词的意思，无非强人所难，毕竟只活了十七年，尚未轰轰烈烈玩过，如何"记住"人生是一场游戏？不过就像我们从小到大在摇滚乐、电影、电视剧集和小说中揣摩到的那份"笃定"存在于未来世界的绝望、痛苦和心伤，总是很有信心地以为即使当下的自己还不太懂，总有一天也会懂的。

果真，后来我们全都懂了。

比较不幸的是《和莎莫的 500 天》男主角那种类型，自小遭受惨情英伦流行乐的荼毒，还对电影《毕业生》产生错误的理解，双重夹击下傻傻地认为在遇见天命真女以前都不可能获得真正的快乐。我中的毒当然没到那个程度，却不得不承认的确没几出电影的最终一幕比《毕业生》正点。

曲子尾声换老哥 Noel 登场，电吉他发出婴儿啼哭的魔音，是哇哇效果器的声响。他的嘴巴好像紧贴着一台快没电的扩音器，在 Liam 身后五步远的地方替老弟合音：

Hello! Hello!

It's good to be back, good to be back

之后你也了然于胸，几小节的破音吉他开启了〈Roll with It〉，绿洲就这样头也不回地冲刺到最后一首。

这种一生没有几次的珍贵时刻，我们很容易替它加上意义，或者过度浪漫化。况且《(What's the Story) Morning Glory？》虽然是英式摇滚宫殿里最卓绝的伟作，却并非我聆听音乐的历程中接触的第一张唱片。

只是环顾乐坛，原先的精神领袖科特·柯本在我国三那年死了，九十年代中期没有任何一组乐团像绿洲那么狂妄，如此跋扈。在我每天被黑板提醒离联考还剩几日的苦闷求学阶段，他们的趾高气扬成了我的解药，让我在乏味的课业外找到一扇逃逸的窗口。是绿洲启蒙了我，让我体会到身为死心塌地的摇滚迷究竟是什么感觉。

年轻生命中我头一次为某样事物疯狂着迷，牵挂他们的一切，关心他们的一举一动。托老姊在巴黎买的第一件乐团 T 恤、第一张乐团海报、第一本乐谱、第一个登录的网站，甚至和好友主持的广播节目名称都叫"小绿洲"。

他们的乐曲如泡过水的香菇塞入我的耳内，膨胀后再也拔不掉。短短一段时日已植入我的皮下组织，与生活融为一体。

往后我才知道，原来那种在乎，那种朝思暮想，就是恋爱的样态。差别在于我谈的是场越洋恋爱，对象不是妙龄女孩，而是五名心情不好似乎随时都会扁人的曼城佬。不过绿洲并非我惨绿年少时唯一的爱，我心中还住着另一个人：迈克尔·乔丹。

一九九六年是乔丹重返 NBA 的首个完整球季，公牛队创下空前的单季七十二胜纪录，顺利拿下总冠军，迈向二度三连霸。在我买入《（What's the Story）Morning Glory？》的下周，乔丹在全明星赛获颁最有价值球员，赛季终了又获常规赛与季后赛的同一殊荣，很过分地将三座 MVP 全包了。我在日记中详实记下他每场得了多少分，击败哪一队，比写参考书还认真。

在我消磨于电视机前观看的无数赛事中，印象最深的两场有着极相似的背景：时间都是中午，地点都在老家客厅，老爸都坐在他的宝座上看报，乔丹出赛的场地都是纽约尼克斯队的麦迪逊花园广场。

场景一：一九九五年三月二十九日，这是乔丹复出的第五场比赛，由于棒球罢工，他决定离开令他难堪的芝加哥白袜队小联盟外野，十天前才昭告天下"I'm Back"。

第四节只剩五秒就要结束，两队 111：111 平手。公牛队进攻，球在乔丹手上，他已豪取当季最高的 55 分。当所有人以为他会自行出手，乔丹将球传给篮下无人防守的白人胖中锋 Bill Wennington，他拖着一百多公斤的身躯稍嫌吃力地起身灌篮，全场只得到那两分——

正是那两分赢得了比赛。

"咦，他的背号怎么变45号了？"老爸盯着电视机里一身火红球衣的乔丹。

"因为23号被公牛队退休了，45号是他打棒球穿的号码。"

"真厉害！"说完，老爸低头继续看报纸。

场景二：二〇〇一年十二月二十三日，乔丹再临纽约，双方僵持不下，比分83：83。他踩着白蓝配色的十七代鞋，在罚球线附近向右探了两步，起身，出手，球以优雅的抛物线空心入网！替生涯制胜一击再添一个经典镜头。

"咦，他的球衣怎么变蓝色了？"老爸问。

"因为乔丹又复出啦，目前效力奇才队。"

"真厉害！"说完，老爸低头继续看报纸。那天是我二十三岁的生日，傍晚就得收假回营。二十三始终是我的幸运数字。

不只这两场球，他每到纽约就像服了兴奋剂，麦迪逊花园广场任他予取予求，成了不设防的游乐园。一九九八年三月乔丹最后一次穿公牛球衣到此作客，还特别换穿乔丹一代，当晚又大开杀戒射下42分。五年后他向纽约客正式道别，纵使奇才队输了，他的纽约告别作仍得了39分，而支撑身体的，已是四十岁的膝盖。

如果一九九五年青年节当天，老爸说完"真厉害"后加上一句："我有一种预感，十年后你会在麦迪逊花园广场看到绿洲喔。"说什么我都不会相信，那等于将我青春期两样梦想的象征物凑在一起，而关于梦这回事，就如 Ian Curtis 在《Unknown Pleasures》专辑里唱到的：

Guess your dreams always end

　可是我们也不必过于悲观，Ian Curtis 死后，Joy Division 剩余成员从灰烬中卓然站起，另组 New Order，首张专辑《Movement》的第一首歌，曲名就叫〈Dreams Never End〉。

　六月二十二日，我拎着这个孵了十年的梦走入麦迪逊花园广场。

　绿洲成军来首度在此开唱，奉披头士为偶像的他们想必感触良多。披头士即便从未在此表演，单飞后的发展与这里都有关联：乔治·哈里森在这举办援助孟加拉国难民义唱，老队友林哥·斯塔尔也来共襄盛举。"9·11"恐怖袭击后保罗·麦卡特尼一声号召，群星在这用歌声抚慰受惊的纽约。至于约翰·列侬呢？

　一九七四年感恩节，他在麦迪逊花园广场替艾尔顿·约翰站台，他是来"还债"的。不久前列侬邀艾尔顿·约翰替新歌〈Whatever Gets You thru the Night〉和声，两人在录音室打赌，歌曲若登上排行榜冠军列侬得担任艾尔顿·约翰的演唱会嘉宾——歌曲不负期望达成使命。列侬是披头士解散后最晚拥有个人冠军曲的一员，更让人意外的是，原是插花性质的演出，却成为他生前最后一场公演。

　我从第七大道的入口搭乘电梯来到二楼座位，身穿整齐制服的工作人员各处穿梭，有人拿手电筒领观众入席，有人托着银盘替包厢内的贵客端上香槟。蓝橘相间的尼克斯队旗高挂在椭圆形的天花板，舞台矗立一方。地板可改装成冰球场，《曼哈顿神秘谋杀案》片头，伍迪·艾伦与黛安·基顿便在这观赏冰球赛。

　广场下方是全美最繁忙的宾州车站（Penn Station），每日供六十万旅客进出。《麦田里的守望者》的主角霍尔顿乘坐深夜火车抵达曼哈顿，在宾州车站下了车，然后在电话亭待了二十分钟却不晓得该打电话给谁。

开演前我在走道的餐车买了瓶啤酒，喇叭放起体坛金曲〈The Final Countdown〉。一九七一年两名未尝败绩的重量级拳王阿里与乔·弗雷泽（Joe Frazier）在麦迪逊花园广场强碰，纽约有头有脸的人全到了，争相见证世纪之战。前十四回合没人倒下，鏖战到第十五回合阿里才吞下职业生涯首败。

回到场内我发觉忘了带望远镜出门，也好，别把自己弄得太像探索频道的节目主持人。我的位置与两年前欣赏尼尔·扬时相仿，那一夜我与两万名乐迷随他高唱：

Hey hey, my my, rock and roll can never die

Noel 很喜欢翻唱这首歌，它会出现在今晚的歌单吗？

这道念头刚在脑中闪过，场灯全数暗下，血脉贲张的〈Fuckin' in the Bushes〉从扩音系统弹射开来。这首歌被盖·里奇用在《偷拐抢骗》布拉德·皮特和人格斗的火爆桥段，是绿洲的出场音乐，团员在乐声中登台，全场尖叫。

我双眼睁得老大，搜寻熟悉的身影：Liam 戴着墨镜，黑西装别了一朵胸花，右手拿着铃鼓；Noel 站在舞台左侧，是他固定的位置。除了这对兄弟，绿洲成员已换过一轮：前英伦名团 Ride 主脑 Andy Bell 是贝斯手，鼓手 Zak Starkey 更有家学渊源，父亲正是林哥·斯塔尔。

目前的精英阵容没有不好，但是不知怎么，我却念起九十年代那几名土里土气、愣头愣脑的老兄，他们感觉比较亲切，节奏吉他手的绰号甚至就叫傻蛋（Bonehead）。

我与舞台隔了一段距离，乐团在我眼中只有昆虫大小，加上角度居高临下，我觉得自己戴着一副 3D 眼镜"身历其境"看着绿洲在大银幕演出，一如《制造伍德斯托克》每当深入音乐节前进指挥所时切换成的分割镜头：画面左边，绿洲在台上卖力表演；画面右边，回忆在脑海翻腾起伏。

演唱到〈Live Forever〉，我看见高二的自己坐在床上，抱着电吉他土法炼钢抓着间奏；演唱到〈Cigarettes & Alcohol〉，我看见高三的自己在客厅观赏现场录影带……〈There and Then〉，老妈在楼上大喊："转小声一点，三楼都听见了啦！"随后不忘补上一句："看完赶快去读书！"

演唱到〈Wonderwall〉，我看见大三的自己在指南路上空无一人的民歌餐厅背着木吉他自弹自唱，和弦我还记得一清二楚。当〈Morning Glory〉空袭警报的响声在广场空中飞舞，我的泪腺隐隐发热——我等这一天实在太久了。

尾声 Noel 低着头，专注弹出了〈Champagne Supernova〉。是了，还有哪一首歌更能总结我的青春岁月？那些渺小却虔诚的想望、克制不住的叛逆、没来由的烦闷、期许自己变好的压力，仿佛银河中漫游的星辰，全被浓缩到同一座磁场里：

Someday you will find me

Caught beneath the landslide

In a champagne supernova in the sky

我的身体跟着摆动，此时我就活在这首歌里，而每一个字，我都会跟着唱。

最终，台上奏起一段宛如列侬名曲〈Imagine〉的钢琴前奏，Noel 以他温暖如昔的嗓子唱着〈Don't Look Back in Anger〉：

Please don't put your life in the hands

Of a rock and roll band

Who'll throw it all away

再无敌的英雄终究会老，绿洲只是帮我完成一场缅怀的仪式。然而只要记忆中的旋律依然被正确地奏出，Liam 依然直挺挺地站在中央，以双手交叉在身后，头仰四十五度的姿势唱着歌，就算曾经的信仰淡了，曾有的挂念轻了，那份最初始的爱，意义还是如此不同凡响。

就像杨德昌的《一一》里洋洋最后说的："我觉得我也老了。"或许他们一点也没变，变的其实是我自己。

Once I had a love and it was divine

Soon found out I was losing my mind

It seemed like the real thing but I was so blind

〈Heart of Glass〉by Blondie

五月与帕蒂·史密斯相见那晚，CBGB 也许撑不过当年夏天的消息已在城里流传。身为全球爱乐青年共同的心灵家园，每周吸引上千名游客在门口流连拍照的圣地，怎么可能关门歇业？这件事发生的几率简直比下列几项还低：

一、冰岛乐团 Sigur Rós 主唱 Jónsi 开口唱英文；二、爷爷级诗人歌手莱昂纳德·科恩重出江湖；三、墨西哥酷片《你妈妈也一样》导演阿方索·卡隆跑去拍《哈利·波特》；四、某个深夜你突然发现女友的性欲竟然比你旺盛。

事实上除了最后一项"可遇而不可求"，其他三项全发生了，《哈利·波特 3：阿兹卡班的逃犯》甚至是整个系列里我认为最棒的一集。只能说这就是人生。

CBGB 面临严峻的财务危机，创建时房租是每个月六百元，如今是令人咋舌的四万元，足足涨了六十六倍，可是收入并未随之增加。由于 Hilly Kristal 始终坚守初衷，无名小团或演出内容吓死人的偏锋团体，只要潜力股一概欢迎。可贵的理念为许多菜鸟艺人提供机会，现实却是低知名度往往等同于不尽理想的票房营收。尤其当朋克与新浪潮成为过往云烟，迈入群雄并起的九十年代，CBGB 经营逐渐陷入困境。

它毕竟是一座场馆，长期来纪念 T 恤的销售金额远胜门票收益，其实已出了问题。不只被房租压得喘不过气，还积欠房东巨额款项，旧债尚未还清每月又有新的开销，这座市立中学学生实习都有学分可拿的"一级摇滚古迹"竟显得来日无多，风雨飘摇起来。

向来团结的摇滚社群不会坐以待毙，乐手成立拯救 CBGB 联盟向市府游说，希望将它列为历史建物，如此一来房东将它赶走就会比较吃力。巧克力专卖店 Chocolate Bar 也推出联名礼盒，盈余全用来赞助 CBGB。眼看租约即将在八月底到期，乐手在华盛顿广场举办"CBGB Forever"义唱，期盼汇集更充沛的能量以做最后一搏。没有比这里更适合的地点。

华盛顿广场位在第五大道的最南端，东村与格林威治村的交界处，是通向格林威治村的绮丽入口，也是下城艺术家在酒吧与咖啡馆之外联络感情的重要场域。五十年代"垮掉的一代"诗人围坐在树下高谈阔论，六十年代轮到民谣歌手和街头艺人登场，他们三三两两聚在广场四周即兴弹唱，最热闹的是周日下午，各路人马相约在此切磋技艺。纽约本是民族大熔炉，一时间异国乐器倾巢而出，广场宛如世界音乐的集散地，这份优良传统一直沿袭至今。

迪伦刚到纽约便一天到晚泡在这儿，广场北缘的 Hotel Earle 正是一九六一年他在纽约下榻的第一间旅店。广场也很受动物们青睐，松鼠在树丛间跳上跳下，被行人喂得饱饱的鸽子在石板路懒懒地走，悠哉的模样真让人怀疑它们是不是早已忘记如何飞行。

华盛顿广场面积虽然比东村的汤普金斯广场公园小一点，西八街以南能有这样一块绿地还是很难得。它不仅是自由艺术的中心，也成了极有情调的户外社交场所：看人与被看、搭讪与被搭讪。角落还设有长桌椅供喜爱野餐的人使用，马克·吐温一个世纪前就坐在其中一条长椅上沉思。

西南角的西洋棋桌区常见不同族裔、年龄的棋友捉对厮杀。在纽约成长的库布里克年轻时便常来此处下棋，以他那颗不知装了什么恐怖东西的脑袋，能在棋盘上赢他的人应该不多。南边的汤普森街(Thompson Street) 也顺势发展出聚集经济，两旁开满西洋棋店，藏有各式乐团 T 恤的 Generation Records 也夹杂其中。再往南一个街区，日本餐馆 Tomoe Sushi 有这辈子我吃过最销魂的握寿司。

广场中央的喷水池是格林威治村最经典的约会地点，若是不挑一个悠闲午后在喷水池的台阶边晒太阳边享用小摊买来的三明治，等于没有真正到过纽约。你不用担心《半熟少年》的场景会在今日重现：无所事事的滑板少年围在水池周遭卷大麻，轮流抽完几口开始找人挑衅、干架。

以纽约警察目前的巡逻密度，别说干架，大概还在卷烟阶段便会遭催泪瓦斯攻击，然后镇暴车就开来了。

最显眼的地标是高二十三米的白色大理石拱门，义唱舞台就搭在它的下方。设计参考巴黎的凯旋门，拱门雄伟地矗立在广场北边，开国元勋华盛顿的塑像左右各一尊，视线越过第五大道瞭望远方。从喷水池的方位向北看，帝国大厦恰恰被框在拱门里，是很有特色的一景。

《当哈利碰上莎莉》开头，比利·克里斯托搭梅格·瑞恩的便车从芝加哥到纽约落脚，途中无止境地斗嘴。两人在拱门前分道扬镳，梅格·瑞恩把车往西边开去，比利·克里斯托右手拎着行囊，左手提着球棒走入拱门，一副要去围事的样子。若早个三十年，两人的调情时光还可以延长——直到二十世纪中叶，巴士和私家车还能穿越拱门。

二〇〇七年九月，当时还在党内初选的奥巴马也选在拱门前集会，当晚挤了两万多人。

这天前来声援 CBGB 的都是我熟悉不过的下城纽约客：顶着荧光绿鸡冠头的朋克族，刷白的皮夹克别满胸针与臂章，腰上缠着粗铁链，脚踩几乎磨平的八孔马汀大夫鞋，小一号的黑色紧身裤让裤裆内的精虫处在极度缺氧的状态；背着 Manhattan Portage 邮差包、骑着 Fixed Gear 单车的研究生，以及将小孩背在身上的波希米亚夫妻、热血的老嬉皮与长发流浪汉。

义工四处发放传单和请愿书，我从一名头发挑染成粉红色、银针穿过下嘴唇的哥特少女手中接过一张，想起那则不寒而栗的传闻：据说华盛顿广场十九世纪是专埋穷人的公墓，当初挖掘拱门的地基就曾凿出棺木，更有人推估地底仍埋了两万具骨骸。是否今天只是一场掩"圈外人"耳目的告别式，我们其实是来送 CBGB 最后一程？

这股晦暗的念头没在体内逗留太久，马上被硬核先锋 Bad Brains 的高昂乐声给驱散。待新浪潮名团 Blondie 女主唱黛比·哈瑞蹦蹦跳跳地登台，她的浑身热力立刻吹走满天乌云。她是典型的纽约女孩，俏皮、世故又性感，正如 Beach Boys 的歌曲〈The Girl from New York City〉形容的样子：

And L.A. boys all heard the noise
About that girl from New York City

纽约与洛城相隔四千多公里，黛比·哈瑞的魅力依然能让洛城男孩缴械。本业是歌星，身兼演员和模特，融合休闲风与街头感的穿衣风格影响了其后女主唱的时尚态度——热裤、迷你裙、小可爱，一身网球装却不是去打网球；大号毛衣、长版 T 恤、薄洋装，全身只套一件里面似乎啥都没穿，夸张的塑料眼镜更是基本配备。

Yeah Yeah Yeahs 的 Karen O 显然从她身上汲取不少灵感。

论辈分，Blondie 是从 CBGB 发迹的第一代乐团，近年很少公演仍来情义相挺。黛比·哈瑞套着一件短袖黄衬衫，长裤上印满了 Ramones 图样，唱起快歌时马尾随风摇摆，翩翩舞姿与动感手势风韵犹存，丝毫看不出两个月前才刚过六十大寿。

当我在脑中鬼鬼祟祟遐想这位一代尤物的昔日风华时，嘻哈巨团 Public Enemy 一出场，便将 Blondie 表演时如社区卡拉 OK 联谊会的欢欣气氛，转变成拒马与铁丝网似乎就架在外头的激进抗争场合。

头戴棒球帽的 Chuck D 与胸前挂着大时钟的 Flavor Flav 在台上交错走位，以带有强烈政治诉求的歌词鼓舞现场群众与他们一同战斗。我这才体会到语言是一种何其有力的武器，当名曲〈Fight the Power〉的麻辣重拍从喇叭射出，Public Enemy 仿佛在广场投下一枚烧夷弹，

温度瞬间冲上燃点。

Chuck D 表示，身为纽约乐圈的一分子，他们会和 CBGB 并肩作战到最终，同时向上周在新奥尔良风灾过世的同胞表达哀悼，并带领大伙高喊："要做爱，不要战争！"平时像个老顽童的 Flavor Flav 也展现出感性一面，在他的吆喝声中，众人将右手高举，一起比出和平标志。

"两指分开代表和平，拳头握紧就有力量！"这是全场最动容的一刻。

活动结束才傍晚六点，天还没黑，我不想这么早回家，下意识往麦杜格街（MacDougal Street）的方向走。几步路后，我知道自己要去哪里了。

Chapter 18_ To Become Immortal, And Then Die

变得不朽，然后死去

Date_ 31 August, 2005

Voices leaking from a sad café

Smiling faces try to understand

I saw a shadow touch a shadow's hand

On Bleecker Street

〈Bleecker Street〉by Simon & Garfunkel

　　我沿着麦杜格街往南，发现素人画家 Rico Fonseca 今天没出来摆摊。Rico Fonseca 原籍秘鲁，一顶黑色圆帽是注册商标，外形颇像男版的乌比·戈德堡。他是名副其实的"驻村"艺术家——自七十年代，凡天气许可都会自备一把椅子坐在纽约大学法学院旁的人行道，向路人兜售画作。

　　他的笔触鲜艳多彩，线条极具迷幻感，一幅幅悬挂在法学院外围的栏杆，成为当地的特色街景。正如 Yo La Tengo 的歌曲〈My Little Corner of the World〉，这座西四街与西三街中间的户外艺廊，便是他在浩瀚世界里安身立命的小角落。他有一则传奇事迹：十八岁时他从秘鲁一路搭便车到美国流浪，最终以纽约为家。这段路程总长四千公里，他是不折不扣的搭便车达人。

虽然今日公休，西三街口的 Club Groove 仍可欣赏他的作品。他在俱乐部的外墙作画，由于平日有乐团驻场，壁画的主题自然是音乐。墙面分为三块，各是不同世代的群星会，左边是四十年代爵士群像——孟克、艾灵顿公爵、约翰·柯川、迈尔斯·戴维斯与刘易斯·阿姆斯特朗等超凡乐手全数到齐，盯着行人来往。这幅爵士群像有一层弦外之音：往西走个三十步，世上名号最响的爵士场馆 Blue Note 就在手边。

中间是五十年代蓝调与乡村摇滚名人堂——猫王、詹姆斯·布朗、约翰尼·卡什与查克·贝里等人身穿光鲜亮丽的西装弹着吉他或钢琴。

右边是六十年代嬉皮同学会，披头士、滚石乐团、感恩而死、迪伦与艾瑞克·克莱普顿裹着斑斓的衣裳，徜徉在铺满鲜花的乐园里。这是三幅壁画中最"生气蓬勃"的一幅：不少嬉皮还健在，活跃于四五十年代的乐史伟人则大半都已作古。除非你是阴谋论信徒，笃信猫王还活着。

天色渐渐暗去，店家打开壁画上的聚光灯，我穿越窄窄的西三街来到 Bleecker Bob's。门前是贩售首饰的小摊，钉在二楼的防火梯感觉不是很牢固，似乎随时都会砸下来。Bleecker Bob's 是纽约现存历史最悠久的唱片行，店主 Bob 大学主修法律，毕业时正逢迷幻摇滚风起云涌之际，他毅然改变志向，六十年代在布里克街开店，之后搬了两次家，八十年代迁入现址，名称也沿用至今。

走进唱片行宛如走进他的一生，毕生收藏全待价而沽：《星际

华盛顿广场附近西三街口 Rico Fonseca 的画作，"嬉皮同学会"披头士、滚石乐团、感恩而死、迪伦与克莱普顿裹着斑斓的衣裳，徜徉在铺满鲜花的乐园里。

迷航》、《疤面煞星》与《逍遥骑士》的剧照；Joy Division 的全开海报，造型特殊的霓虹时钟，吊在天花板的巫婆玩偶与玻璃柜里色彩缤纷的水烟管。主菜仍是黑胶，最齐的是 12 英寸老摇滚、老电子大碟，凡知名团体必有专属的手写名牌，这边一块 The Who，那边一块 Kraftwerk，脏兮兮的牌子全是时间的刻痕。贴在架上的 Mod 红白蓝同心圆标志也沾着黑点，深色的木头地板堆满牛奶箱，里面是更多的黑胶。

你不禁想，这面地板过去二十年不晓得被多少靴子踩过。

每次到 Bleecker Bob's 都只是看，很少动手翻，一来货品的陈列方式就像叠叠乐积木，处在牵一发而动全身的恐怖平衡状态，仿佛不小心抽错一张，整排货架就会应声而倒。此外标价也不便宜，即使设有提款机也未曾让我产生使用它的冲动。

然而就如捷克作家赫拉巴尔的名著《过于喧嚣的孤独》那句开场白："三十五年了，我置身在废纸堆中，这是我的 love story。"若将废纸堆替换成唱片堆，不就是 Bob 的故事？他就是黑胶与逝去时代的守护者。

和你猜想的差不多，他性情难测，声音低哑，带着两名打拼超过三十年的手下开店、关店、上架、盘点，简直是《失恋排行榜》的中年版。Bob 倔强的脾气纽约人尽皆知，Beastie Boys 曾于〈An Open Letter to NYC〉念到：

Stopped off at Bleecker Bob's got thrown out

有一回我实在抑制不住好奇心，冒着被扔出去的风险向 Bob 店员打探谁在这里工作过。他看着手中的进货单漫不经心地说："兰尼·凯尔做过一阵子。哦，Sex Pistols 贝斯手'邪恶席德'也做过。"接着他像突然想起什么似的抬头悻悻看了我一眼："那家伙，只做两天就跑了！"

那天 Bob 不在，临走前我瞥见橱窗贴着《The Freewheelin' Bob Dylan》的黑胶封套。一如对街那面壁画与在地环境深刻的连结，这张封套贴在此处也大有学问。

一九六三年二月，二十一岁的迪伦双手插在牛仔裤，打扮得像一棵圣诞树的女友满脸笑容挽着他，两人踏着积满雪的琼斯街（Jones Street）走向西四街。那幅画面被摄影师捕捉下来，三个月后成了《The Freewheelin' Bob Dylan》的经典封面。当时那对爱侣并肩走过的丁字路口，与 Bleecker Bob's 只相隔两分钟的步行距离。

我右转回到麦杜格街，在 Caffe Reggio 的露天座位区找到一对空桌椅，向女侍点了杯拿铁。一九二七年开业，它是纽约最古老的意式咖啡馆，号称全美第一家供应纯正卡布奇诺的店，一九五九年肯尼迪竞选总统时就在店外发表即席演说。不负名店声誉，户外区毫不马虎，黑白纹路的大理石方桌垫着厚实底座，想必是古董家具。

一台一九〇二年出厂的 La Pavoni 牌 Espresso 机器银闪闪地奉在店内，样子像小时候在历史课本里看过的候风地动仪。绿色的门窗，铜质吊扇、墙上挂满文艺复兴风格的油画、座钟与半身雕像，桃红色的绒布沙发配上雕工精细的木质扶手，贵气而不俗气的内装令人发思古之幽情。既然如此，我为何坐在外面？

因为看人。在纽约看人是一种享受，更精确地说，看各色各样的女孩。

尤其格林威治村。许多女孩走在路上仿佛并非为了移动到另一处

琼斯街，鲍勃·迪伦经典专辑《The Freewheelin' Bob Dylan》封面现址。

觅食、与友人碰面或去工作，"走在路上"便是目的本身——行走时利落的姿势、信心昂扬的神情与大致低调却藏不住些许招摇的装扮，让人打从心底觉得不多看她们几眼她们几乎都会感到失落。

凯鲁亚克在诗作《麦杜格街蓝调》写道：

The goofy foolish, human parade

Passing on Sunday, art streets, of Greenwich Village

几十年来川流的人潮就这样在麦杜格街游行不止。八月尾声是一年中最适合待在屋外的时节之一，不那么热了，也完全不冷。

我从皮夹掏出四张一元纸钞，用糖罐压着，向南经过迪伦初抵纽约时首度登台的啥咖啡馆（Café Wha?）。它的外观很像安徒生童话的场景，两边各开一扇紫色的木拱门，一具类似理发厅专用的圆柱招牌一边旋转一边秀出"R&B、REGGAE、FUNK、ROCK"等字样。

往前越过一条杳无人烟的清幽小径，麦杜格街左侧的一间地下室是迪伦形容为"地位举足轻重，是个外人打不进去的小圈子，与它相较街上其他地方都没有名气"的煤气灯咖啡馆（Gaslight Café）。刚出道的迪伦费了一番工夫才混进去，名曲〈Master of War〉就在此地首演。可惜煤气灯关门许久，现址是间怪模怪样的酒吧，一楼则是刺青穿孔店。

我在布里克街左转，开始朝东迈进。布里克街曾是纽约最富波希米亚风情的街道，最常被歌手写入词句，传唱最广的是 Simon & Garfunkel 所谱的同名曲：

A poet reads his crooked rhyme

Holy holy is his sacrament

Thirty dollars pays your rent, on Bleecker Street

这首歌写于一九六四年，读诗的诗人早已凋零，当初三十元能在布里克街住一个月，如今三十元只能在满街的泰式餐馆用一顿晚餐。波希米亚族再也负担不起高昂房租，取代他们的是银行与药妆店。The Bitter End 是少数的常青树，目睹过无数大牌艺人的辉煌岁月，营业之初，《天才老爹》的比尔·考斯比与伍迪·艾伦都曾在这儿表演过单人脱口秀。

我沿着右侧行进，转入街角的 Morton Williams 超市买了件东西，出来后靠在外头的椅子望着超市的白砖墙。眼前是另一幅壁画，亚克力本体被玻璃罩着，名为 Bohemorama，是个复合字，结合 Bohemia（波希米亚）与 Panorama（全景），旁边的解说牌写道："这幅画献给所有怀抱理想的梦想家，与自我放逐的流浪者。"

创作者将二十五名与格林威治村有染的代表人物分成三个领域：作家、艺术家与音乐家，透过这群反文化领袖的集体身影，呈现过去两百年纽约波希米亚社群的生活景况。最年长的是一八〇九年出生的爱伦坡，最年轻是一九四六年出生的帕蒂·史密斯，两人都是魔羯座。

与西三街那幅相比，Bohemorama 的笔法更写实，也暗藏更多值得玩味的细节。作家区除了被喻为波希米亚教主的爱伦·坡，还包含格林威治村的住民马克·吐温，少不了"垮掉的一代"三巨头杰克·凯鲁亚克、威廉·巴勒斯与艾伦·金斯伯格。画中的凯鲁亚克在稿纸写下的，正是巨作《在路上》的传世语。

这群人桌上放的物品用得太频繁对身体都不太健康：红酒、咖啡、香烟，对循环系统不好；笔记本、打字机，对眼睛和手指不好；一本《裸体午餐》，对思想不好；几根大麻卷反而跃升为全桌最天然的草本物质。哎，作家。

艺术家区是抽象表现主义的天下，Willem de Kooning 与 Elaine de Kooning 夫妻坐在左方，Jackson Pollock 与 Lee Krasner 这对则在另一头。酗酒成性的 Pollock 握着啤酒的手压着一面西洋棋盘，身上的 T 恤沾满油彩；戴着眼镜的 Mark Rothko 自个儿闷闷地抽烟。Edie Sedgwick 双手搭在安迪·沃霍尔的肩膀，与这桌人格格不入的沃霍尔手里拿的拍立得照片全是名人朋友的显影。

音乐家区，孟克、迈尔斯·戴维斯与查理·帕克聚在一桌，桌上摆着威士忌与乐谱，三人正讨论如何共奏一曲。帕蒂·史密斯亲昵地靠着比莉·哈乐黛，哈乐黛的酒杯留着一只唇印。曾是一对恋人，在马丁·路德·金博士"我有一个梦"演讲现场同声高歌的迪伦与琼·贝茨彼此依偎，迪伦还偷偷看着偶像伍迪·格斯里。

怎么又是迪伦？我说过了，他无所不在。

在探照灯的照射下，这座平面的众神之殿发出皎洁的光。我起身继续向东，行经贝聿铭设计的纽约大学村，三栋大厦围出的广场中央耸立着毕加索的立体派雕塑"希薇特半身像"（Bust of Sylvette），是曼哈顿最壮观的公共艺术之一。

毕加索五十年代旅居法国时结识了双十年华的希薇特，女孩姣好的脸庞与金色马尾成了他的缪斯。接下来几年，毕加索以希薇特为模特创作了四十多件作品，形式涵盖素描、油画与雕塑。不过兴建雕塑时毕加索已八十多岁，无力应付六十吨的庞然大物，最终在他的监工下，由挪威艺术家完成。

我穿过大街与小巷，逐步靠近布里克街的最东缘，街上商店愈开愈少，街区也愈来愈安静。约莫在伊丽莎白街(Elizabeth Street)的交口，不远的前方浮现了一个亮点，我每走一步那个亮点就逐渐扩张，变得清楚，并持续向外延伸。我又向前走了一段，来到布里克街的尽头。

我的目的地到了，此时 Bowery 大道横亘在身前，而那个亮点，就是 CBGB。

我站在街角凝望着它，路灯洒出的温暖黄光落在白底红字的棚子上，路口挤了好几百人，都是散场后由华盛顿广场过来守夜的。乐迷高举"SAVE CBGB"标语，乐手抱着乐器围成一圈弹唱。大伙自发性地聚集，中途不断有新血加入，难怪乍看之下形状一直扩散。

人行道的绿灯亮起，我迈开步伐，这是今晚最后一段路。途中我默想沿路遇见的景物，那些风流的才子，不凡的事迹，巍峨的地标与铿锵的声响，是否如《筋疲力尽》的台词所说："变得不朽，然后死去。"明天醒来，傲然挺立了三十年的 CBGB 就将消失在曼哈顿的地平线，成为历史的一部分？

跨过 Bowery 大道，我拿出刚才在超市买的蜡烛，向身旁的朋克青年借了打火机点燃。纤细的烛蕊在我面前绽放出异样的生命力，Harvey Milk 的话语像流星一般划过我的脑海："失去希望，生命不值得活。"

我弯下腰，把它放在 CBGB 门口。

part three

brooklyn

Chapter 19_ Planet Brooklyn

行星 · 布鲁克林

Date_ 7 September, 2005

Born and bred Brooklyn, USA

They call me Adam Yauch, but I'm MCA

Waking up before I get to sleep

'Cause I'll be rocking this party eight days a week

No sleep till Brooklyn

〈No Sleep till Brooklyn〉by Beastie Boys

"我在寻找一个安静的地方死掉。有人向我推荐布鲁克林。"

保罗 · 奥斯特在《布鲁克林的荒唐事》开头第一句这么写道。他编导的小品电影《面有忧色》中，饰演烟草店老板的性格演员哈维·凯特尔则说："住在布鲁克林，真是够疯狂！"

伍迪 · 艾伦在我最钟爱的爱情片《安妮 · 霍尔》如此自嘲："身

为在布鲁克林长大的人，相对来说我算正常了。"

奥斯特自八十年代便定居布鲁克林，伍迪·艾伦更在布鲁克林出生与成长，两人这般形容自己安居乐业的家园，一来出于文人惯有的自我消遣，二来布鲁克林确实长期承受过多的误解，如同刚下部队时值星官反复叮嘱营区内"没事不要闯入"的禁区，是个文明落后、资讯封闭、行人眉头深锁、建筑哀伤暗沉的蛮荒之地。

仿佛灰蒙蒙的难民营，布鲁克林专门接纳被人生抛弃、也抛弃人生的边缘人。众人静默地待在这，等死，是多数人对它的印象。

《欲望都市》将这种恐惧感渲染到极致。为了给孩子更宽敞的空间，米兰达得搬到布鲁克林，她却万般不情愿和姊妹淘抱怨："我可是曼哈顿女孩呢，怎能搬到布鲁克林，连计程车都不愿意去那里。"又说："光是念出布鲁克林就要我的命，何况住进去！"

米兰达是四位主角中我最欣赏的一位，所欣赏的当然是她的脑袋。连她对布鲁克林都满含偏见，遑论其他人了。

而我就在这样一处传说中黑枪泛滥、街道凶险的地方前后住了几年，因此可用幸存者的身份表示，你曾听闻关于布鲁克林的一切都不是真的，除了两件事：一、纽约最纯浓的 Junior's 芝士蛋糕的确发源于此；二、对老一辈的布鲁克林人而言，一九五七年九月二十四日的确是伤心的一天，这天道奇队结束最后一场比赛，来年迁移到洛杉矶去了。

往后半世纪，布鲁克林宛如被诅咒般不见职业棒球的踪影。虽然后来有小联盟球队进驻，毕竟不是大联盟等级，感觉还是差了点。

布鲁克林直到一八九八年才并入纽约市，之前始终独立自主，道奇队是凝聚认同感的象征，与布朗克斯区的洋基队向来是死敌。一九四一年到一九五六年，两队在世界大赛遭遇七次，道奇队不仅很心酸地只赢过一次，还陪着"见证神迹"：一九五六年，洋基投手Don Larsen 在世界大赛第五场对道奇投出完全比赛，这是大联盟百年历史唯一一场出现在季后赛的完全比赛，珍稀程度可比一根摘自猫王飞机头的油亮发丝。

道奇队不只是布鲁克林人心念所系，民权运动的发展史也要记上一笔。一九四七年，Jackie Robinson 身穿道奇制服踏入主场 Ebbets Field，成为大联盟首名黑人球员。五十年后他的背号在大联盟光荣退役，所有新进球员不许再使用 42 号。无巧不巧，最后一名穿上 42 号球衣的正是洋基队的守护神李维拉，就是以 Metallica 为出场音乐的那个家伙。

随着道奇队西迁，Ebbets Field 也在两年后拆除，改建为公寓，布鲁克林人顿失所依。不过他们的特点便是乐观、强韧，一如哈维·凯特尔在《面有忧色》海报中笑嘻嘻地坐在布鲁克林大桥上，头顶写着"欢迎光临行星布鲁克林"，布鲁克林自成一颗星球。

论人口，它是纽约五个行政区最繁盛的一区，多达两百五十万人，全美只有纽约市、洛杉矶与芝加哥的人口高于它。人文景貌也多元深厚，滋养出各行各业的出色人物：导演斯派克·李，《裸者与死者》的作者诺曼·梅勒，脱口秀主持人拉里·金，影歌双栖的芭芭拉·史翠珊全在这里度过启蒙岁月。

许多顶尖运动员也出产自此，名气最响的当属迈克尔·乔丹与拳王泰森，前任洋基队总教练乔·托瑞也是地道的布鲁克林人。二〇〇七年他卸下洋基兵符转投的新东家，正是早他半世纪离开布鲁克林的道奇队，历史是不是很爱捉弄人？

布鲁克林更孕育出一票嘻哈歌手，天王 Jay-Z、Beastie Boys 成员 Adam Yauch，及以《Ready to Die》专辑出道而几年后果然一语成谶被枪杀的 The Notorious B.I.G.，都善于将故乡的风土民情纳入饶舌口白。曾与杰克·布莱克在《王牌制片家》恶整影史名片的 Mos Def 写下的长篇叙事歌《Brooklyn》便是其中代表。

歌词分为三大段，洋洋洒洒八百多字，将他对于布鲁克林的体察与情感表露无遗。几行关键句如下（请自行在脑中揣摩黑人弟兄极有韵律感的起伏声调）：

Sometimes I feel like my only friend

Is the city I live in, is beautiful Brooklyn

Best in the world and all USA

That's why we call it The Planet

Not a borough or a province, it's our style that's uncommon

自吹自擂是美式饶舌的基本路数：金链比你的长，马子比你的辣，礼车比你的大。《Brooklyn》感觉却很发自内心，让人由衷相信 Mos Def 在"城市住民骄傲指数评量表"必能获得满分。

Greenpoint 是漂浮在这颗星球最北边的板块，隔着东河支流紧临皇后区，十九世纪末大批波兰人移民至此，也称作小波兰。主道开了不少专卖家乡味的熟食店：泡菜、酱瓜，烟熏香肠一串串挂在橱窗展示，颇有中式烤鸭店的派头。成衣店、杂货铺与珠宝行也散落其间，电影《沉睡者》便在此取景。

这里的居民原以移民家庭为主,然而曼哈顿房租居高不下,近年吸引了诸多年轻乐手和艺术家入住,苏格兰乐团 Franz Ferdinand 主唱 Alex 便与布鲁克林乐团 Fiery Furnaces 成员 Eleanor 同居于此,千里迢迢从格拉斯哥搬来 Greenpoint,对 Alex 来说是个新鲜体验,他在写给女友的情歌〈Eleanor Put Your Boots On〉唱到:

So Eleanor, take a Greenpoint three-point turn

Towards the hidden sun

You know you are so elegant when you run

情人眼里出西施,Eleanor 穿着靴子向太阳跑去的姿态绝对非常优雅。

我在主道溜达的途中行经 Alex 最爱的彼得·潘甜甜圈店(Peter Pan Donut),谁能不爱它呢?仿佛彼得·潘正戴着绿色小尖帽在柜台后方兜售甜甜圈,尝过他的独门配方就不会长大了。随后我在第一个街口转弯,这条街的景致与刚才大不相同,除了一栋小教堂,沿途多是三层楼的朴实公寓,行人不多,路面稍有坡度,甚至给人来到旧金山的错觉。

我在一排红砖楼房下方找到 Eat Records,店名其来有自——结合了小食堂与唱片行,是最不败的组合。

店主是当地住民,一切力求与在地融合:让乐手置放传单征求玩团伙伴、代售当地乐团的 CD、安排店内演出联络社区感情。菜单随时令调整,采用有机食材,种类简单但烹调用心:草莓松饼、优格色

布鲁克林最北边 Greenpoint 区域的 Eat Records，有好音乐、好食物与好咖啡。曾是我梦想中的蓝本，但现已停业。

拉、西红柿火腿三明治和时蔬炒蛋都很可口，法国土司也不会煎得太油，天气好的时候还能在后花园晒晒太阳。

唱片藏量虽不如专门店丰富，以复合式店家的标准已很有诚意。流行、摇滚与爵士分门别类安置架上，想添购二手唱盘或喇叭，这边也有准备。

每次我都会坐在门边靠落地窗的位置，点一杯美式咖啡，学《蓝色》的朱丽叶·比诺什将一颗方糖从白色浸染成褐色，然后扑通一声丢进去。盯着酒杯做成的吊灯，听着店里特爱播送的九十年代另类金曲，想着哪天能在一处安宁街区开一间雅致的店，有好音乐、好食物与好咖啡。

下午四点五十分夕阳从窗户折射进来，折射的角度随季节更迭而有不同，光线的颜色也随家具材质产生变化。朋友随意聚聚，家人也来坐坐，店员通常灵巧客人多半体贴，不太早来敲门不会太晚离开，能这样过一生好像也别无所求。有朝一日完成这个心愿，Eat Records 是我梦想中的蓝本。

出了店门，我在路树扶疏的艾克福街（Eckford Street）右转，这是一条平静悠闲的长街，笔直地射向南方。

我要它带我到另一个地方，华沙。

Can you carry my drink I have everything else

I can tie my tie all by myself

I'm getting tied, I'm forgetting why

Oh we're so disarming darling everything we did believe

Is diving diving diving diving off the balcony

Tired and wired we ruin too easy

Sleep in our clothes and wait for winter to leave

〈Apartment Story〉 by The National

　　华沙，波兰的首都，首位荣获诺贝尔奖的女性居里夫人诞生于此，钢琴诗人肖邦成长在这。它同时是大导演基耶斯洛夫斯基的出生与安息地：一九九六年辞世，基耶斯洛夫斯基安眠在华沙最古老的

Powązki 墓园。

一如他在电影中孜孜探寻的偶然与巧合，封刀作之一《白色》那名性无能的男主角为了挽回前妻朱莉·德尔佩而精心安排的"装死"葬礼，地点就在 Powązki——他仿佛透过镜头帮自己预演了一次。

我常想，人生几项遗憾不外乎看不见自己的背影、不能将自己抱起来，以及无法参加自己的葬礼。尤其最后一项，想想那热闹场面：你的家人、爱人与友人共聚一堂，齐声赞美你，倾诉对你的思念，可是你根本听不见。仪式结束大伙还会转移阵地吃吃喝喝，听音乐聊天（音乐当然是你生前选好的），简直是一场温馨派对，唯一缺席的就是你，实在太可惜。

曼城名团 Joy Division 原先也叫 Warsaw，来历是大卫·鲍伊的歌名。团员喜欢这个字的东欧酷感，计划中的出道大碟就名为《Warsaw》，然因制作品质不佳被扬弃，一度成为"失落的专辑"在乐迷间流通，直到主唱 Ian Curtis 过世后十四年才出版。乐团以 Warsaw 为名只有半年，后来更名为 Joy Division，这个名字与东欧也有渊源，原指二战纳粹集中营里提供德军性服务的慰安妇部门。

《控制》生动重现了 Warsaw 的首场公演：一名有型的怪叔叔在台上数来宝，四名青涩的团员在休息室紧张兮兮地准备。待怪叔叔下台，主持人高喊："欢迎华沙出场！"他们随即奏出岩砾般刺耳的〈Leaders of Men〉，Ian Curtis 抑郁地唱着：

Made a promise for a new life

Made a victim out of your life

孤绝的歌声衬着肃穆的贝斯和鼓点，往后三年，摇滚乐进入不透光的纪元。

我沿着艾克福街走过三个街区，以当下的位置穿越麦卡伦公园（McCarren Park）往西南方再走上一段，便是淫秽奇作《北回归线》作者亨利·米勒的儿时住所。然而缅怀前辈并未排入今日的行程，我的目标近在咫尺，一间藏身于波兰之家（Polish National Home）的表演厅。

你的预感没错，表演厅的名字就叫华沙。

这种地理上的错置感像极了文德斯的电影《德州巴黎》，巴黎指的并非法国的巴黎，而是德州的一座小城；同理，华沙也非波兰的华沙，而是布鲁克林摇滚客的集会所。

波兰之家是栋造型别致的三层建筑，沉静地盘踞街角，壁砖是洗练的白灰色。正门高悬着美国与波兰国旗，遮雨棚不忘印上波兰帅气的国徽：头戴金色皇冠的白色老鹰在红色盾牌内展翅。我很好奇它和威尔士国旗那只喷火巨龙决斗，谁会把对方撂倒？

走入表演厅，要不是台上的灯具和音响，还以为自己来到了哪座波兰社区的大礼堂：挑高的天花板吊着水晶灯，贴满壁纸的墙壁钉着十八世纪风格的油画。后方的阳台以木楼梯和地板相连，舞台挂满黄色帷幕，古典的装潢有别于一般摇滚场馆。

正如在台湾移民群聚的皇后区能喝到珍珠奶茶，华沙供应别无分号的佳酿：从故乡漂洋过海的 Żywiec 牌啤酒。我在吧台买了一瓶，酒标写着一八五六年，图案是一对身着波兰传统服饰的男女手拉手跳民族舞蹈，女生还穿了一双很时髦的红靴子。滋味如何？比老美爱喝的百威和美乐好多了，可惜此后未曾在其他地方尝过，那股芳香只能在记忆中保存。

　　我和今晚登台的两组人马有个共通点，都是布鲁克林的"新住民"：暖场团 Clap Your Hands Say Yeah 来自费城，压轴团 The National 以辛辛那提为家。他们只是投奔布鲁克林的千百乐团之二，当地欣欣向荣的摇滚场景吸引乐手前来寻梦。Sufjan Stevens 来自底特律，Beirut 来自新墨西哥州，Animal Collective 来自巴尔的摩。

　　不过同样身为异乡人，我的原乡更遥远了。

　　Clap Your Hands Say Yeah 是二十一世纪新团一夕成名的经典案例，走红过程成了许多后进汲汲复制的范本：先取个引人侧目的怪团名，借由网络推波助澜火速演变成一种现象，与音乐本身已无太大关联。

　　这个模式并非屡屡奏效，其中夹带了一个关键因素：运气。这么说不意味他们的音乐不行，首张专辑收录的全是动听又动感的曲子。只是录音室里可一修再修，放到真枪实弹的现场却不免被人看破手脚。主唱干扁的嗓音流露出卖药广告主角的嘴型与配音员总是同步不起来的唐突感，是特色，却有点恼人。

　　摇滚银河有几则定律：一、很棒的乐团通常很少更换成员，如 Radiohead 从籍籍无名到征服天下成员原封不动；二、很棒的乐团都是很棒的现场团——Gorillaz 那种虚拟团体除外。

　　Clap Your Hands Say Yeah 照本宣科的表演，难免让人觉得回家听 CD 就好。当他们谢幕后，一件瞠目结舌的事在我眼前发生：身旁的观众瞬间少了三分之二，就像夏日午后雷阵雨在马路上蒸发那么快。不！比那还快，雨滴尚未接触到地表就在空中消失。华沙可容纳一千人，加上当天全场爆满，等于转眼间六百多人疏散完毕。

有人不小心触动火灾警铃吗？没有啊，我和同行的 Y 面面相觑。

"发生什么事了？"

"不知道耶。"

我们也算跑过不少场子的老江湖，却第一次碰上这种怪事，换场时两人推算出几种可能：一、大家憋尿憋太久；二、跑去外面抽烟；三、肚子饿先去吃饭；四、纪念 T 恤太抢手得赶快去买；五、闪人了。

闪人？主角压根还没登场呢，为何名义上的压轴团 The National，实际工作却像是替暖场团"善后"似的？"等会儿人潮就回笼了啦。"我泄气地看着刚才水泄不通，现在空荡荡的表演厅说道，接着喝完最后一口啤酒。"我也这么认为。"Y 附议。我们的语气其实都非常心虚。

果然，那群人真的闪了，The National 面对的是不到三分之一满的清冷会场，团员站在音箱前一脸茫然，坚守岗位的观众也吓呆了，没人发出声音，空间内一片死寂。套句浊水溪公社主唱小柯的名言："那场面绝对是干你娘糟糕透了。"

The National 对多数人是冲着 Clap Your Hands Say Yeah 而来想必已心知肚明，看着眼前空旷的场地是什么感受？我不敢想象。人高马大的主唱 Matt Berninger 忧郁地拿起麦克风（后来我才晓得他无时无刻都很忧郁），我以为他就要宣布今天不唱了，就算如此大家也不会怪他。

结果完全相反。接下来九十分钟，我庆幸自己是留下来的人。

乐团编制还包括两对兄弟档，与一名现场专属的小提琴手，六个大男人似乎要证明离去的人有多愚蠢，用尽所有力气带来一场扣人心弦的演出。层次分明的小鼓与稳重的贝斯交织成一道坚实底部，乐器向上堆积的同时也向内加压，嘹亮的双吉他音网搭配奔流的小提琴，

Matt Berninger 用他磁性的嗓子一字字呐喊出黑色韵脚。

　　置身在撼人的乐曲里，我感觉自己的渺小，皮肤好像被针扎到那样灼痛。喉咙干干的，想大叫，声嘶力竭地大叫。

　　散场时我们已筋疲力尽，与所剩无几的乐迷离开华沙，周三夜晚的 Greenpoint 街头行人寥寥。走向地铁站时这件事依然困扰着我：既然买票入场了何不多留几分钟，给下个乐团一首歌的机会也好，这不是最起码的尊重？我忧心忡忡，两团的联合巡演才刚开始，相同的事还会一再上演，我希望他们挺住。

　　要是那时我知道短短几年 Clap Your Hands Say Yeah 已被乐坛淡忘，The National 却熬了过来，成为最受爱戴的纽约中生代团体，心情会好过一点吗？

　　或许吧。我只记得初秋的风徐徐吹着，夏天突然就这样结束了。

Chapter 21_ Coney Island Baby
康尼岛的宝贝

Date_ 2 October, 2005

When you're all alone and lonely in your midnight hour

And you find that your soul it's been up for sale

But remember the princess who lived on the hill

Who loved you even though she knew you was wrong

And right now she just might come shining through

Oh, my Coney Island baby now

I'm a Coney Island baby now

Man, I swear, I'd give the whole thing up for you

〈Coney Island Baby〉by Lou Reed

　　每个人的童年回忆中，总是静静躺着一片海滩，海滩旁或许还盖了一座游乐场。游乐场的尺寸宛如少女的胸部，不是太大也不是太小，而且该有的一样不缺——餐车的橱窗堆满雪白的爆米花，有甜的咸的两种口味，铁架插着热狗和棉花糖，头戴七彩圆锥帽的师傅熟练地将冰淇淋卷成一圈圈。

摩天轮神气地立在园中，当你抵达最高点时高度正好可以俯看整座园区，对有恐高症的人如我，这种视野恰恰好。一具不是太陡的云霄飞车搭在近海的位置，是坐完一趟不需要重新整理头发的那种坡度。

碰碰车及鬼屋自然也少不了，可能还有袖珍动物园，饲养的多半是路上看得到的动物，即使有长颈鹿，通常也是脖子刚好比较长的鹿而已。你甚至怀疑动物园荒废了许久，动物都只是进去借住。纵使如此，你仍兴奋地趴在生锈的铁丝网盯着无精打采的它们，而它们则偶尔抬头看你，眼神懒洋洋地说："哎呦，人类实在很无聊！"

但你不无聊，你才八岁，再寻常的事都能勾起你的兴趣。

你苦苦央求，爸妈终于同意让你放风半小时。你们约好在售票亭旁边供人拍照的广告牌前会合，图案是一只头部挖空的鸵鸟。"不要一个人去鬼屋！"爸妈再三叮咛。

平时除了上学你不太有机会远离爸妈的视线。你抱着满心热情探索这奇妙世界，走着走着，突然被不知从哪冒出来的小丑给吓了一跳。他给你一颗气球，躬身对你眨眨眼，像是在笑，却笑得好悲伤。小丑问你想不想跟他去马戏团玩耍，你摇摇头："爸妈说不能乱跑。""乖孩子！"他拍拍你的背，那动作鼓舞了你，仿佛你也是大人了。

乱晃了一阵，你渐渐发现游乐场的一切好像都是假的。那时你还不太会分辨真假，不免感到迷惑。你观察园内的工作人员：炸薯条的、吹气球的、喂食动物的、操作旋转木马的，那些人做着你心中地球上最棒的差事，处在涂上厚厚油漆以遮掩锈痕的老旧机具中，身影竟显得落寞。他们认真做着分内的事，却显得心事重重。

你的心思还很单纯，不晓得在这里快乐是一种商品，愉悦是必要的姿态，童真却是集体的匮乏。更不晓得二十年后的自己仍常陷入真假难辨的困局里。

你终究错过集合的时间，喇叭气呼呼广播你的名字，从声音听来你大概是开园后第一名走丢的小孩。你匆匆跑回售票亭，爸妈的神情比预期中平和，你松了一口气。这里不大，他们知道你跑不远。

离开时已近黄昏，爸爸的四门手排车停在无人看管的停车场。"去海边走走吧，反正也不赶时间。"他这么提议。你们沿着园区的白围墙走向海边，围墙的高度对成年人来说几乎是一跨就过；对你也不成问题——砖头受海风吹拂倾颓了大半，露出恰能通行的小洞。"下次再来就不用买票了。"你暗自窃喜。

你们在一丛芦苇间找到石阶，拾级而上来到堤防，眼前的景观变得开阔。木条斜铺的步道两头一望无际，不见终点。你们在长椅坐下，静静看着海平面那颗火红太阳从三十度方位缓缓下沉。小丑给的气球被你绑在椅背上，随风飘荡。

随着时间流逝，太阳逐渐没入海中，船坞的线条朦胧起来，海鸥像一群飘移的黑点往防风林飞去。金黄色海岸褪色成灰蒙蒙的迷雾光景，像一张曝光不足的照片。借由最后一道微弱的光，你望见一对情侣在沙滩上一边拥抱一边旋转，旁边还跟着一只转圈圈的黑狗。这画面似曾相识，你内心如此感应，却想不出在哪里看过。

其实是时候未到。十年后你上了大学，在课堂观赏克劳德·勒鲁什的《男欢女爱》，被同样的画面感动得无法言语。同学问你发生什么事，你说，我小时候见过这一幕，我甚至去过那片海滩。

虽然当时的你还没看过侯麦的电影，然而长大后回想起那一天：游乐场的下午，岸边的黄昏，回程时透过车窗看到的月亮；回想起爸爸握紧方向盘的大手，小车行驶在堤岸公路时平稳的速度。你会明白，当天夕阳消失的瞬间，你看见幸福的绿光。

纽约有一片让人重拾昏黄记忆的海滩吗？就在布鲁克林最南端的康尼岛。

康尼岛与 Greenpoint 恰好是布鲁克林星球的南北两极，曾是全美最受欢迎的度假胜地。后摇滚巨团 Godspeed You! Black Emperor 的长篇歌曲〈Sleep〉开头，一位沧桑老人诉说他的儿时回忆：

They called Coney Island the playground of the world

康尼岛每年吸引了数百万人造访，最闪耀的地标是沙滩旁的宇宙岛（Astroland），一座包罗万象的游乐场，除了常驻设施还有流动摊贩式的小游戏：BB 枪、射飞镖与丢飞盘，游客依分数多寡换取无辜挂在墙上的填充娃娃，与台湾的夜市差不多。

店主开着货车，谋生器材架在车厢，停下来，车门一拉开就能揽客。从这个城镇驰骋到下一个城镇，从这个市集迁徙到下一个市集，像游牧民族过着居无定所的生活，不少黑胶盘商也以这种逐水草而居的方式做生意。不过似乎只有在幅员辽阔、公路发达的美国可以这么自在地游走天涯，换成别的国家感觉就有点别扭。

宇宙岛的红牌游戏都有霹雳的名号：摩天轮称作奇幻轮（Wonder Wheel）；二十年代落成的木轨云霄飞车，大的叫雷电（Thunderbolt），

黄昏中康尼岛堤岸步道。

小的叫龙卷风（Cyclone），都像乖乖附赠的炮弹飞车会取的名字。

《安妮·霍尔》里伍迪·艾伦儿时的家就建在雷电下方，每当飞车"从天而降"，屋内桌椅都会跟着晃动；菲利普·格拉斯在《格拉斯十二乐章》开头乘坐的则是龙卷风。两位大师都是犹太人，康尼岛确实是纽约犹太人的主要群聚地。

可惜好景不长，二战之后经济萧条，五十年代迪斯尼乐园又风光开幕。康尼岛抵御不了迪斯尼的船坚炮利，观光业一落千丈，甚至被戏称穷人的海滩。夏天还算热闹，有美人鱼游行和海妖音乐节（Siren Music Festival）撑场，秋冬淡季的康尼岛却像失落的国度、被遗忘的荒原，许多摊位的铁卷门一副再也不打算拉开的丧气模样，往昔的五彩缤纷如今无不消沉。

尤其宇宙岛是以太空为主题的游乐场，半世纪来始终未能与时俱进，现在逛来简直像"回到未来"。

传奇唱作人汤姆·维茨与布鲁克林出生的卢·里德不约而同谱过〈Coney Island Baby〉献给康尼岛，而最叫人不舍的康尼岛宝贝当属《梦之安魂曲》的詹妮弗·康纳利，她着一身红洋装在码头上孤独地眺望大海，待回眸一笑却已太迟，灵魂早在毒品中沉沦。

大都会队的小联盟球场盖在宇宙岛附近，球队也取名龙卷风（Brooklyn Cyclones）向云霄飞车致敬，当天我们特别来此参加摇滚音乐节。离开球场时已经很晚，我和 Y 走在冲浪大道（Surf Avenue）讨论鬼才 Beck 的压轴演出，我们都很开心能在海滨球场听见九十年代的摇滚国歌〈Loser〉，也一致同意格拉斯哥乐团 Belle & Sebastian 主唱 Stuart Murdoch 是整晚最抢戏的家伙。

想象中的他是名忧郁小生，台上的他却是调皮捣蛋的多动儿，手拿球棒在空中挥来挥去，还识趣地穿着大都会队的 T 恤。也许他真的是大都会球迷也不一定，否则何必关心当家捕手 Mike Piazza 的性向？他在〈Piazza, New York Catcher〉唱到：

Piazza, New York catcher, are you straight or are you gay?

我不确定 Piazza 是否为同志，但可以确定全场自己最中意的歌是〈The Boy with the Arab Strap〉，出自我第一张购买的《Belle & Sebastian》专辑，因此别具意义。乐团也将歌曲后半改编成生日快乐歌，送给当天生日的键盘手。

《和莎莫的 500 天》的女主角将这首歌的歌词 "color my life with the chaos of trouble" 写入毕业纪念册，导致那张封面上有个男孩被铁棍插入胸腔却露出爽快表情的专辑出现玄秘的销售，一批纯洁少男自此加入被《Belle & Sebastian》洗脑的阵营。

途中我们经过一间外观破旧的餐厅，正是赫赫有名的 Nathan's 热狗店老店。一九一六年开业时一根只售五美分，辛勤经营数十年，卖出千万条热狗，如今已是全球连锁的餐饮王国，康尼岛也成为"现代热狗"的故乡。

每年七月四日由 ESPN 转播的吃热狗大赛就在 Nathan's 老店前，名人墙写着历届冠军的大名和啃掉的热狗数字，电子钟倒数着下次国庆的日期。肚子像变形虫、体重能在五十几到八十几公斤的区段"自由调整"的日本选手小林尊，二十三岁那年首次拿到冠军，接着展开六连霸，二〇〇七年才将优胜者的芥末色腰带还给老美。

本来想买根热狗充饥，眼看人满为患而作罢。过街前 Y 突然拉住我的衣服："你看！那是不是 Stuart Murdoch？"我朝他说的方向探头，一名身穿黑色尼龙夹克的仁兄正在路边和一名可爱的短发女孩如入无人之境地卿卿我我，身旁还堆着几盒乐器。"对耶！真的是他。"

虽然不理解他为何不在场内等车而要流落街头，我们仍见猎心喜研拟下一步行动，等到终于规划出作战方针时他早已落入其他乐迷掌心，我们只能认命地抽取号码牌，掏出相机、票根和原子笔等候叫号。没隔多久 Stuart Murdoch 亲切地招呼我们，他的苏格兰腔我其实只听懂了一半，幸好签签名、拍拍照，应付这些绰绰有余，握手时他还促狭地对我扮了个鬼脸。

事成后我们穿越冲浪大道，往斜对面的地铁站移动，一路上 Y 不断用夸张的语气呼喊着："贝儿与赛巴斯汀耶，贝儿与赛巴斯汀！"

是呀，贝儿与赛巴斯汀。或许将来有一天，我也能和小孩站在 Nathan's 前一起吃热狗，我们身后是湛蓝的大西洋，咸咸的海风从南面吹上岸。我会指着相同的街角，对他再说一遍康尼岛的故事。

北六街

On the street air is thin, dim night like the rest

Then you open the door, and the noise shakes the floor

Oh baby night after night here tonight is the best

I say hey how's the group, when's the set gonna start?

She says I know that girl, there's a tattoo on her heart

She pivots in rage, and the band hits the stage

We just gonna have some fun

Down at the rock and roll club

Sweetheart would you buy me one

Down at the rock and roll club

〈Down at the Rock and Roll Club〉by Richard Hell

"Next stop is Bedford Avenue."

L 线地铁的车上广播机械地对空气独白，一如 Radiohead 的歌曲〈Fitter Happier〉中毫无表情的电脑人声。我的身体在连接曼哈顿和布鲁克林的隧道中移动，两侧的照明灯发出奇魅蓝光。列车前行，光线后退，东河正在我的头顶。

二十分钟前我刚下课，日暮中到联合广场搭车。这趟车程很短，经过两站就驶离曼哈顿，一路向布鲁克林最深的东边探去。其实不用广播提醒我也知道贝德福大道快到了，身边一票人都做着"准备下车的动作"：缠好耳机线，把 iPod 放进包包；阖上书或杂志，卷起报纸；盖上咖啡杯盖，吃剩的半颗苹果放入塑料袋；手从女友大腿上移开。

离奇的是，每回在这站下车的似乎都是同一伙人，形貌与气质永远不脱几个款式，或以这些款式为底图做细部变形。男生可分为三款：一、头戴鸭舌帽，身穿法兰绒格子衬衫与卡其裤，脚踩 Vans 滑板鞋，或许还牵了辆单车，铁链锁系在腰上；二、肩上背着吉他，套着乐团 T 恤和紧身牛仔裤，踏着 Converse 高筒帆布鞋；三、身着条纹背心、素色棉质帽 T 恤和灯芯绒七分裤。

女生就繁复些，头上少不了太阳眼镜，阳光刺眼时再加一顶遮阳帽。身上不外乎洋装或小可爱，洋装分成性感与俏皮两类，依材质和剪裁而定；小可爱则让一半的胸部露在外面吹风。脚下最是惊人，争奇斗艳的凉鞋、靴子和高跟鞋，男生眼中违反人体工学的设计由她们穿来一派轻松自在，健步如飞。

纽约有个专有名词形容这一群人：Hipster。

Hipster 并非新字，四十年代便用来形容沉迷于爵士和蓝调音乐的中产都会青年。适逢二战结束，新的社会秩序尚待建立，部分白人青年疏离原属的社经阶层，转而追随黑人乐手的生活情调：黑人的服装、说的行话和俚语、享用的酒精和药物、求索的性高潮。

借由模仿和改造，他们期许从外围逐步打入核心，最终成为圈内人，如此便能从黑人乐手身上分得一瓢至高无上的酷感。五十年代"垮掉的一代"诗人、六十年代的英伦 Mod 族都深受 Hipster 文化洗礼。作家诺曼·梅勒当时写了一篇《The White Negro》解释这种"白皮黑骨"的现象，而照凯鲁亚克的说法，Hipster 是一群"穿着邋遢的人在美国各地搭便车流浪，以丑陋却优雅的方式美丽着"。

行过半世纪，Hipster 在流行文化的语汇里复活，只是意义较当初更多元，难以归纳出单一形态。纵然替它下定义是困难的，坊间仍整理出一些特征，作为辨认的依据。Hipster 通常符合至少一项下列条件：

一、就读学风开明的人文、艺术、传播或设计相关科系，该系鼓励前进思潮和自主思考，拥有多位自由派教授，颇受学生欢迎。

二、衣服都选合身尺寸，或故意小一号，与九十年代西雅图 Grunge 风潮崇尚的大一号松垮风格相反。但凡事都有分寸，不能搞得太紧，否则像灌香肠就不妙了。并且全身可能根本没剩几斤肉，还是一天到晚吵着要减肥。

三、迷恋二手衣，老爸的皮夹克、爷爷的毛衣和奶奶的眼镜都是宝，新衣服也处心积虑弄得旧旧的再穿。希望别人以为自己穿得随随便便，为了达到那种效果却花上大把时间。不迷信名牌，却抗拒不了精致的质地和做工，抗拒不了对象本身的美。

四、患有程度不等的恋物情结，或者说，集中火力反复购买单一品项：唱片、球鞋、书、T恤、相机等。不知不觉染上某种无法根治的癖好，身不由己进入收藏家模式。

五、有好心肠，关心社会公义，却不善表达。富正义感，自认反抗权威，真要上街游行又嫌热，出门前得先擦防晒油。以最低限度的方式参与政治，天气不好就懒得离家投票，然后告诉自己"反正也改变不了什么"。

六、年纪轻轻就注重养生，不吃有脚的动物，是广义的素食主义者。平日作息不太规律，常熬夜。除了做爱，上次运动得回溯至大三的体育课，当时还刻意选了"最不会流汗"的高尔夫球。对环保议题极有警觉，视防范全球变暖为己任，却每天抽掉一包烟，排放许多二氧化碳。

七、对环境电音、噪音朋克、后摇滚等曲风怀抱无可救药的偏执，对旗下只有三组艺人的挪威厂牌、总部设在厕所的西班牙厂牌如数家珍，甚至和厂牌老板通过邮件。可是洗澡时仍深情款款对着莲蓬头高唱席琳·狄翁或凯莉·米洛的经典曲目，副歌时的激昂破音还惹来邻居敲门抗议。

八、对独立制片、艺术电影秉持宗教般的狂热，苦读俄语只为了背熟塔可夫斯基的电影对白。看过黑泽明的每一出作品，坚信大卫·林奇是伪装成导演的心理治疗师。争辩起特吕弗的《四百击》是不是影史上最棒的片子，往往把场面搞到难以收拾。与朋友吃火锅却坚持观赏《大人物拿破仑》或《菠萝快车》等笨片，将气氛营造得茫茫然。

九、聊天时酷爱夹杂特殊代号和缩写，并将名词当动词、动词当形容词，只要"外行人"听不懂就感觉良好。成天将后现代、存在主义、形而上学挂在嘴边，旁人问起各派精义却得求助 Google。

十、使用苹果电脑，或打算跳槽苹果电脑。对他来说，苹果执行长史蒂夫·乔布斯比微软创办人比尔·盖茨酷上无限次方。

十一、约在十九到三十九岁之间，不过年纪仅供参考。Hipster 都像涅槃名曲〈Smells Like Teen Spirit〉，浑身散发少年仔的气息，就像《天才一族》的导演韦斯·安德森或专拍露骨照的摄影师 Terry Richardson。况且没人规定年过四十就不能继续穿紧身裤，或在洋装里加条荧光丝袜。

当代 Hipster 是很矛盾的生物，假装不在乎，其实比谁都在乎；有些自命不凡，追求与众不同，然而不凡与平凡只有一线之隔。他们和新世纪一样混沌，是暧昧时代的特有产物。

贝德福大道的所在地威廉斯堡（Williamsburg），便是 Hipster 的首都。

威廉斯堡像连体婴紧临 Greenpoint，原是厂房林立的工业用地，一般人不会涉足。由于房租低廉，空间宽敞，是工作室与练团室的绝佳地点，且地铁一站就能进城，地理位置堪称无敌。艺文工作者自七十年代向此靠拢，用打游击的方式在人迹罕至的废弃工厂办表演、搞实验剧场，以边缘姿态享受"大人不在家"的无政府乐趣。

纽约客常开玩笑说，一台冷气机从贝德福大道的公寓掉下来只会砸到三种人：一、摇滚乐手；二、艺文工作者；三、打死不承认身份的——摇滚乐手或艺文工作者。

地产商岂会放过这块肥肉，将老房子大肆改建为豪华大楼，整体租金随之飞涨，真正的"挨饿艺术家"只能往更东的区域搬。但是无论如何房租还是比曼哈顿便宜些，威廉斯堡成了纽约新生代乐团的根据地，Grizzly Bear 四名成员就住在这。

虽然不再是少数人的秘密基地，当地仍弥漫一抹寂寥氛围，尤其愈靠近水岸地貌愈显荒凉，遗世独立的感受也愈强烈。在贝德福大道与东河间不设红绿灯的棋盘状区块里，北六街是最精彩的一条。

只于周末开业的创意市集 Artists & Fleas 专售新锐设计师的商品；《情归新泽西》男主角打工的泰式餐厅 Sea、《咖啡与烟》的场景 Galapagos 酒吧、纽约藏量最丰的唱片行 Academy，以及特爱请模特在海报中翘着高高臀部摆出狗爬式的连锁服饰店 American Apparel，全在北六街。

贾斯汀·巴沙在《纽约我爱你》片头跳上计程车和司机说："载我去北六街！"从他典型的 Hipster 装扮与目的地推测，他要去的地方八成是以北六街为名的个性场馆 Northsix。

Northsix 原址是间美乃滋工厂，与东河只隔几十步之遥。舞台当初由老板亲手钉起，场内的一切都很 DIY，如《最后的日子》片尾奄奄一息的科特·柯本造访的另类场馆，是摇滚同人专属的异境，会来的全是"自己人"。

当天我来早了，站在队形散漫的队伍后方，前方只有四人：两名长发男蹲在地上抽烟；一名身穿窄版西装外套的老兄戴着黑框眼镜，发丝油油的，好像刚参加完 Pulp 主唱 Jarvis Cocker 模仿大赛；他身旁女生的项链快垂到人行道，两人应该是一对情侣，Jarvis 复制人的手一直在她屁股上搓揉，当然也不排除才刚认识的可能。

长发男之一大概觉得独乐乐不如众乐乐，昏昏沉沉转过来说："兄弟们，来一口吧，自己种的，天然又有机，很赞喔！"短短一句话花了两分钟才说完。

半小时后人潮渐渐涌现，一名头戴 Chemical Brothers 棒球帽的女孩拎着一张高脚凳走出来，将凳子放在门口开始放人进场。"下一位。"她意兴阑珊地叫着，脸上那副没装镜片的眼镜几乎和整张脸同大，旁边不知何时突然多了名发型和打扮都像刚跳完伞的男生，不停在她耳后吹气。

　　走入铁门，墙边摆了一台提款机，处在卡片插进去就吐不出的故障状态。一旁是贩售纪念品的桌子，穿着 Spiritualized 乐团背心的短发妞将唱片从纸箱取出，随后将 T 恤挂在墙上，额头刻着"别来惹我"。

　　主厅悬浮着牙医诊所那种怪味，随处可见疑似施工中的未完成品：帷幕只挂到一半，露出下方的红砖墙，就像穿短裙的女孩露出一截小腿肚。供人休息的木台阶似乎是用胶水粘的，一踢就会解体。几根爬满铁锈的柱子不偏不倚挡住观众的视线，水泥墙用透明胶带贴着一张皱巴巴的公告，奇异笔在破烂传单的背面潦草写着：

　　　　请勿违反下列事项，违者将"立刻"被撵出去！

　　　　一、不准丢酒瓶或任何物品上台。

　　　　二、未满二十一岁严禁饮酒。

　　　　三、严禁吸烟。

　　　　四、"绝对绝对"不允许舞台冲浪。

　　台湾的法定饮酒年龄是十八岁，就这点看来我们才是发达社会。我在台阶战战兢兢地坐下，它比想象中稳固。第一个暖场团正在台上演出，今晚共有三个暖场团，还有的等。这也是 Northsix 的特点，以实惠的价格让乐迷吃到饱，主秀之外还附送很多乐团，简直以服务乡里的精神在经营。

说到吃，的确不少人在吃东西，不论台阶上的，还是在地板上席地而坐的，幸好都是味道不浓的面包或饼干。与其说这些人来看演唱会，不如说下了班或放学后发现闲闲没事，摸摸口袋刚好还剩十元，抱着"去 Northsix 晃一下好了"的心情惬意入场。

第三个暖场团快结束时 Y 悠悠哉哉走了进来，像变魔术般从书包掏出一杯咖啡。

"奇怪，不是禁带外食，怎么一堆人都在吃东西？"我问。

"你该不会真以为门房有在认真检查吧。"

压轴团 Wolf Parade 是 Arcade Fire 的蒙特利尔同乡，身上的衣服一件比一件紧，特别是吉他手，我很担心他刷琴的动作太剧烈袖子会应声裂开。听过坐在电椅上谱出的音乐吗？他们的曲子就是那个调调：粗糙的吉他颗粒，颤抖的小鼓，双主唱一高一低嘶吼出反差快感。五名团员仿佛开着亡命街车将自己逼到悬崖边缘，待最后一秒准备紧急刹车，才发觉刹车线原来早就断了。

场子里某些观众比乐团更值回票价，有人跳着僵硬的舞步，有人以身体为轴心不断自转，有人癫痫似的抖动肩膀，有人像抽筋的活塞垂直弹跳。你绝不会在 Northsix 看到高举双手在空中比"耶"，还兴奋地大喊"Rock and Roll!"的行径，那比较适合麦迪逊花园广场，在这里可能也会被撵出去。

我下次再来是两年后了，Hipster 依旧别来无恙，Northsix 却从里到外变了模样。

Kiss the boot of shiny shiny leather
Shiny leather in the dark

Tongue of thongs, the belt that does await you
Strike, dear mistress, and cure his heart

Taste the whip, in love not given lightly
Taste the whip, now plead for me

I am tired, I am weary
I could sleep for a thousand years

A thousand dreams that would awake me
Different colors made of tears

〈Venus in Furs〉by Velvet Underground

遇见翡翠鸟（Halcyon）的过程如一场安排好的意外。寒意已浓的十一月，我在珍珠街（Pearl Street）和水街（Water Street）的交叉口发现了这间唱片行。这种时刻往往觉得自己是只嗅觉灵敏的猪，在森林中寻找珍贵的松露，唱片就是我的松露。

翡翠鸟是我见过室内设计最讲究的唱片行，颇有京都枯山水庭园的况味：绿色的地毯宛如软绵绵的草皮，入口处的鹅卵石叠了一堆枯树干，旁边摆着两张蘑菇造型的纯白镜面椅子，仿佛《2001太空漫游》的道具。

唱片行如此造景是否太附庸风雅了点？原来翡翠鸟也是艺廊和精品店，兼售服饰和摩登家具，墙上的摄影作品都贴有标价。店里的小细节也不马虎，黑胶的分区简介一则比一则厉害，迪斯科区写的是："迪斯科逊透了，但马子们都随它起舞，买它吧，宅男！"意大利国宝级作曲家Ennio Morricone那区更妙，牌子写着："如果你妈够酷，将你名为Ennio Morricone，想象你能和多少人上床。"

感觉都是店员自己的心声。

离开时我轻声踏过门口的鹅卵石，怕惊动正用iMac玩着线上游戏的店员。我待在店内的十分钟，他像一尊雕像，视线始终粘在屏幕上。告别翡翠鸟，曼哈顿大桥昂然矗立在面前，穿过桥墩时拱形走道溢满轰隆轰隆的回声。来到水街另一头，脚下是条快被磨平的铁轨，像浮出地面的恐龙化石镶在石板路里，轨迹向东河延伸。

我在华盛顿街停下步伐，此时向右看，两侧是高耸的红砖厂房，曼哈顿大桥宏伟的塔柱像一面蓝色高墙屹立在路的尽头，霸占了整面天幕，是纽约最奇的景致之一。卢·里德的现场专辑《Perfect Night》封底，及史诗黑帮片《美国往事》的海报都选用这幅画面。《25小时》

Dumbo 区域兼有艺廊和精品店的翡翠鸟，黑胶的分区简介一则比一则厉害。

的爱德华·诺顿也在这个路口下了车，和哥们走向路旁的酒吧。

我所身处的这座人造山谷，正是布鲁克林西北缘的 Dumbo。

Dumbo 是 Down Under Manhattan Bridge Overpass 的缩写，意指曼哈顿大桥下方的区块。其实不只曼哈顿大桥，Dumbo 西边是布鲁克林大桥，南边是连结布鲁克林和皇后区的高速公路 BQE，北边隔着东河是曼哈顿的摩天高楼群，四周全是壮观的建筑物，很有立体环绕的视觉效果。步行其中，脚步的移动使周遭景深跟着改变，常给人柳暗花明又一村的惊奇感。

当地原是厂房密集的工业区，火车在仓库与河岸间穿梭，将货物送上轮船。后来制造业没落了，轨道任由岁月侵蚀，艺术工作者开始迁入，以人去楼空的挑高厂房为家。如今 Dumbo 之于布鲁克林，正如切尔西之于曼哈顿、长岛市之于皇后区，是艺术家的据点。每年九月的艺术节是年度盛事，创作者利用各式媒材与观众互动，工作室也开放参观，由主人亲自导览。

虽然 Dumbo 在口语中有笨蛋的意思，住民可一点都不笨。Dumbo 与威廉斯堡相仿，和曼哈顿只隔一站地铁，便利的交通吸引中产阶级入住，高档家饰店一家开过一家，房租高得惊人。不过再怎么高也高不过南边的邻居——景色宜人的布鲁克林高地（Brooklyn Heights）。

布鲁克林高地是布鲁克林最风情万种的一区，也是房价最昂贵的一区，与曼哈顿的黄金地段相比不遑多让。古色古香的大宅、典雅的连栋公寓、生意盎然的路树、可远眺曼哈顿的绝伦视野，骚人墨客都爱在绮丽的巷道间落脚——诺曼·梅勒、杜鲁门·卡波特、剧作家阿

曼哈顿大桥宏伟的塔柱像一面蓝色高墙屹立在路的尽头，霸占了整面天幕，是纽约最奇的景致之一。

瑟·米勒和第二任妻子玛丽莲·梦露,冰岛音乐精灵比约克则是最新的娇客。

《天才老爹》一家活宝也住在这,剧中老爸是医生,老妈是律师,都是高收入族群。

Dumbo因地势临河,孕育出水街和珍珠街等个性街名,布鲁克林高地也不逊色:卡波特当初在柳树街(Willow Street)地下室写下《蒂凡尼的早餐》和《冷血》。沿着柳树街往南会依序经过小红莓街(Cranberry Street)、橙橘街(Orange Street)和凤梨街(Pineapple Street),是纽约最可爱的"水果街区"。

一八五五年,大诗人惠特曼自费发行的第一版《草叶集》就在小红莓街和橙橘街中间的印刷厂印行。凤梨街南方埋伏了一条爱情小径(Love Lane),地表上可能找不到比它更适合拍婚纱照的场景。

布鲁克林高地与摇滚乐最有渊源的街道是蒙塔格街(Montague Street),喜欢在纽约到处晃荡的迪伦,生涯中期的代表作〈Tangled Up in Blue〉如此描述:

I lived with them on Montague Street

In a basement down the stairs

There was music in the cafés at night

And revolution in the air

迪伦描述的是六十年代成名前三天两头借住朋友家的情景,当时播放嬉皮乐的波希米亚咖啡馆目前多已歇业,空气中的革命气息成了只能追念的往事。蒙塔格街东缘坐落着气宇轩昂的圣安教堂(St. Ann

Church），一排哥特式尖塔非常耀眼，八十年代起为了募集整修资金开始接纳音乐演出。

一九八九年一月，彩绘玻璃下的观众目击了摇滚史的重要事件：Velvet Underground 的传奇搭档卢·里德与约翰·凯尔相隔十七年再度同台。上回是一九七二年在巴黎的俱乐部，当晚 Nico 也在台上，是乐团解散后三人首度聚首，轰动乐坛。

凯尔生于威尔士，受过严谨的古典乐训练，拿手的乐器是中提琴。初到纽约时结识了现代音乐大师 John Cage 和前卫乐手 La Monte Young，全然沉浸在实验领域里。直到友人将他介绍给成天写诗和谱曲的卢·里德，原因是凯尔留了一头长发，"看起来"就很像搞摇滚乐的。

接下来发生的事都是历史了。卢·里德担任主唱兼吉他手，凯尔负责中提琴、贝斯和钢琴，Velvet Underground 接连出版了"香蕉专辑"和《White Light/White Heat》。反馈的噪音声波、失真的讯号残响，凯尔的前卫音乐背景使乐曲呈现出未抛光的质感。有时将吉他弦在不同八度中调成相同的音，拨弹后嗡嗡作响；有时以忽快忽慢的曲式复制出感官被迷幻药攻陷的扭曲体验，如药物国歌〈Heroin〉：

When the heroin is in my blood
And that blood is in my head
Then thank God that I'm as good as dead

乐团的反骨精神在《White Light/White Heat》达到巅峰。当时四名团员，或者说整个纽约地下艺文圈都沉迷于安非他命。安非他命又名 Speed，让人兴奋、鲁莽，整夜睡不着觉。专辑只用两天录制完毕，急促的曲调被喻为朋克摇滚的原型，总长十七分钟的结尾曲〈Sister Ray〉通篇即兴演出，完全是对主流乐界的挑衅，传递的讯息只有一则：去你的！

然而一山终究不容二虎，卢·里德放荡不羁的街头调调与凯尔的学院气质本就格格不入，相忍四年已是奇迹。一九六八年秋天凯尔被踢出乐团，少了他的实验手法，Velvet Underground 后两张专辑磨去了一些棱角，变得比较"平易近人"。

拆伙后两人各领风骚，都有杰作问世，凯尔成为举足轻重的制作人，帕蒂·史密斯震古烁今的出道碟《Horses》就由他一手打造。一九八七年他们在安迪·沃霍尔的葬礼上重逢，不相往来的冷战状态暂告终止，双方决定放下过去种种，共谱音乐剧《Songs for Drella》纪念挚友。Drella 是沃霍尔的小名，是吸血鬼德古拉伯爵（Dracula）与灰姑娘（Cinderella）的合体字。可惜首演前半年 Nico 不幸过世，再也无法归队。

圣安教堂是很酷的场地，容量却不太充足，策展人于是另觅他处，将 Dumbo 一座香料工厂改建为千人场馆，延续品牌名称，唤作圣安仓库（St. Ann's Warehouse），位置就在水街。

我越过华盛顿街再走一个街区，和 Y 约在仓库门口会合，入场后先到吧台买酒，随后挤在台前等待英雄出场。英雄还会是谁呢？半小时后约翰·凯尔拿着招牌的中提琴在台上拉出〈Venus in Furs〉勾魂的前奏，是今晚第一首歌：

Shiny shiny, shiny boots of leather

Whiplash girlchild in the dark

Comes in bells, your servant don't forsake him

Strike, dear mistress, and cure his heart

　　说死而无憾或许言过其实，能亲耳听一遍〈Venus in Furs〉却是摇滚迷的梦寐想望。这首出自"香蕉专辑"的经典曲目是 Velvet Underground 颓靡美学的终极示范，歌名源自奥地利作家马索克的同名小说，主题是性虐待；受虐狂（Masochism）这个字就是从马索克（Masoch）名字衍生而来。

　　凯尔不协调的琴音漾出玄妙的异端风格，卢·里德的词露骨至极，想必是个中高手：靴子、皮鞭、舔拭、抽击，写实得让人心惊肉跳。摇滚电影都爱这味，《最后的日子》里神志不清的科特·柯本躲在厨房吃东西，客厅播的正是这曲，导演格斯·范·桑特（Gus Van Sant）借此营造出灵魂出窍的幻境。《丝绒金矿》原声带那集结了 Radiohead、Suede 与 Roxy Music 成员的全明星乐团，团名就叫 Venus in Furs。

　　这首曲子当初由卢·里德演唱，凯尔的版本听来别有一番滋味，他洪亮的歌声仿佛正回答你昨日的问题。只是台下的我忍不住想，他和卢·里德若能重修旧好该有多好？也许这是乐迷的一厢情愿，一种不负责任的浪漫想象，可是一厢情愿，不就是身为乐迷的职责所在？

　　〈Venus in Furs〉长度不过五分钟，听完却感到恍如隔世，整晚在半梦半醒间度过。散场后我和 Y 在仓库前分手，不急着回家，踩着水街一路向西，经过一座外观颇像鹅銮鼻灯塔的冰淇淋工厂，抵达木板铺成的码头。黑夜无语，令人屏息，我走到河边，把手靠在栏杆上。

眼前，是全世界最美的夜景。

布鲁克林大桥像一头孤立的巨龙跨越东河两岸，桥身倒映在水中。曼哈顿的万家灯火在空中闪动，也在水面晕开，像一幅波澜壮阔的油画。游艇和小船随着波光摇荡，潮起潮落，浪花拍打着堤岸。天际线的缺口，每年"9·11"会从世贸遗址投射出两道蓝色光束，直窜云端。

每次站在这里，望着这座不眠的城市，都会想起约翰·列侬那句话："如果活在罗马时代，我得住在罗马，还会是哪呢？而纽约，就是现在的罗马。"

严冬将至，寒冷的海风吹在脸上，心中却涌起了一股暖意。列侬，你总是对的。

part four

live forever

Chapter 24_ Strawberry Fields Forever

永远的草莓园

Date_ 8 December, 2005

Imagine there's no heaven

It's easy if you try

No hell below us

Above us only sky

Imagine all the people

Living for today

Imagine there's no countries

It isn't hard to do

Nothing to kill or die for

And no religion too

Imagine all the people

Living life in peace

You may say I'm a dreamer

But I'm not the only one

I hope someday you'll join us

And the world will be as one

〈Imagine〉by John Lennon

十二月八日，星期四。

今天并不特别，我在太阳升到最高点时醒来，和昨天一样，连梦结束的方式都一样。牙膏的用量与刷牙的手势、毛巾的湿度与洗脸的力道，也和昨天一样。去厨房倒了一碗 Post 牌玉米片，和昨天稍微不一样，今天是蓝莓口味，昨天是草莓。

台湾到处是早餐店，其实不常吃玉米片，不过我的布鲁克林公寓位于住宅区，方圆三百米只有一间咖啡馆，早餐势必得自行打理。尝试过许多组合，还是玉米片最省事：倒入碗中，将牛奶淋上去就好，滋味也还可以。

泡了杯咖啡，坐到书桌前唤醒电脑，浏览的网页顺序和昨天一样。用遥控器打开音响，懒得起身换片，听的 CD 也和昨天一样。开始回 e-mail，准备期末报告，现在是台湾星期五深夜，线上的朋友都在失眠，永远是这样。今天并不特别，我和所有人努力面对生活，尽量把每件事做好。可是一个不平凡的人让今天有点特别，人们因想念他而放慢脚步，看看周遭，也省视自己存在的状态。

晚上八点的课我三点就出门了，搭乘 F 线地铁来到格林威治村，沿着布里克街往北行经布里克街唱片行，接着跨过第七大道经过以大卫·鲍伊歌曲为名的 Rebel Rebel 唱片行，两间店音乐都放得超大声，而且是同一个人的作品。

这种事发生在别的日子或许是巧合，今天绝对不是，我很肯定。

走到布里克街北边的尽头,停在最后一条与它交会的河岸街（Bank Street）路口，右边不远是"邪恶席德"陈尸的住所。一九七九年二月一日，他获保出狱当晚在这举行派对，一夜放纵，隔天清晨已不省人事，死因是海洛因注射过量。讽刺的是，给他海洛因的人正是自己老妈。

我穿越一座公园抵达河岸街西边，走过巴黎公社酒馆，在一〇五号门前停住。眼前是栋小巧的米白公寓，与人行道隔着一排栅栏，石板路旁种了一棵小树。正门位在地下室，地面三层开了九扇窗户，工整对齐。一群日本观光客看我出现好像很开心，七嘴八舌对我说日文，我摇头示意听不懂，他们推派代表用英文问我："是这里吗?"一边指着旅游书上的图片。"是的。我想是这里没错。"我说。

我们指的"这里"，是约翰·列侬和小野洋子搬来纽约定居的第一栋公寓。

一九六六年两人在伦敦的艺廊相遇，洋子的个展正要开幕，列侬于前一晚莅临。虽然立即被对方吸引，但彼此都有婚约在身，只能按兵不动。两年后列侬和辛西亚办妥离婚，洋子也恢复单身，双方在一九六九年三月步入殿堂，结成史上最不畏世俗眼光，也最具影响力的摇滚夫妻档。

列侬深知媒体对自己一举一动都感兴趣，将蜜月旅行转化成绝无仅有的创举：和洋子连续一星期躺在阿姆斯特丹旅馆的床上穿睡衣召开记者会。记者原以为这对新婚夫妇会干啥惊世骇俗的事，列侬和洋子却示范了"盖棉被纯聊天"的真谛：什么都不做，纯粹透过清谈和墙上的标语宣扬和平理念。

列侬在〈The Ballad of John & Yoko〉唱到了这件事：

Drove from Paris to the Amsterdam Hilton

Talking in our beds for a week

The newspaper said, say what're you doing in bed？

I said, we're only trying to get us some peace

两人婚后形影不离，列侬甚至带洋子参观披头士录音，破坏了团员间不带女友或妻子进录音室的默契。列侬视洋子为最知心的创作伙伴，其他三人不免吃味，觉得"你把我们的哥们抢走了"。最终爱情战胜了友情，列侬在该年九月离团，披头士也于来年解散。

单飞后的列侬，在首张个人专辑的〈God〉这首歌呼喊到：

I don't believe in Beatles

I just believe in me

Yoko and me

The dream is over

What can I say?

挥别六十年代，披头神话已然覆灭，梦也该醒了。一九七一年夏天，三十岁的他带着洋子远离英国，纽约成了他最后驻足的城市。

站在河岸街，不难理解列侬为何选择此地落脚。这是一块宁静的街区，西边隔着两条街便是哈德逊河，地理位置对列侬而言倍感熟悉——他的故乡利物浦就是港口。由于洋子曾在纽约发展，熟谙当地的风土民情，两人还买了脚踏车，由洋子充当向导四处游历。

　　正如每个来纽约的人，列侬很快爱上这里，也发现纽约客主动出击的个性和自己很像。纽约客向来视"酷"为美德，平时不太打扰他，让他感到自由自在。《Some Time in New York City》这张专辑记录了这段如获新生的岁月，列侬在封底放上河岸街公寓的照片，还谱出〈New York City〉宣示以此为家的决心：

Nobody came to bug us, hustle us or shove us
So we decided to make it our home

　　七十年代初期是列侬一生最富政治意识的阶段，时值美国深陷越战泥沼，他毅然卸下明星光环，从"比耶稣更受欢迎"的披头士成员蜕变为人道斗士。搬入河岸街不久便与哈林区儿童合唱团灌录了〈Happy Xmas (War Is Over)〉，同时和反战分子密集串联，这间公寓俨然成为异议人士的聚会所。

　　以外国人的身份和美国政府作对，除了道德勇气及工人阶级背景养成的反抗性格，体内的叛逆基因也推了他一把。列侬四岁时父母离异，自小由阿姨带大，几乎是半个孤儿，极度缺乏安全感，在每所学校都变成问题学生。十七岁那年母亲过世更造成难以平复的创伤，他在〈Mother〉这首曲子唱着：

Mother, you had me, but I never had you

I wanted you, you didn't want me

Father, you left me, but I never left you

I needed you, you didn't need me

So I, I just got to tell you

Goodbye, goodbye

Mama don't go

Daddy come home

乐史上大概再也找不到比这更令人鼻酸的告解。

纵然积极反战，列侬属于温和派，不认同黑豹党等激进组织的武装革命路线，坚信暴力不能解决问题，效法甘地的和平诉求才能服众。只是他对年轻人实在太有号召力，尼克松政府仍感芒刺在背，由情报头子胡佛掌控的 FBI 对他窃听、跟监，移民局也配合演出，勒令他限期出境。

列侬没向恶势力屈服，与移民局缠斗四年，终于在一九七五年十月九日打赢官司。那是他生命中最高兴的一天，不只顺利拿到绿卡，欢度自己三十五岁的生日，也和洋子迎接第一个孩子。

前妻辛西亚生下朱利安时恰好是披头士飞黄腾达的年代；西恩出生后列侬暂别乐坛，当起全职奶爸：换尿布、喂牛奶、带他去海边玩。他要给西恩一个自己和朱利安都未曾拥有的快乐童年。

列侬和洋子在河岸街住了一年半后搬到上西城的达科塔大厦，正是我要拜访的下一个地点。我跳上C线地铁直奔西七十二街，一出站，崇伟的达科塔像一座城堡耸立在路口，路上站满了人，一排转播车靠着中央公园的人行道。

达科塔建于十九世纪，列侬迁入前已是纽约著名的地标，指挥家伯恩斯坦与滚石乐团纪录片《给我庇护》的导演阿尔伯特·梅索斯都是住民。波兰斯基的名作《魔鬼圣婴》在此取景，米亚·法萝便于达科塔生下撒旦的小孩。

然而二十五年前的今日，列侬在达科塔门前告别了他热爱的世界。

一九八〇年十二月八日，暌违五年的复出作《Double Fantasy》刚出版不久，口碑和销售都极好。当天上午，摄影师Annie Leibovitz前往达科塔替《滚石》杂志拍照，她请两人躺下来，洋子身穿黑上衣和牛仔裤，列侬全身赤裸，像婴儿般蜷曲着身子从侧面搂抱洋子，这帧经典照片成为来年一月的杂志封面。

傍晚夫妻俩在西四十四街的录音室工作，几小时后返回达科塔休息。列侬看见歌迷在外头等他，便嘱咐司机将车停在路边。洋子先行下车，列侬跟在后面，此时一名男子掏出预藏的左轮手枪朝列侬连开五枪。一发偏离，其余四发全数命中。

列侬倒下了，世界在他面前旋转。

送抵急诊室时列侬已没有脉搏，也停止了呼吸。凶手冷静地坐在原地等警察逮捕，手里拿着《麦田里的守望者》，殊不知刚才犯下的错，就如甘地、肯尼迪和金博士的谋杀事件，彻底撼动了二十世纪的文明史，这个世界再也不一样了。

上西城的达科塔大厦。1980 年 12 月 8 日，列侬在大厦门前告别了他热爱的世界。

我跨越西七十二街来到达科塔门口，沿途摆满鲜花和卡片。每年今天，洋子会在窗台点一根蜡烛向乐迷致意。随后我朝中央公园的方向走，我愈接近公园，远处传来的歌声就愈响亮。我让歌声牵引着，踏上一条小径，直到无法再往前了才惊觉身旁满满是人，原来草莓园已在自己脚下。

冬日渐暗的天空渗出入夜前最后几道光，有人高举贴着列侬肖像的海报，有人捧着花束和蜡烛，烛火迎风摇曳。不见主持人，没有扩音器，大伙自动自发聚集在这，不分年龄、性别、宗教、种族，在严寒的冬夜靠紧彼此取暖，也同声高歌。

〈Hey Jude〉、〈Give Peace a Chance〉、〈Power to the People〉，当然还有永恒的〈Imagine〉。弹吉他的围在中间，打手鼓的蹲在地上，一名越战老兵站上长椅挥舞和平鸽旗帜，其他人跟着打拍子：

> You may say I'm a dreamer
>
> But I'm not the only one
>
> I hope someday you'll join us
>
> And the world will live as one

园里的人互不相识，却像老朋友般亲切地交换笑容，嘴里吐出的热气在草莓园上空凝结成一朵白色的云。谁离开了后头立刻有新血补上，夹杂掌声与欢呼，歌曲一首接着一首不曾间断。乐声中，伤口似乎愈合了，再沉痛的罪终将被原谅。

列侬并不完美，也曾伤害所爱的人，有着脆弱的一面。可是他永远在追求更好的明天，寻找更懂事的自己，总是满怀希望地迎向未来。

随着当初那声枪响，列侬离我们而去，留下的信仰活在世人心中，不会凋零。而他念兹在兹的那座理想国，我愿意相信是真的存在于世界上。

我想我已经去过那里。

Chapter 25_ Underworld

地底世界

Date_ 21 December, 2005

Subway she is a porno

And the pavements they are a mess

But New York cares

It's up to me now turn on the bright lights

〈NYC〉by Interpol

圣诞节前几天，纽约四处洋溢年节的气息。一跨入十二月，人心就浮动起来，大家都进入待机状态，魂不守舍地过日子。

即使学校已经停课，我仍得去系办完成助教最后的工作：缴交教师评量表。我负责的课是"媒体制作入门"，主要任务是期末时将同学的短片剪辑在一起，课堂上归我管的事不多，除了在电脑前"处理公务"，偶尔开个小差，上 eBay 竞标、回复博客留言等等。

可是一场突如其来的意外让这趟例行公事变得困难重重——纽约

地铁罢工了！这是百年来的第三次，我竟有幸躬逢其盛。

纽约客对地铁充满爱恨交织的复杂情感。或许不足以称作恨，而是无奈、沮丧与挫折的加总。无奈的是别无选择，就算月票一涨再涨，地铁仍是最经济的交通工具。四百多个车站覆盖五个行政区，从最北边的布朗克斯动物园到最南边的康尼岛水族馆，几乎没有到不了的角落。但是反过来说，少了它，你就陷入与世隔绝的困境。

布洛克在《八百万种死法》写道："妈的，如果有其他选择，谁都不会搭地铁。地铁就是整座城市的缩影，设备动不动坏掉，车厢里到处是肮脏的喷漆，一股尿骚味。"布洛克不愧是老纽约，句句击中要害。

纽约地铁是世上最古老的地铁系统之一，钢筋外露、老鼠横行都不足为奇。椅子常沾满来历不明的液体，触目惊心到你压根不愿探究事情的真相——汤汁、口水、呕吐物或精液？匪夷所思吗，我全都遇过。特别是夏天的车站简直像闷在地底的烤炉，将汗臭与各族裔的体味混在一块儿烘焙，味道闻过就忘不了。

喷漆的全盛期是八十年代，又分车厢与车站两类。纽约地铁的车厢数量世界第一，且四成轨道架在路面，列车成为涂鸦客梦寐以求的移动展场。他们在夜间背着喷漆罐潜入车场，隔天大作就在闪闪发亮的银白车厢上风光游街。

车站涂鸦的代表人物首推 Keith Haring，他期盼作品能被更多人欣赏，而非死板地挂在艺廊。恰好车站内闲置的广告广告牌会铺上黑纸，他灵机一动，以粉笔在广告牌上作画。由于线条简单，几分钟就能搞定，五年内他以这种方式创作了数百幅，最高纪录单日可画上四十张。

Keith Haring 专为普罗大众而画，讨喜的风格散发童心未泯的卡通感，扭动的人、吼叫的狗与呈 Orz 跪姿的婴儿都是笔下的经典角色。不少识货的人专撕他的作品回家珍藏，然而车站每天数万人进出，消失前已被许多人看到，他也不感惋惜，一些通勤族碰到工作中的他还会停下来寒暄。

如此直接与群众对话、和真实的环境互动，是艺廊无法提供的体验。只是追求刺激得付出代价，他常因"破坏公物"的罪名被开单，甚至戴上手铐请到警局喝茶。可惜 Keith Haring 走得太早，原是被下城艺术圈寄予厚望的安迪·沃霍尔接班人，一九九〇年因艾滋病过世时才三十一岁。

纽约地铁让人沮丧，因为载满被遗弃的人。

Ramones 以地铁车厢为封面的《地下丛林》（《Subterranean Jungle》），专辑名称影射的正是地铁，其中一曲〈Time Has Come Today〉这么唱道：

> I have no place to stay
>
> I'm thinking about the subway

是了，所有失魂落魄的伤心人，无家可归的人都躲进来吧，来这座空心地下城，这座与地面平行的世界。

你会在空旷的车厢遇见《神秘肌肤》的约瑟夫·高登 - 莱维特，刚被人凌虐，满身是血；遇见《周末夜狂热》的约翰·特拉沃尔塔，叼根烟靠着椅子，准备去挽回心上人；遇见《这个杀手不太冷》的让·雷诺，刚杀完一票人，身上还挂着一排手榴弹；遇见《远大前程》的罗伯特·德尼罗，被仇家刺了一刀倒在伊桑·霍克怀里，坦承完毕生秘密之后断气。

你会遇见衣衫褴褛的流浪汉，将祖宗八代的惨事全盘托出，激动处还嚎啕大哭，只求你施舍几枚铜板换一顿温饱；遇见五花八门的街头艺人：拉胡琴的东方人、穿礼服的弦乐三重奏、敲打白色塑料桶的拉丁青年与扛着收音机饶舌的黑人弟兄。不过乐手的素质参差不齐，让你动念打赏小费的原因常不是演出太过精彩，而是你想央求他们别再唱了。

记忆中我只掏过两次钱，一次是失去下半身的退伍军人坐在滑板上吹笛子；一次是头戴牛仔帽、围着披风、脖子架着口琴的盲人吉他手在我面前唱出尼尔·扬的〈Helpless〉。他的歌声好沧桑，嘈杂的车厢瞬间安静下来，我本来想给他一个拥抱，后来忍住了，曲毕，我把当天的晚餐钱放进他的帽子里。

纽约地铁更让人挫折，因为耗损你的光阴。

尤其愈接近深夜到站时间愈难预测，即使白天也常无预警更换路线。刚到纽约头几个月，我常像笨蛋在空荡荡的月台等车，等了许久才发现早已改道，我等的根本是幽灵列车。搭车往往成了一天中最累人的事，车次换了又换，回到家已精疲力竭，什么事都不想做了。

最痛苦的是看完表演离开酒酣耳热的场馆，跌跌撞撞走到车站，突然间酒气全消，整个人被丢回现实。这才发觉自己守着半夜两点的无人月台，苦候的列车毫无开来的迹象，就像十八岁生日前一天，每分每秒都过得好漫长。

为了打发时间，人人练就一身自得其乐的本领，如暗中替同车旅客素描或拍照。地球上很难找到其他公共场所能将那么多文化背景、宗教信仰、种族肤色的人困在同一处密闭空间，无疑是考察焦虑现代人的最佳地点。

　　我则和自己的 iPod 相依为命，还整理出一份与地铁有关的播放清单，包括艾灵顿公爵的〈Take the "A" Train〉、汤姆·维茨的〈Downtown Train〉、New York Dolls 的〈Subway Train〉，迪伦的〈Visions of Johanna〉也不能遗漏，他是这样唱的：

　　And the all-night girls they whisper of escapades out on the D train

　　无聊时我会开启随机选曲模式玩猜歌游戏，规则是前奏五秒内就得说出答案（五秒绝对绰绰有余，有些听了一辈子的歌第一个音出来就知道了）。我的纪录是连续猜对三十三首，最终栽在实验名团 Suicide 一首全是合成器残响的噪音曲子上。Suicide 团如其名，音乐确实会让人产生卧轨的冲动。

　　难道除了运输功能，地铁真的一无是处吗？当然不是，地铁让你的纽约经验更完整。它是无数条血管串起的绵密网络，将你推送到地底的心脏；也是一座看尽人性百态的迷宫，迷路的过程会让你撞见城市的另一面。列车到站、离站，永不打烊，更让纽约客的生活像一场没有终点的冒险。

　　有时两辆并肩运行的列车遇上特殊路段一上一下分头开去，你眼睁睁看着隔壁列车的旅客被载到另一个地方，他或许同时看着你淡出自己的视线。那种和陌生人各奔前程的感觉很奇妙，仿佛你们刚踩过人生的分隔线，经历了生命的交叉点。

我最常搭乘的 F 线地铁驶入曼哈顿前行走于高架轨道，王颖和保罗·奥斯特合导的《烟》便以此开场。这段车程隔着窗户可远眺自由女神像，虽然是远方小小的一点，出现时间也很短暂，依旧能认出她举着火炬面向大海的英姿。那是疲惫的通勤时光我最珍惜的一刻，每次望着她，就想起自由女神象征的美国梦，也提醒自己来这里的初衷。

对了，我当天究竟如何去学校的？

我先将脚踏车搬下楼，在冻死人的天气中骑了二十分钟，全身关节快剥落前终于拦到计程车，塞了两小时才进到城里。晚上返回布鲁克林又是一趟艰辛跋涉。回家洗完澡，冲了一杯热可可，躺在沙发上看新闻，主播说工会和市府正在协商，双方都表示会尽快解决歧见。接着我转台到每晚固定收看的 Conan O'Brien 脱口秀，没过多久感知渐渐迟钝，在客厅打起瞌睡。

并非他今晚不好笑了，其实他不用说话，一头滑稽发型已让人发噱。然而折腾了一天实在身心俱疲，朦胧间我爬到床上，把灯转熄，入睡前最后一个念头是明晚在东村有场一生仅此一次的聚会，地铁得及时复工才好。

然后我就丧失了意识。

给所有明日的聚会

Date_ 22 December, 2005

And what costume shall the poor girl wear

To all tomorrow's parties

A hand-me-down dress from who knows where

To all tomorrow's parties

And where will she go and what shall she do

When midnight comes around

She'll turn once more to Sunday's clown

And cry behind the door

〈All Tomorrow's Parties〉by Velvet Underground

我的睡前祈祷奏效了！工会和市府决定各退一步，今天下午各条地铁路线陆续复驶，这次罢工只持续了三天，是史上最短的一次。

傍晚我跳上过去从不觉如此可爱的地铁，从迪兰西街出站，几步路后停在诺福克街和利文顿街交口，身旁是贴满白色瓷砖的法式酒馆Schiller's，半透明的毛玻璃浮现出暗黄色的光晕。迟到了十分钟，我猜好友都在里面了，他们应该会原谅我才是，毕竟我是今晚的主角，多少享有一点特权。

侍者带我穿过几张方形木桌，脚下是黑白格子地板，墙上挂了好多镜子，陈列数以百计的葡萄酒瓶。大伙果然都到了，除了Y，还有C、A和D，两男两女围在长桌等我。

"生日快乐！"

"还没到啦，还要五个小时。"我把大衣和围巾披在椅背上。

"没什么好担心的，我们还不是活得好好的。"他们之中有三个人比我大。

"还是有些紧张啊，总是个很有象征性的年纪。"我接过菜单，点了一客沙朗牛排和一瓶啤酒。

等餐的同时，我仿佛听见沙漏中的沙子快流光的声音。只要午夜一过，我将加入传说中的二十七岁俱乐部，毫无回避的余地。

如果你是摇滚国的住民，很抱歉，你比非摇滚国的住民要辛苦，除了二十岁、三十岁等人生关卡，还多了二十七岁要应付。它是所有摇滚谜团中最神秘的一则，一票伟人在这年挂掉："出卖灵魂给魔鬼"的蓝调吉他宗师罗伯特·约翰逊、滚石乐团的布莱恩·琼斯、吉他之神吉米·亨德里克斯、The Doors主唱吉姆·莫里森与蓝调教母珍妮丝·乔普林，阵容可组一支梦幻队。

布莱恩·琼斯和吉姆·莫里森甚至死在同一天，前后只隔两年。

死法千奇百怪，有人喝到被下毒的酒，有人在游泳池溺毙，有人被自己的呕吐物噎到，有人莫名其妙昏迷在浴缸，一件比一件离奇。最干脆的是涅槃主唱科特·柯本，直接向头颅开了一枪，就像茶杯掉到地上"砰"的一声，世界瞬间离他而去。当时扣下扳机的他，毫不意外，正是二十七岁。

用完这顿"最后的晚餐"，一行人沿着诺福克街往北，随后在豪斯顿街左转，朝A大道前行。此时的纽约宛如莱昂纳德·科恩在〈Famous Blue Raincoat〉中描述的样子：

It's four in the morning, the end of December
I'm writing you now just to see if you're better
New York is cold, but I like where I'm living

我向来不太怕冷，且喜欢冬天胜过夏天，总感觉澄澈的冬天适合思考，黏腻的夏天只想逸乐、解放。然而十二月的纽约街头简直像一具冰柜，即使包得密不透风，冷飕飕的寒气依旧能找到空隙钻进毛孔。这种冷已超过我能忍受的程度，连想假装它很浪漫都没有办法。

我们鞋底沾满雪块，手指几乎结冰，像参加竞走比赛似的在潮湿的雪地快走，不少店家门前立着一闪一闪的圣诞树。今天也是 Joe Strummer 逝世三周年忌日，经过东七街时他的壁画前摆了几根蜡烛。我们行经汤普金斯广场公园，再穿过东十街，抵达续摊地点 Hi Fi 酒吧。时间是八点半，没漏完的沙子更少了。

拉开门，Weezer 的〈Buddy Holly〉像充气帮浦打在室内，我知道来对了地方。Hi Fi 是摇滚客的终极庇护所，上百张黑胶贴在蓝色的墙上：平克·弗洛伊德的《Wish You Were Here》、The Smiths 的《The Queen Is Dead》、Wilco 的《Being There》，以及 The Cure 与 The Flaming Lips 等等。吧台后方还开辟出迪伦和滚石专区，一左一右贴了十多张经典专辑互相较量。

像我这类平常看电影往往将注意力放在与剧情发展无关琐事的人（主角房间贴的海报、穿的 T 恤、架上摆的书、冰箱黏的贴纸、嚼的口香糖牌子），走进 Hi Fi 真是一刻也不得闲，脑袋不停盘算着墙上的唱片已认出了几张。

里头还放了一张撞球桌，上方垂着绿色吊灯；弹珠台和射击游戏靠在角落，电视播着球赛。这些都只是开胃菜，Hi Fi 的镇店宝物是全纽约最酷的点唱机 EL DJ。EL 是 Extra Large 的缩写，代表"超大"，指的并非体积，而是容量。

一般点唱机只能放一百张 CD，老板觉得太不过瘾，便请工程师设计软件，将个人收藏全部数位化。由于硬盘扩充方便，EL DJ 像一只胃口奇佳的怪兽贪婪地吃着歌曲，从英伦新浪潮、迷幻摇滚、电子舞曲到另类音乐，过去半世纪的名盘都塞在它的肚子里，而且定期更新，力求与潮流同步。如今 EL DJ 已吞下数万首歌，再挑嘴的人也难有找不到的曲子。

Hi Fi 善用它博古通今的特点，每周二举办"时光机"之夜，当晚只播特定年份的专辑。若是 1967、1979、1997 等经典摇滚年份的主题之夜，是不是非常吸引人？

待我喝完半杯啤酒已差不多九点，该行动了！我从红色皮质沙发起身，抱着参拜前辈的心情走向 EL DJ，上头写着"周日至周四一元三曲，周五及周六一元两曲"，今天是周四，该如何分配这三曲呢？一如手中只剩三支飞镖，每支都得射中红心，出手前要深思熟虑一番。

往年生日前一晚我都会听 Radiohead 的〈High & Dry〉，对我而言已是一种仪式，今年却想换点花样。两分钟后我将手掌放上轨迹球，移动游标，顺利找到心中锁定的歌，然后喜滋滋回到座位，将剩下半杯啤酒喝完。

"你点了啥？"Y 问我。

"嘿，秘密，你等下就知道了。"

"那何时轮到你的？"他这一问，我才想起屏幕只显示接下来两首，我的歌究竟排在哪个顺位完全无解，说不定前面还排了三百首！我倒抽了一口气。

"不晓得耶，就等吧。"我尴尬地笑笑。

幸好其他人点的歌也很上道，大部分都在我的"射程范围"以内，许多甚至是刚才想点而未点的，就像心事被人猜中一样。

我们盯着玻璃杯里的蜡烛天南地北地聊，第一个小时聊的是未来，未来的计划，想完成的事情。第二个小时聊的是最近，最近看的电影，欣赏的演出。

当啤酒喝到第二轮，跑了好几趟厕所，看着技术很逊的老外搞砸无数次洞口推杆，聊天也迈入第三个小时，气氛由刚进来的兴奋变得感性。我们开始聊过去，过去喜爱的卡通和影集，《霹雳游侠》的麦克·奈特和《百战天龙》的马盖先，当然少不了最怀念的台湾小吃。

实情是学期总算结束，五个人都很想家。

眼看二十六岁就要一分一秒滴完，我的歌却在东河溺水了，连个

Hi Fi 的镇店宝物：全纽约最酷的点唱机 EL DJ，再挑嘴的人也难有找不到的曲子。

Hi Fi 的吧台，唱片与酒精的完美组合。

影子都看不见。我的精神逐渐涣散，眼皮在酒精和音乐的双重作用下愈来愈沉，天花板像一面塑料镜子反射出魅惑的光。二十七岁就在前方不怀好意地向我招手，我却无力反抗，只能闭上眼睛，无助地进入倒数计时的阶段。

十一点四十五分，当我几乎已经忘记自己点了什么歌，或者说，根本忘记还有点歌这件事，一阵清脆的手鼓从喇叭传来。起先我感到难以置信，以为自己听错了或耳朵产生幻觉，接着一连串尖叫与吆喝声袭来，米克·贾格尔的歌声和钢琴一同敲入我的心脏：

Please allow me to introduce myself

I'm a man of wealth and taste

是了，错不了的，这是我点的第一首歌，滚石乐团的〈Sympathy for the Devil〉。这种时刻会让你记住一辈子，也可以说，我们就是为了等待这种时刻而活着。

"喂，醒醒啊各位，这是我点的歌！"众人不可抑制大笑起来，我发现场子里的酒客都随着旋律一起"呼呼……呼呼……"三分钟后，基思·理查德兹电锯般的吉他独奏像子弹射穿我的耳膜。来！啤酒再来一杯，今晚不醉不归，虽然我早就醉了。

恍惚步向吧台的途中，几声落地鼓重击我的皮肤，与接连响起的铃鼓、贝斯和吉他谱出一段送葬般的乐曲。几小节后，Nico 用她抑郁的低音唱着：

And what costume shall the poor girl wear

216

To all tomorrow's parties

A hand-me-down dress from who knows where
To all tomorrow's parties

这是我的第二首歌，Velvet Underground 的〈All Tomorrow's Parties〉，也是安迪·沃霍尔最爱的歌曲。我跌坐回沙发，双手撑着头，身体像一颗干扁的柠檬一直缩小、缩小，被榨得一滴不剩。酒精的效力来到最大值，我陷入既狂喜又悲伤的曲折情绪里，是该笑呢，还是该哭？我希望自己已准备好迎接第三首歌。

十一点五十七分，一声颤抖的破音贝斯将空气撕开，随后是齐发的大小鼓、爆炸的电吉他与萦绕的小提琴。仿佛 EL DJ 悉心安排好的，陪我跨越二十六与二十七交界的是一首任何时候都能逼出眼泪的壮丽曲子，Arcade Fire 的〈Wake Up〉。

满室的人仿佛在家排练过般，有默契地跟前奏合唱，然后安静地听 Win Butler 嘶吼。我像昏睡了二十六年，此刻被狠狠摇醒，他一字一句戳入我的心坎里：

Something filled up
My heart with nothing
Someone told me not to cry

But now that I'm older
My heart's colder

And I can see that it's a lie

　　时间是周五子夜，地点在纽约东村，原本遥不可及的未来终于降落在我眼前。推开酒吧的门，城市白茫茫一片，我们缩着脖子，相继走入雪中。

Chapter 27_ Punk Attitude
朋克精神

Date_ 19 May, 2006

Well the kids are all hopped up and ready to go

They're ready to go now

They got their surfboards

And they're going to the Discotheque Au Go Go

But she just couldn't stay

She had to break away

Well New York City really has it all

〈Sheena Is a Punk Rocker〉by Ramones

把四名性格强烈的怪人送作堆，会产生什么惊天动地的化学作用？

一名本来应该是经纪人，因为没人想当鼓手不得不去打鼓的鼓手；一名说话疯疯癫癫的毒虫，原是吉他手兼主唱，发现自己无法一心二用只好转行弹贝斯；一名顶着扫把头却不苟言笑的吉他手；一名顶着蓬蓬长卷发像《哈利·波特》的邓布利多（不对，事有先来后到，是邓布利多像他），身高近两百公分的主唱。

除了都住在皇后区的森林小丘，都爱 The Stooges 和 New York Dolls，且都看不懂谱，他们从头到脚没一样对盘。然而这四个死硬派当初若没吃错药凑在一起，未来乐坛大概就不会有涅槃、Sex Pistols、The Clash、Green Day、Red Hot Chili Peppers 和台湾的浊水溪公社。这份名单可以无限延伸下去。

一九七四年，史上第一支朋克乐团 Ramones 在皇后区成军，鼓手、贝斯手、吉他手和主唱依序是 Tommy Ramone、Dee Dee Ramone、Johnny Ramone 和 Joey Ramone。

你或许会想他们的老妈也太辛苦了，每天都被这四兄弟气到暴冲。其实这些全是艺名，统一的姓是乐团的"企业识别标志"，来历是披头士的保罗·麦卡特尼入住旅馆时用来掩人耳目的假名 Paul Ramon。

从自我流放的街头小子晋升为摇滚名人堂的传奇队伍，Ramones 用音乐与态度定义了朋克乐。Tommy 的鼓棒好像绑了一根引线，只要停止打鼓就会引爆炸药，在他冲刺节奏的带领下，歌曲鲜少超过三分钟，像一条由咽喉直接通向肛门的肠子，中间少有转折，前戏和铺陈都是浪费时间。总之有屁快放，别拖拖拉拉。

成团之初，大伙的技术都很抱歉。Johnny 不太独奏，避免爬错格子；编曲三个和弦就搞定，怕太复杂 Dee Dee 记不起来；每一曲开始前都得喊"1234"提醒众人就战斗位置。粗犷的 DIY 精神不只实践在乐曲上，早期没钱买琴盒，搭地铁赶场时干脆将乐器用塑料袋提上车，简直像主妇扛着一篮脏衣服出门。

起先只有 CBGB 愿意收留他们，就算乐器弹得零零落落，台下也没多少人，他们仍把握每次机会将压抑在体内的不快一次吐个干净。气吁吁的鼓点、莽莽撞撞的贝斯和旋风特攻队式的吉他刷弹，一点都不难为情，仿佛摇滚乐生来就是这副德性。这种先攻占舞台，其他事留到之后再说的行动派作风，带给在社会边缘挣扎的蓝领青年信心，"Ramones 能，我们也能！"惨淡的人生终于见到曙光。

　　一九七六年 Ramones 首度到英国巡演，Sex Pistols 和 The Clash 都闻风而至，想一睹偶像风采。开演前 The Clash 贝斯手 Paul Simonon 在后台对 Johnny 说："我们才刚开始练团，音乐实在不怎么样。"Johnny 回答他："你还没看过我们咧，我们烂透了。但管他的，反正干就对了！"

　　Ramones 的外形对后辈造成深远的影响：黑色皮夹克，印有米老鼠或大力水手的紧身 T 恤，破掉的窄管牛仔裤和脏兮兮的白色帆布鞋，这身打扮成了朋克族的制服。拍照时总是头歪一边，双手插口袋，满脸不屑的表情似乎刚刚才和人打过一架，音乐听来像索吻不成被女友推开而在公园溜滑梯生闷气的高一男生。Joey 口中哼唱的全是朗朗上口的泡泡糖旋律，和儿歌一样可爱。

　　在 Johnny 的严格督促下，Ramones 是摇滚乐团，也是军队，有一致的姓氏、加油口号（演出时 Joey 会举起写着 GABBA GABBA HEY 的牌子），还有改造自美国国徽的团徽，只是将老鹰抓的橄榄枝换成苹果枝，银箭换成棒球棒。一九九六年解散前，他们马不停蹄绕着地球表演了两千多场，就像一群不会喊累的摇滚公仔，穿着和发型数十年如一日。

　　不过团结的表象下埋着一触即发的矛盾，由于团员个性都很倔强，台上吵架司空见惯，甚至成为 Ramones 现场的一绝，少了这个桥段乐迷还若有所失。看似缺乏天分的 Dee Dee 在几张专辑后开窍成多产的创作者，团里不免出现路线之争，他索性离团改名为 Dee Dee King 出版饶舌专辑。

最根深蒂固的冲突存在于两名首领之间。Johnny 是支持共和党的保守派，下了台是独裁的指挥官，负责掌管军饷，拟定作战计划，权威不容挑战。Joey 却是典型的左翼犹太人，支持民主党的自由派，台下的他是温柔的巨人，说话轻声细语。两人意识形态南辕北辙，竟能一年到头共处一室，根本是以相忍为国的情操在玩音乐。

尴尬的是 Johnny 还把 Joey 的女友抢走了，让生性浪漫的 Joey 非常受伤，双方冷战了十几年，彼此几乎不说一句话。Joey 在〈The KKK Took My Baby Away〉唱到：

> The KKK took my baby away
>
> They took her away
>
> Away from me

歌词中的 KKK 指的正是每晚站在自己身边，双脚开开跨着马步弹吉他的伙伴。

如今原装成员只剩 Tommy 健在（已于 2014 年 7 月 11 日因癌症过世，此处保留繁体版行文——编注），其他三人在二十一世纪初相继过世，Joey 和 Johnny 死于癌症，Dee Dee 则被海洛因毒死。最早走的 Joey 最让人唏嘘，他在五十大寿前一个月输给了和癌细胞的搏斗。

内向害羞的 Joey 是深受乐坛爱戴的人物，高高瘦瘦的他站在舞台中央握着麦克风架前倾三十度的招牌姿势是朋克王国最永恒的身影。纽约摇滚圈为了感念他，二〇〇一年起，每年五月十九日 Joey

生日当天都举办庆生会，门票收益捐给癌症研究机构。今年迈入第六届，地点在联合广场东缘的 Irving Plaza。

主角虽然缺席，庆生会仍办得热闹，屏幕播放 Ramones 的现场实况，号召徒子徒孙翻唱 Ramones 曲目，The Strokes 便挑了两首 Joey 谱的曲子。场内随处可见通关密语似的"皮夹克加破牛仔裤"组合，唯一不符合朋克精神的是活动拖得太长，离开会场时已凌晨一点。

我在冷清的东十四街走着，平时很少这么晚了还在曼哈顿游荡，街头呈现出与白天截然不同的景色。清洁工穿着反光背心在街上扫地，杂货店老板边打呵欠边将货架推回店里，流浪汉趴在垃圾桶上东翻西捡，将挖到的战利品放入推车。街灯和楼房都显得放松，空气的味道也柔和起来，照理说走在半夜的曼哈顿要提高警觉，我反而觉得安心。

途中经过一栋纽约大学的宿舍，七十年代这里曾是人气场馆 Palladium，不只 Ramones 数度登台，另一个朋克摇滚的经典时刻也诞生于此：一九七九年九月二十一日，Paul Simonon 以拿斧头劈柴的动作砸烂自己的 Fender 贝斯，那一幕被台边的摄影师拍下来，成为 The Clash 专辑《London Calling》的不朽封面。

Palladium 于八十年代转型为迪斯科俱乐部，后来逃不过东村周遭历史建物的共同宿命，被纽约大学改建为宿舍，校方将宿舍名为 Palladium 聊表怀念之情。我在第三大道右转，身后隔了三十九条街是第三大道与东五十三街的交口，曾是纽约著名的男妓应召地。据说收录在首张专辑的〈53rd & 3rd〉便是 Dee Dee 以"自身经历"写成的，然后交由 Joey 演唱：

53rd & 3rd

You're the one they never pick

Dee Dee 在曲末"对号入座"回应道：

Now the cops are after me
But I proved that I'm no sissy

那块街区早被整肃干净，四周挤满银行、药局和办公大厦，安全却乏味。我沿着第三大道南行，东九街口的白色大楼是 Joey 生前住了二十年的公寓。随后我跨过圣马克街，此时第三大道接上 Bowery 大道，最终在东二街口停下脚步，Joey 刚出道时就窝在附近的廉价公寓里。

二〇〇三年，纽约市政府将这个转角命名为 Joey Ramone Place，纪念这名独一无二的摇滚领袖。从此在 Bowery 大道往来的年轻人只要抬起头，都会看见 Joey 的名字衬着蓝天白云闪耀在下城的天空上，他们或许会想，我不必是伟大的科学家或政治家，也许将一辈子奉献给自己最喜爱的事，哪天这座城市的一条街也会以我为名。

我从东二街向南走了一小段来到 CBGB，门前摆了球棒、卡片和花束。这是乐迷最后一次在这里悼念 Joey 了，五个月后，我们将向 CBGB 永远说再见。

Chapter 28_ Burning Down The House
燃烧的房间

Date_ 21 September, 2006

Watch out, you might get what you're after

Cool babies, strange but not a stranger

I'm an ordinary guy

Burning down the house

Hold tight, wait till the party's over

Hold tight, we're in for nasty weather

〈Burning Down the House〉by Talking Heads

纽约人文荟萃，法兰克·辛纳屈在〈New York, New York〉满怀信心唱着：

If I can make it there

I'll make it anywhere

正是这种"征服纽约就是征服世界"的雄心，让各领域的杰出人士齐聚于此，纽约客对撞见名人习以为常，就像穿拖鞋去超市买烟那么普通，每个人的记忆档案库一定存有几笔"曾经在哪遇见谁"的相关资料。这个"谁"可以是电影明星、摇滚乐手、模特、运动员或诺贝尔文学奖得主，谁都不会让你惊讶。

遇见又分三种形式，一种是你看见他，他也看见你，你们还产生握手、寒暄或拥抱等互动。这类通常是有预谋的，以新书发表会和映后座谈为主，我经历过的包括作家类的保罗·奥斯特、尼克·霍恩比；导演类的贾木许、蒂姆·波顿、大卫·林奇和王家卫。

为了给心仪对象留下良好印象，开口前请确定已备妥三个话题，避免内容太干。别让自己看来像只下巴脱臼的鳄鱼，除了"嗨！你好"和"我很喜欢你的作品"，只会发出"嗯嗯啊啊"的语气词。我承认自己和奥斯特说话时下巴的确快掉到地上。

另一种是你看见他，他没看见你，类似偷窥。我曾在地铁站发现Sonic Youth 主唱 Thurston Moore 就站在我身边观看同一名街头艺人，我才不管那名艺人多厉害，只顾着偷瞄他，还像间谍跟踪他走了一段。最有趣的一次发生在时代华纳中心，我在 Jamba Juice 的吧台前等我的"活力充沛"柳橙汁，此时店员高喊"Anderson"，一位头戴棒球帽的男子将饮料取走后匆匆离开，半分钟后我才意识到他是 CNN 主播 Anderson Cooper，CNN 的纽约分部就在同一栋大楼里。

最后一种是你看见他，他看不见你，最常出现在运动比赛。我曾和 Jay-Z 与碧昂丝、莱昂纳多·迪卡普里奥与吉赛儿看同一场篮球赛；在美国网球公开赛和妮可·基德曼一起看费德勒，和吉姆·凯瑞一起看阿加西。不过我的座位往往靠近观众席的最上缘，与 VIP 区的他们基本上是处于"灵魂处在共同空间"的心领神会状态。

以上都很难忘（我提过曾和 Smashing Pumpkins 前任吉他手 James Iha 一起上厕所了吗？），却比不上接下来要说的惊心动魄，事发地点在全纽约我最钟爱的摇滚场馆 Bowery Ballroom。

Bowery Ballroom 位于迪兰西街与 Bowery 大道的交口，地处中国城的边陲地带，附近商店多数挂着中文广告牌：洗衣店、蔬菜批发和桌椅专卖。场馆左右各是华人开的招牌店与餐具行，水槽和冰柜堆满人行道。

无论我在这块街区走过多少次，心中总是溢满迷失困惑的感受。广告牌上的中文字是如此熟悉，店家勤奋的身影是如此扎实地镶在我受的教育里，为何我感觉和他们毫无交集？ Bowery Ballroom 开在这，对我这名迷恋西洋音乐的东方人是否藏着什么隐喻，是暗示我"事成之后"终究该回到自己的家吗？但何处又是我真正的家？是心灵上的，还是地理位置上的？文化上的，还是时空坐标上的？

我没有答案。只记得每次在 Bowery Ballroom 门前排队，外墙贴满乐团海报，旁人用英文大声聊天，周遭的建筑物却印满中文字，我时常不知自己身在何方，不知自己究竟属于哪一边。我离两者似乎都很近，其实却又一样遥远。

Bowery Ballroom 的主厅设有阳台，全场可容纳五百多人，一九九八年开业后成为摇滚社群的精神堡垒。乐手欣赏它的专业，乐迷喜爱它的亲密感和找不到死角的声音与视野。它像有求必应的阿拉丁神灯，请的团永远合我胃口，我的纪录是一周来了四次，简直像打卡上班。

Bowery Ballroom 的音控台，这里是全纽约我最钟爱的摇滚场馆。

说到上班，这里的员工在当地乐圈享有崇高声望。他们像驻场的土地公，在你旁边忙进忙出，时间久了你觉得他们好像是你的朋友，你好像"认识"他们。一如巷口的卤味摊老板风雨无阻地做生意，每当经过摊位前看他认真地煮卤味，你油然而生一种放心，借由他坚守岗位，你确认地球仍走在正确的轨道上，搬家前夕还和他合影留念，因为他是你回忆的一部分。Bowery Ballroom 就是我在纽约的卤味摊。

员工中最酷的三人，一是外场的 Kenny 大叔，掌管神圣的音控台，调配出我在世界各地听过最正点的音场。别看他挺着啤酒肚的中年模样，年轻时可是穿皮衣、留长发的金属乐团 Black Virgin（对，我也没听过）的主唱。

二是神情如地狱飞车党、体格和发型都酷似儿时卡通《太空超人希曼》主角的保镖，我真想听他亲口说出"万能的天神，请赐给我神奇的力量"那句台词。他负责看守乐团休息室与维持秩序，Y 曾因拿相机猛拍，被他"请"到后台盘查，最终无罪开释。这让我非常忌妒——我从没机会去 Bowery Ballroom 的后台观光。

三是手臂全是刺青的内场女音控，皮靴和紧身背心是标准装扮。她能左手提音箱，右手提大鼓，肩膀再加两具麦克风架仍一脸轻松，我和她比腕力绝对被秒杀。

我和 Y 这晚来观赏纳什维尔乐团 Lambchop，主秀登台前我们照例到阳台休养生息。随着栏杆的灯渐渐熄灭，双人暖场团开始表演，他们玩的是环境电子乐，一人用吉他制造飘渺声效，一人用合成器铺上音轨。第一首歌才到一半，椅子上的我已昏昏欲睡，头上的银色风管将红色场灯折射到我的眼皮，像一则催眠暗语。

我靠着栏杆睡了半小时，一度差点趴到桌上，睡梦中感到有点失态所以忍住。醒来时演出接近尾声，前方一米处多了一个人，他的头微微向右，专心盯着舞台。我看到他的侧脸，还有一头往上翘的醒目白发。

我的脑袋停止运转了十秒钟。

我回头叫醒睡得正熟的 Y，"喂，你看我们前面那个人。"

"怎么了？"

"你知道他是谁吗！"我用力将音量压低。

"不知道，他刚才向我借椅子。"

"我想他是 David Byrne。"

"谁？"

"Talking Heads 主唱 David Byrne！"听到这句，Y 终于将眼睛张开。

虽然耳闻 David Byrne 常微服出巡，我仍不相信摇滚教科书上的人物就在触手可及的地方。我们像贼一般退到楼梯做进一步观察，他恰好转头过来，方便我们辨识他的五官。

是了，David Byrne，如假包换。

Talking Heads 是纽约最经典的新浪潮队伍，Radiohead 的团名正来自他们的曲子〈Radio Head〉。正如瑞士化学家 Albert Hofmann 在实验室意外合成出迷幻药之王 LSD，Talking Heads 也是几名每晚在宿舍开派对的罗德岛设计学院高材生顺手搞出的计划。

他们是摇滚乐团，更是艺术组织，不断开发领先时代的想法。现场结合剧场和舞蹈，曲风吸纳节奏蓝调、放克的切分拍与非洲部落鼓击，编曲融入简洁的后朋克吉他与带有流行质感的夺命电子琴，创造出有别于迪斯科的聪明跳舞歌曲。一九七五年首场公演便在 CBGB 替

Ramones 开场，两团于同一年进入摇滚名人堂。近年走红的 Vampire Weekend 不论高学历或折衷曲风，都是 Talking Heads 的嫡系接班人。

身为乐团核心，David Byrne 身兼作家和编舞家，是乐坛公认的才子，富含底蕴的高亢嗓子是江湖一绝，与坂本龙一合作的《末代皇帝》配乐获颁奥斯卡。他在演唱会电影《别假正经》中像只被雷击的斗鸡，脖子前后扭动，双眼睁得老大在台上慢跑，还将自己塞入特大号的滑稽西装里。

难怪 Sonic Youth 吉他手 Lee Ranaldo 形容刚出道时在 CBGB 和 David Byrne 谈话的经验："那一刻我可以上天堂了！"然而 Lambchop 开唱在即，我们决定先到楼下，晚一点再回阳台体会升天的滋味——如果他还在场的话。

Lambchop 以乡村摇滚佐上灵魂乐，温暖的氛围与场内的木头内装相得益彰。台上挤了十几个人，每项乐器都听得清清楚楚，我和 Y 站在第一排中间的老位置，主唱 Kurt Wagner 唱到忘情时口水几乎喷到我们身上。

结束后两人匆忙上楼，我已做好心理建设：David Byrne 不想招惹目光，散场前就会低调闪人。探头一看，他不但没走，一群乐迷和工作人员正像苍蝇聚在身旁，众人有说有笑。他手腕戴着塑料电子表，穿着烫得服服贴贴的红白条纹短袖衬衫，眼镜放在左边的口袋，下半身是深色西装裤，一身知性气息宛如设计系教授。

我们趁他下楼前展开行动，我秉持和名人打交道的处变不惊三原则：保持冷静、面带微笑和注意礼貌，心情却像坐在客厅沙发等女友从厕所拿验孕棒出来那么紧张。

显然我多虑了，他像学过读心术般洞察我的一切意图，我甚至觉得是他带领我们走完这些程序的。我尚未开口就主动和我握手，体贴地问："要合照吗？一起还是分开？"还提醒我记得开闪光灯。我们拉他当人形立牌拍了又拍，脸上也无一丝不悦，每张都展露角度一致、可当黑人牙膏代言人的迷人笑容。

纵然没有明说，透过友善的语气和真切的态度，他要我们放轻松，慢慢来。即使重复过上千遍，他仍甘之如饴为每名新朋友再做一遍。能像 David Byrne 这样优雅地变老，长大其实也不是太可怕的事。

一个月后我和 Y 最后一次来 Bowery Ballroom，他要回台湾了。站在我们的老位置，两个大男生在 Mojave 3 演唱最后一首歌的时候哭倒在音箱上。

时代的终结

Date_ 15 October, 2006

New York, I Love You
But you're bringing me down

New York, you're safer
And you're wasting my time

Our records all show
You are filthy but fine

But they shuttered your stores
When you opened the doors
To the cops who were bored
Once they'd run out of crime

New York, you're perfect
Don't please don't change a thing

〈New York, I Love You but You're Bringing Me Down〉
by LCD Soundsystem

去年夏天摇滚客联手拯救 CBGB 的努力收到了效果，好消息是房东同意延长一年租约；坏消息是，这就是 CBGB 挣得的全部。今年十月，这座音乐神殿将被驱逐出境，流放至城市记忆的边疆。

Hilly Kristal 虽然四处奔走，无奈势单力薄，列为历史建物的诉求功亏一篑，市长彭博终究不敢得罪既得利益者，先前给的承诺全是惺惺作态。吊诡的是，CBGB 的房东正是安置游民的非营利机构，如今却让 CBGB 成了游民。

过去一年 CBGB 与纽约市的关系，宛如一对分手的情侣协议再同居一段时日，彼此调整心情，好让下台的身影漂亮些，再次重温往日时光。Pavement 主唱 Stephen Malkmus 在成名曲〈Here〉唱着：

> We'll be waiting, waiting where
> Everything is ending here

这段缓冲期里，双方能做的只有等，等时钟滴答滴答跳到最后一格，等那个早已决定的搬家日期。"不会再有未来"的共识让曾经难以忍受的缺点和坏习惯突然带有珍惜的触感，反正往后再没得抱怨。

每天都有乐迷将慰问卡寄到 Bowery 大道三一五号，许多未曾踏入 CBGB 的纽约客也首度购票入场。以前遭人埋怨的阳春音响、狭窄空间和肮脏厕所反而成为特色，一些当初在这里发迹的名团重回它的怀抱，再现一票难求的盛况。Sonic Youth 便于新专辑《Rather Ripped》发行当天最后一次在此演出。

你不免会想，如果这些事早一点发生，CBGB 就不会沦落到今天这个地步。是的，如果，太多的如果，人体的百分之七十由水做成，

CBGB 肮脏厕所反而成为特色，让人怀念。

人生的百分之七十都是如果。

十月十五日，很有凉意的周日夜晚，Bowery 大道和布里克街口挤满了乐迷、扮装皇后和纪录片工作者。转播车停在路边，身着套装的女记者煞有其事地现场连线。我和张铁志与 Y 约十点碰面，并非刻意晚到，我们没票入场。帕蒂·史密斯是今晚的表演嘉宾，她将站上历史的舞台，陪 CBGB 熄灯，关门。

走进旁边的分店，纪念品全在清仓特卖，群众像黄昏市场买菜的妈妈们翻翻捡捡。吧台后方的玻璃写着"THANK YOU NYC & HOPE TO BE BACK SOON"，几根印着"SAVE CBGB"标语的立牌落寞地靠在墙角，也许去年八月就靠在那了。我们坐在门口的沙发上喝啤酒，话都不多，酒精尝来特别苦涩，置身摇滚史册的一夜却兴奋不起来，没人预期它会黯然谢幕。

同一时间帕蒂·史密斯正将隔壁的屋顶掀翻，隔着一面墙也能感受她的威力。去年五月我们三人在 CBGB 目睹女神显灵，现在才知道那是我们最后一次进去了。

再疯狂的派对都有曲终人散的一天，这我理解，不解的是青年为何永远无法攻占城市核心，只能被迫向边缘迁徙。有人说万物自有淘汰法则，CBGB 跟不上潮流了，就让它走吧！可是别忘了，无论外头如何改朝换代，Hilly Kristal 始终信守承诺，提供一座安稳的舞台给不被其他地方接纳的孩子，像慈祥的父亲照顾他们。难道这种人情味十足的老派作风，也该随着时代终结？

枪与玫瑰的贝斯手在《Sweet Child O' Mine》音乐录影带里穿了一件 CBGB 的背心，日本导演是枝裕和的《步履不停》里过世大哥的房间贴着 CBGB 的海报，纽约电子乐团 LCD Soundsystem 更以出道单曲〈Losing My Edge〉向 CBGB 致敬：

I was the first guy playing Daft Punk to the rock kids
I played it at CBGB's

西方与东方，电子与摇滚，CBGB 让不同族群的爱乐者产生了对话。这样一处应该被联合国教科文组织列为世界文化遗产的圣堂，明天就要消失在地球上。或许对主流社会来说，亚文化从来不算是文化。

回家的路上，耳畔响起了 Joy Division 的〈Atmosphere〉，Ian Curtis 闷闷不乐地唱着：

Through the streets
Every corner abandoned too soon

Don't walk away in silence
Don't walk away

不愿就这么走开，不愿相信已经来到终点，隔天上课前我绕到 Bowery 大道，想证明昨晚只是噩梦一场。周一午后的街头如 New Order 的〈Blue Monday〉描述的那般忧郁，然而当我走到门前，所见景象已远远超出忧郁两字所能负荷的重量。

最有象征意义的遮雨棚被卸下来了，露出后面一排铁架，像根刚啃完的鱼骨头。两侧窗户都拉下铁卷门，上头全是喷漆和涂鸦，像

两面阴森的墓碑。门前停了一辆货车，搬家工人将打包好的物件一一搬上去：吧台、椅子，甚至小便斗。十二小时前还人声鼎沸，眼前的CBGB 却变成一座死寂的废墟。

透过半开的门，我望见七十五岁的 Hilly Kristal 戴着帽子和眼镜坐在办公桌前，我们四目相对了几秒钟，我分辨不出那张历经风霜的脸上究竟是什么表情。我本来想进去向他说声谢谢，却觉得太冒昧。他是斗士，光荣地打完这一仗，一年之后的八月将到天堂找三名Ramones 饮酒做伴。

我从书包拿出相机，像《毁灭之路》的遗照摄影师裘德·洛替它拍了最后一张照，然后默然转身，沿着 Bowery 大道漫无目的地走。CBGB 正在身后崩解，我想起《听风的歌》尾声那句话："一切都会过去，谁也没办法捉住。我们就是这样活着的。"

我后来没有去学校。

Lived in an apartment out on Avenue A

I had a tar-hut on the corner of 10th

Had myself a lover who was finer than gold

But I've broken up and busted up since

Found a lot of trouble out on Avenue B

But I tried to keep the overhead low

Farewell to the city and the love of my life

At least we left before we had to go

I'll always be thinking of you

I'll always love you though New York

〈New York, New York〉 by Ryan Adams

迪伦对于纽约生活的心得是："要走很多路，得好好保养脚。"此话一点不假。

地铁固然方便，巴士也四通八达，两地间的距离若不是太远我仍会选择走路。不是为了省车资，是纯粹享受在街头行走这件事。街上来往的人、形制各异的建筑物、天空云彩的变化，同一条街四季都有不同魅力，甚至今天和昨天就有不同感受。

每天重复一遍还能不腻的事其实不多，除了和爱人一起赖床、喝咖啡、听音乐，在纽约走路也是其一。久而久之大腿练得有力，小腿也很敏捷，泄气的是仍会被其他纽约客不断赶过，他们的背影是那么轻松，双腿的律动是如此协调。有时光从步行的姿势，就能判断这个人在纽约待了多久。

我一天的最终行程往往是去看表演，入场前时常已走了好几公里，将大包小包狼狈地夹在发软的双腿间还不忘展现出投入的样子，乐团实在该颁一张"优质乐迷"的奖状给我。

傍晚我潜入曼哈顿最神秘的唱片行 Hospital Productions，这是一间店中店，入口是雷鬼专卖店 Jammyland，深处宛如潜水艇舱门的小洞，你得走下一具没设扶手、与地面近乎呈直角的陡峭楼梯，不小心踏空包准摔得鼻青脸肿。你一定边踏边想，何不干脆装一根消防队的滑杆更省事？

顺利通过这关，证明平衡感不错，你将发现自己身处一座尘封于时间之外的地窖。血色的砖墙，黑色的地板，面积不大却扑朔迷离：右边是黑胶，左边是 CD 和同人志，橱柜里摆满卡带，多数是不认识的名字，Sonic Youth 是你能在此找到最"悦耳"的音乐。

它是服务小众的本格派唱片行，专精极限噪音、黑死金属和哥特异教等刁钻曲风。墙上挂满装置艺术：涂上银色油漆的电吉他、破掉的铜钹、装在盒子里的海螺、老虎钳和效果器。还有一根狼牙棒，别问我它是哪里来的，我不想知道。

逛唱片行的守则不外乎勤快翻捡、四处张望与提高警觉，防止好货遭人先驰得点，不过在 Hospital Productions 不用担心别人跟你抢，因为除了店员，通常不会有"别人"。像《发条橙》的主角在唱片行遇见两名模特后带回房间展开影史上"速度最快"的三人交换体液运动，那种艳福在这里发生的几率微乎其微。

我挑了一张封套喷满油彩的黑胶，正反面不见半个字，向柜台的店员询问。你必定猜测这边的店员是愤世嫉俗的怪胎，回答我的却是名头发梳得整齐的青年，穿着羊毛衫，说话时几乎可以闻到齿缝间的薄荷牙膏，比较像在星巴克打工的类型。所以说人不可貌相。

"喔，这是墓园（Graveyards）的新专辑。"他看我毫无反应只好继续说，"名称是《未知》（《Unknown》）。"

"意思是你不知道它叫什么，还是它就叫《未知》？"

"它就叫《未知》。"

我突然觉得我们正在进行某种形而上的哲学辩论，而且还是幼稚园程度。

"好听吗？"我想我是开店来第一位在店里问这蠢问题的人。"嗯……"他花了一分钟吐出一个形容词，"很有氛围（Atmospheric）。"

好，别再为难他了，僵持下去只是让彼此难堪。我掏出二十元，他将黑胶放入黑色纸袋递给我，一边说道："这是限量的，手工喷漆，每张封面都不一样。"这句话安慰的成分居多。回家一听，灌录的全是恐怖声响，包括我最害怕的指甲刮玻璃声，休想要我将它从封套再拿出来！

离开 Jammyland，我沿着东三街越过第一大道，随后是 A 大道，此时再跨出一步就将踏入字母城的领域。

字母城是东村以东、东河以西的区块，由 ABCD 四条大道南北贯穿得名，曾是曼哈顿最危险的地盘。二十世纪前半叶是黑暗的贫民窟，住满东欧的犹太移民；后半叶轮到波多黎各后裔连同爵士乐手、摇滚客和饶舌歌手进驻。他们之所以搬来字母城的穷酸公寓，并非出自默契，而是没有别的社群愿意迁居这块遭上帝遗弃的不毛之地，和毒贩的巢穴比邻而居。

太多波希米亚族冤死在这里，如早逝的唱作人 Elliott Smith 在 Alphabet Town 所唱的，字母城连白天都闹鬼。音乐剧《吉屋出租》中一群青春无敌却穷得无可救药的年轻人，没钱付房租只能当占屋客，除了和毒品与艾滋病搏斗，还得闪避帮派分子的挑衅。《计程车司机》剧末，罗伯特·德尼罗单刀直闯妓女户和哈维·凯托火并，地点也在字母城。

卢·里德曾于〈Rock Minuet〉唱到暗巷亮刀的往事：

On Avenue B, someone cruised him one night
He took him in an alley and then pulled a knife

经由当局全力整饬，字母城已走上从良之途，如今你大可放心在 B 大道驻足。汤普金斯广场公园东侧是萨克斯巨匠查理·帕克的故居，这段路也以他为名；南边是伊基·波普的旧住所，他老兄还出版一张《Avenue B》专辑纪念这里。

纽约摇滚名人、外号帅老二（Handsome Dick）的 The Dictators 主唱 Manitoba 在 B 大道开了间酒吧。在东四街交口，七十年代晚期住了一名女孩，和伊基·波普同样是密歇根大学的辍学生，生平第一次搭飞机来纽约寻梦时全身只有三十五元。不到十年光景她就征服了世界，女孩的名字叫麦当娜。

我在 C 大道右转，向南停在东二街，前方是一座加油站，酒神已等在街角。记得我在纽约的第一晚酒神带我去欣赏 John Zorn 吗？这回我们相约在另一处与 John Zorn 息息相关的所在：由他一手催生的非营利场馆 The Stone。

眼看 Tonic 岌岌可危，John Zorn 于二〇〇五年未雨绸缪开设 The Stone，经营模式非常特殊：一、门票固定十元，不售预售票；二、每月邀来一名资深乐手策划当月演出；三、现场不卖酒；四、门票收益全归艺人；五、不设入场年龄限制，十三到十九岁的学生半价优待，十二岁以下的孩子，免费！

莫非 The Stone 喝露水就能过活？事实上它接受各方捐款、贩售实况录音，也举办援助公演，工作人员都是义工。它印证这样的概念是可以实现的：排除多余干扰，提供回归音乐本质的单纯空间，大家在这交朋友，开启合作计划，就像在自家客厅般自在。

The Stone 门里门外都很低调，入口处的玻璃门贴了一张袖珍招牌，里头摆了十几张椅子。我们坐在第一排，眼前光溜溜一片，只见钢琴、木桌、扩音喇叭和麦克风架，仿佛回到石器时代的表演现场。

演出者是萨克斯健将 Steve Coleman，头戴一顶嘻哈名团 Wu-Tang Clan 的毛帽，辅助他的是一名拉低音大提琴的犹太青年与发出小野洋子式嚎叫的东方女生。主人 John Zorn 在中段意外现身，手拿萨克斯与 Steve Coleman 对飙，身上的迷彩裤和我们当初在 Tonic 看见的似乎是同一条，感觉过去三年都没换裤子。结束后我们和女歌手闲聊，原来她是台湾第二代移民，年纪和我们差不多。

告别 The Stone，我们沿豪斯顿街向西，新年的泡沫还留在街坊尚未退去，戳破一个便能许一个愿。经过 A 大道的好人艾迪酒吧(Nice Guy Eddie's)，壁画上四名 Kiss 成员向我们殷勤挥手，好像在说："下次再来字母城玩喔！"他们身旁是几只张开翅膀像牛又像猪的古怪生物。

这就是纽约，遇上任何人与任何事都显得理所当然。难怪胸前印着 I ❤ NY 的纯白 T 恤是地球上最畅销的款式，我的衣橱也挂了一件。

This is our last goodbye

I hate to feel the love between us die

But it's over

Just hear this and then I'll go

You gave me more to live for

More than you'll ever know

This is our last embrace

Must I dream and always see your face

Why can't we overcome this wall

Baby, maybe it is just because I didn't know you at all

Kiss me, please kiss me

But kiss me out of desire, babe, and not consolation

You know it makes me so angry

'Cause I know that in time

I'll only make you cry

This is our last goodbye

〈Last Goodbye〉by Jeff Buckley

　　一九八九年，一名搬来纽约不久的都柏林青年在圣马克街开了间咖啡馆，名为 Sin-é，是爱尔兰方言"就是这样"（that's it）的意思，地点在齐柏林飞船《Physical Graffiti》封面那栋公寓附近。

　　短时间内 Sin-é 便从爱尔兰社群的社交基地发展成东村艺术家的会面场所。住在不远的艾伦·金斯伯格是常客，约翰尼·戴普会在拍片空档来喝咖啡，美丽的英伦女伶 Marianne Faithfull 有时也坐在店里，连爱尔兰巨团 U2 都不忘搭黑头礼车来捧同乡的场。

　　人文气息与日俱增，老板决定将店内一块靠墙的空间挪为表演场地，演出者站在局促的角落读诗、朗诵或演唱，身前半米就是客人的桌子。客人也许只顾着聊天，他们却不在意，毕竟事业才刚起步，他们需要的是"被听见"，不论现场有几个人专心在听，即使一个都好。

　　一九九二年，一名年轻乐手拎着吉他推开 Sin-é 的门，展开灿烂却短暂的生涯，他是 Jeff Buckley，传奇唱作人 Tim Buckley 的独子。他的童年并不快乐，父亲抛家弃子，由母亲独力抚养，成长时期不停搬家，于是纵情于摇滚乐。仿佛已有预告，他买的第一张专辑正是《Physical Graffiti》，齐柏林飞船成为他的挚爱。

　　十三岁生日时 Jeff Buckley 获得一把 Gibson 吉他，从此一边在饭店打工，一边组着不知名小团，爵士、重金属、草根摇滚，什么曲风都玩，替他的创作底子打下厚实根基。一九九一年春天，他在布鲁克林的圣安教堂参加向父亲致敬的公演，弥补未能出席父亲葬礼的遗憾。乐坛这时才晓得 Tim Buckley 原来有个才华洋溢的儿子，一头棕色卷发与深邃的眼眸，俊俏的外形简直是同一个模子刻出来的。

起先他大多演唱翻唱曲：迪伦、妮娜·西蒙、比莉·哈乐黛，随后渐渐增加自创曲的比重。他一人背着吉他，身旁只有音箱与麦克风架，透过简单的器材磨练自己。来年出版实况专辑《Live at Sin-é》，出道大碟《Grace》也于一九九四年问世。

《Grace》旋律优美隽永，歌词情真意切，是九十年代最动人的作品之一。《香草的天空》中的汤姆·克鲁斯离开佩妮洛普·克鲁兹位于 Dumbo 的住所时，配上的正是专辑内的〈Last Goodbye〉。他也再次唱红了莱昂纳德·科恩的 Hallelujah，丝丝入扣的情绪转折真是让每个人心碎。

他的嗓音阴柔却有力量，深情而不煽情；高音澎湃激昂，低音柔情似水，能在不同八度间转换自如，感染了一整个世代的美声派歌手。许多英式摇滚乐团的主唱都深受影响，特别是 Radiohead 与 Muse。《Grace》发行当年，Thom Yorke 在伦敦观看 Jeff Buckley 的演唱会，散场后做的第一件事便是赶回录音室，忍着泪水录下了〈Fake Plastic Trees〉。

可惜《Grace》只是惊鸿一瞥，Jeff Buckley 再也无法完成下一张。为了躲避盛名之扰，一九九七年他迁居孟菲斯，潜心制作第二张专辑。五月二十九日傍晚，他衣服未脱，脚上还穿着靴子，心血来潮跳入密西西比河游泳，如受诅咒般，无声无息地溺毙了，遗体一星期后才被发现。

Jeff Buckley 过世时刚好三十岁，只比父亲多活了两年——Tim

Buckley 二十八岁那年注射海洛因猝死。父子俩这一生只在他八岁时见过一次面。

怒女歌手 PJ Harvey 写了一首〈Memphis〉纪念他：

Die suddenly at a wonderful age

What a way to go
So peaceful
You're smiling

Sin-é 的命运一样坎坷，因房租飙涨而歇业，几年后在威廉斯堡复业也没撑多久。老板仍不死心，效法迈克尔·乔丹二度复出的精神，二〇〇一年将下东城一间荒废车库改装成第三个家，就在我现在站着的位置。

它是一栋红砖平房，Sin-é 的招牌发出蓝色的霓虹光，一辆拖板车停在路旁，隔壁和对面都是修车厂。我入场时布鲁克林乐团 Pela 已开始表演，台下不到二十个人，每人之间的距离都可以塞下一张撞球台。

Pela 是典型的路人系乐团，主唱像木工，吉他手像面摊老板，贝斯手像小学老师，鼓手像邮差。因为请不起工作人员，他们得自行处理巡回路上的狗屁倒灶：开一天的车，迷路，到偏远小镇演唱，前面只站了十个人，结束后睡在车厢里。隔天再开一天的车，又迷路，到另一处小镇演唱。

自己搬器材，卖 T 恤，请为数不多的乐迷留下 e-mail，"我们会寄电子报给你。"他们诚恳地说。Pela 不是摇滚明星，却比多数明星更摇滚。

这样的乐团世界上还有多少呢？应该还有几十万组吧，他们燃烧热情，赌上青春，就为了等一纸唱片合约，等一个可能永远不会降临的机会。只要某天其中一人说，兄弟抱歉了，我还有其他"重要的事"得做，大伙辛苦挣来的资产便得归零，一切重新开始。

Pela 幸运的是身处列侬口中"地球上最棒的地方"，处处都是转机。不幸的是，这座城市拥有地球上最难取悦的乐迷。

《捉鬼敢死队2》中纽约市长说："让自己痛苦并待人刻薄，是上帝赐予每个纽约客的权利。"这边的乐迷通常板着一张扑克脸，标准姿势是双手交叉在胸前，下半身定格不动。并非他们不享受演出，而是表现要比乐手更酷是这里的行规，虽然这么做并不会获得任何奖品。

情况很像和喜欢的人初次约会，明明心脏快要融化，外表仍得维持冷静，对各种试探装得无动于衷。

即使没太多人在看，Pela 仍悠然自得，主唱刷吉他时还单脚站立在椅子上展现平衡特技。他们是全场最投入的四个人，能做到这点多不容易。

在纽约讨生活得耐住寂寞，台上的人如此，台下又何尝不是？每次看到振奋人心的演出，我都会想起《荒野生存》主角在废弃巴士写下的那句话："幸福唯有共享时才是真实。"一如《巴黎我爱你》剧终妇人的感叹，再美的风景一人独享也难免空虚，我多希望家人和朋友此时都在身边，陪我分享这些曼妙时刻。

纽约固然精彩，住久了不免迷惘，八百万人仿佛《偷心》片尾的娜塔莉·波特曼，漠然地走在时代广场，在人海中浮沉，我往往觉得自己是 Simon & Garfunkel 歌曲〈The Only Living Boy in New York〉

里的主角。或许不只纽约，凡在大城市过活都得面对这种孤立感，好比《迷失东京》的比尔·默瑞和斯佳丽·约翰逊，一夜狂欢后坐上计程车，车子徐徐驶在市街，窗外的东京夜景绚烂但模糊。

孤独让人贴近心灵，有时也得适可而止。一个人的城市就如一个黑洞，掉得太深就出不来了。

两年后的秋天，Pela 在第二张专辑完工前解散。

告别 Sin-é，我戴上耳机，向南穿越一座社区球场在利文顿街右转，接着进入诺福克街。Tonic 门前围了一群人，他们熟练地将烟屁股弹到墙角。

The National 的〈Anyone's Ghost〉这么唱道：

Go out at night with your headphones on again
Walk through the Manhattan valleys of the dead

我确实戴着耳机步行在曼哈顿的死亡山谷中。由于邻近高级大厦的住民抱怨 Sin-é 制造过多噪音，经不起市府压力，十天后它将第三度倒店，老板身心俱疲，不打算再开。三星期后 Tonic 也将收摊，CBGB 五个月前已经关门。

曾经众声喧哗的东村和下东城变得愈来愈安静，纽约似乎在沉睡中进行《暖暖内含光》的记忆抹除手术，场馆留下的痕迹接二连三地消逝，如同海边那栋大房子，被水淹没、倾塌，最终什么都不剩。

我们像沙滩上的吉姆·凯瑞和凯特·温丝莱特，经历过最后一次道别，往后只能在梦中相见。

part five

last days

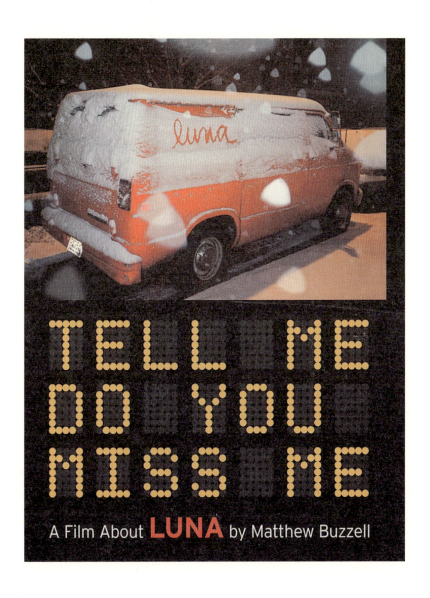

Luna 乐团的纪录片《最后一次摇滚》明信片。（chap.33）

曼哈顿最神秘的唱片行 Hospital Productions（右页图），这是一间店中店，入口是雷鬼专卖店 Jammyland（左页图），你得走下一具没设扶手、与地面近乎呈直角的陡峭楼梯，才能抵达。（chap.30）

2006 年，涂鸦大师 Banksy 首度在纽约"犯案"，他于北六街的老旧工厂，以白漆在水泥墙喷上踮着脚的男孩与跳绳的女孩，女孩手中的绳子一路延伸到人行道，营造出立体的视觉效果。现已毁坏。(chap.34)

威廉斯堡的 Academy 是全纽约最具规模的二手黑胶店，每次我双手空空走进，都会满载而归。
现已搬迁至 Greenpoint。（chap.34）

另类的电音巫师 Dan Deacon 将 Bowery Ballroom 变成一座大舞池，众人像被催眠似的毫无抵抗能力照着指令完成每一个动作，玩着每一项游戏，台上台下已无分别。(chap.40)

杀手派对

Date_ 8 September, 2007

If they ask why we left in the first place

Say we were young and we were so in love

And I guess we just needed space

We heard about this place they called the United States

Killer parties almost killed me

〈Killer Parties〉by Hold Steady

正如第一副棒球手套、第一辆遥控汽车和第一双篮球鞋，我的第一把吉他也是老爸带我去买的。如今回想起来，老爸在我人生所有重要时刻都没有缺席。

时间是高一下，乐器行开在学校旁的育乐街。育乐街可不是我们取的绰号，街牌上确实印着这三个字，高中生感兴趣的漫画店、撞球间与电玩场，这里通通都有。

那是一把 Ovation 牌的插电木吉他，侧边装着音量按钮，背面是圆弧状，背在身上斜斜的。褐色的琴板镶了两串葡萄叶，为何不选别的植物，譬如仙人掌或椰子树？管它的，当时觉得葡萄叶酷毙了！

高中与读书有关的回忆都忘得差不多，反而在篮球场厮杀与窝在吉他社办鬼混的光景依然鲜活。社办藏在校园的隐秘角落，是我们为非作歹的天地，平常只会遇见总部设在对面的国乐社社员，双方保持井水不犯河水的关系。其实约会市场里国乐社的威胁感很低，我们的潜在敌手是其他学校的吉他社。

高中对我来说只有几件事有意义：弹吉他的技术、听音乐的程度、中距离的准度与发型的帅气度。除了最后一项有时得看天吃饭（前一晚的入睡姿势会神奇地影响隔天的发质），前述几项都能靠苦练精进。我花在按紧封闭和弦、弄懂英文歌词与提升罚球命中率的心思，绝对比花在课本上的多。

社内又分金属派与另类派，争夺社办练团的时段，年纪轻轻就让我领悟到出门在外得成群结党求生存的道理。金属派的爱团是 Bon Jovi、Halloween 与 Van Halen，鼓手踩双踏的速度简直可以挑战最快的跑步机。我则属于另类派，依金属派的说法，玩的是 The Cranberries 的〈Dreams〉那种"软弱"歌曲。

软不软弱见仁见智，不过那时的高中女生的确都爱模仿 The Cranberries 女主唱的短发造型，连 KTV 唱歌时装模作样的气音也如出一辙。

吉他社每周都会去女校表演，为了不辱校誉，我每天要练上两小时的吉他，连收听《空中英语教室》时都在爬格子。这习惯维持到大一，大二之后开始瞎忙，竟然连琴弦生锈也不以为意。目前称得上驾轻就熟的歌，大概只剩 Radiohead 的〈Street Spirit（Fade Out）〉与绿洲的〈Wonderwall〉。

　　像我这类退役乐手，逛乐器行总会激起莫名乡愁，仿佛和前任情人见面似的。

　　Main Drag Music 位在东河附近一栋米色大楼的地下室，是一座塞满乐器的火药库，小到吉他旋钮，大到爵士鼓组，任何玩意儿都找得到。性感的吉他和贝斯挂在墙上争奇斗艳，键盘和音箱堆在中央，柜台后方则是导线和效果器专区。

　　店员都是武功高强的技师，替故障乐器把脉、看诊，对症下药，也依客人喜好量身订制，再珍奇的声音配方都能调配出来。有些服务是以小时计费的，请先协议好工资，别因追求某种“难以言喻的销魂音色”害得自己破产。

　　离开乐器行，我们搭公车来到北五街，街角开着耳屎（Earwax）唱片行，据说在 Hipster 入侵威廉斯堡之前就屹立在这。

　　耳屎的天花板吊着一具耳朵模型，是什么都卖的音乐杂货铺：黑胶、唱盘、《Wax Poetics》与《Wire》等酷杂志。CD 的货色纵然不错，为人诟病的是新专辑已被店员拆开，壳子内是空的，待顾客结完账才将片子装回。这么做或许减少了偷窃率，却一并降低购买欲，毕竟亲手开封是聆听唱片的神圣步骤，被“捷足先登”的感觉总是不太舒服。

　　我们沿贝德福大道向北步行，沿途开满服饰店与异国餐厅，随后在北十一街止步。此时再往西会抵达布鲁克林啤酒厂（Brooklyn Brewery）与二手衣仓库 Beacon's Closet，我们决定走进路旁的 Sound Fix 唱片行。

Sound Fix 无论沙发或唱片柜全是温暖的红色系，门边放了两台试听机，宽敞的空间囤积许多老摇滚黑胶，最强的仍是独立摇滚。尤其趁地利之便，布鲁克林在地乐团的作品是全球上架最即时的地方。客人多是街坊邻居，会主动和店员打招呼。

旁边是同一老板开的酒吧，深色的木桌摆着白蜡烛，壁灯在墙面上晕染出黄色的光，与唱片行以甬道相连，一前一后好似两个世界。我们点了咖啡、啤酒和一篮炸花生，等窗外天色完全暗下才动身返回贝德福大道，一路走向麦卡伦公园。

麦卡伦公园在威廉斯堡与 Greenpoint 的交界，《无间道风云》的杰克·尼科尔森向店家强收保护费时碰上儿时的马特·达蒙，让他就此踏上不归路，拍摄地点就在公园北边。它是布鲁克林占地最广的绿地之一，设有跑道、棒球场和足球场，我们一边漫步，隔着栅栏便能看见运动人士在草皮上挥汗，几具大型探照灯让漆黑的夜空宛如白日。

走了长长一段路，几乎绕完整座公园，终于来到麦卡伦泳池。我们并非来较量谁的自由式比较厉害，而是来欣赏另类名团 Modest Mouse 的演唱会。是的，在一座游泳池里。

一九三六年夏天，纽约客在摄氏四十度的酷暑欢欣迎接麦卡伦泳池，它的面积是标准泳池的四倍，号称可让六千名泳客同时下水。别感到惊悚，古人可选择的娱乐不多，他们果真像下水饺那样卡在池子里动弹不得。

这片人造汪洋流动了半个世纪，八十年代停止营业，往后二十年任凭池水干枯，杂草丛生，成了被遗忘的荒地，直到二〇〇五年，艺文社群开始在里头放电影、办派对，让它逐渐恢复往日荣光。

它是大萧条年代的产物，外形简约，入口像一面赭红色的城墙。

我们踏上石阶，穿过一道拱形回廊，下方是荒废的售票亭，前方就是大池子。由于四周全无遮蔽物，场内一目了然：舞台架在深处，台前站了上千人，两侧是临时厕所和卖酒的棚子。砖墙喷满了涂鸦，水泥地斑驳龟裂，跳水台的遗迹沧桑地立在池边。

我曾在教堂、沙滩、海港和棒球场观看演出，游泳池还是头一遭。时髦男女将泳池当成伸展台绕来绕去，真有不少女孩穿着比基尼泳衣招摇入场。

Modest Mouse 较两年前我在中央公园初见时多了一名成员，他并非泛泛之辈，是英伦传奇乐团 The Smiths 的吉他手 Johnny Marr。他深知别喧宾夺主的道理，站在舞台侧翼弹吉他，并不抢戏，可是仍有不识相的乐迷对他大喊："Morrissey 人在哪呢？"那名老兄的下场是被集体围剿。

我们本来挤在池子中间，下半场撤退到池畔休息。两人头倚着栏杆，双脚挂在池边，这样静静听了半小时，突然〈Float On〉的前奏从远处传来，场灯照得台下一颗颗脑袋宛如发亮的夜明珠，虽然水已流干，人潮真的像漂浮在泳池里。

"我的爱歌！"我用手肘顶了顶女友，她却毫无反应，原来已靠在我的肩膀上睡着了。

晚风轻轻拂过我们的脖子，周围有人握着啤酒跳舞，有人光着脚掌摇呼啦圈，几对情侣并肩躺在地上瞭望天空，小腿还叠在一起。在月光的沐浴下，星星的照耀间，大家仿佛都在今晚的露天派对重新活了一次。

散场时泳池的喇叭响起 Sparklehorse 的〈Shade & Honey〉，主唱 Mark Linkous 温柔地唱到：

I could look in your face

For a thousand years

　　这是我在纽约的最后一个秋天。让我再看一遍你的脸，给我一千年也不厌倦。

Chapter 33_ Don't Let Our Youth Go To Waste
不要枉费青春

Date_ 10 September, 2007

Say something warm, say something nice
I can't stand to see you when you're cold
Nor can I stand being out of your life

And I could bleed in sympathy with you
On those days
And I could drink up everything you have

Don't let our youth go to waste

〈Don't Let Our Youth Go to Waste〉 by Galaxie 500

人与人之间似乎存在一条看不见的线，冥冥之中串着彼此。我们仿佛是《薇洛妮卡的双重生活》里的木偶，站在人生的台上，被一股神秘力量所引导，许多当下无意识的举动以自己想象不到的方式影响后续事情的发展。

七月二十六日下午，我置身在桃园开回台北的厢型车里，半小时前才在入境大厅高举 Galaxie 500 专辑《On Fire》的黑胶唱片，一来橘色的封面很醒目，二来比制式接机广告牌有趣多了。此刻 Dean Wareham 就坐在我身旁，他是 Galaxie 500 与 Luna 的灵魂人物，两者都有很美的中文译名：银河五百与月神。

Dean 就读哈佛大学时与两个朋友组了 Galaxie 500，团名来自福特汽车的畅销车款。乐团只维持了四年，却是慢核乐派中最耀眼的一颗星，歌曲宛如慢速播放的 Velvet Underground，由开头的内在凝聚感，加速成水银泻地的爆破状态。Dean 温暖无垠的吉他音色定义了一整个纪元，深得卢·里德神韵的念唱风格与漫不经心的颤抖高音独步乐坛。

Galaxie 500 在发行三张经典专辑后解散，Dean 回纽约另起炉灶，Luna 应运而生。Luna 专攻高感度的梦幻流行曲，出版过七张专辑，各地都有忠实乐迷。然而天下无不散的筵席，二〇〇五年二月，乐团在 Bowery Ballroom 翩然谢幕，Dean 与妻子 Britta Phillips（也是 Luna 贝斯手）以双人搭档的形式继续摇滚生涯。

这样一位宗师级乐手，横跨另类摇滚与独立世代的传奇人物，怎么会坐在我身边？

故事得从二〇〇六年春天说起，我在翠贝卡影展观赏《最后一次摇滚》，一出跟拍 Luna 告别巡演的纪录片，足迹跨越美国、欧洲与日本。戏院位于东十一街，就在 Webster Hall 隔壁，开演前我顺路至 Other Music 寻宝。无论时间多紧迫，只要经过店门我一定会踏进去，那是致命的吸引力，或许一无所获，或许找到寻寻觅觅的"那一张"，你永远无法预测这次的结果。

当晚我翻到 Galaxie 500 绝版多时的 12 英寸单曲唱片《Blue Thunder》，由知名厂牌 Rough Trade 发行，盘况极佳，背面还收录 Joy Division 的〈Ceremony〉，公认是那首歌最精彩的翻唱版本。

为何独独在这天与它相会，而非我在纽约其他上千个日子，我不晓得，甚至店员将提袋递给我时全然没察觉它与我等下要看的电影有关。我只知道自己快迟到了，得加快脚步。十分钟后我在戏院就座，赫然发觉 Dean & Britta 盛装出席，这才意识到今晚是世界首映，我刚才挖到的是剧中主角十七年前的作品！

影片播毕我拦下 Dean，请他替唱片签名，身上却连笔都没有，最后还是 Dean 亲自借来一支原子笔，在封套留下大名，并标注签名年份。照理说我和他这辈子的互动额度已经用完，两人接下来将活在不同的星球上，音乐是彼此唯一的联系。

睡前我躺在床上却翻来覆去，脑中不停回想电影的情节，它使我忆起大四时拍摄浊水溪公社纪录片的种种：无尽地转车、赶场，旅途的疲倦，成员间的争执与相挺，奋斗的甘苦。

半夜两点，我到电脑前搜寻 Luna 的官方网站，发现它仍在运作，随后写了封文情并茂的信。按下发送钮时，我觉得它必将石沉大海，毕竟有没有人收信都是个问题。

事后证明海洋不如我想象的幽深，两天后我就收到回信，发信人正是 Dean。他给我导演的 e-mail，并同意我的感想："这部片也让我又哭又笑。"

那年金马影展恰好筹备摇滚电影单元，我将讯息转达给总监俊蓉，在她和同事的力邀下，《最后一次摇滚》顺利于年底登台，成了当年最受欢迎的参展片之一。来年野台开唱举办音乐影展，策展人皓杰决定不单放片，同时邀导演和团员一起来台。主办单位找我当接待人员，此时我才会在车上和他比邻而坐。

我们的话题从我曾欣赏的 Luna 演出，跳到他们替《鱿鱼和鲸》谱写的配乐，最终跳到棒球，一发不可收拾。原来 Dean 是死忠洋基迷，在哈佛那几年被红袜迷包围让他相当痛苦——两队是出了名的世仇。几个月前我刚好获得去洋基春训采访王建民的机会，同行的是 ESPN 主播康小玲与朋友阿舌。我兴奋地向 Dean 形容洋基球星如何在我周围走来走去，球场草皮的触感是多么柔软与媒体室望向场内的视野有多惊人。

然后在下交流道时向他坦承，其实我就是首映结束那晚写信给他的人。

他们的行程一如多数访台艺人，这餐吃热炒，下餐吃海产摊，少不了去鼎泰丰打打牙祭；台湾啤酒和珍珠奶茶是必喝饮料，没忘在台北 101 大楼拍照留念。度过愉快的四天，大伙相约回纽约再聚，通常这种约定客套的成分居多，我却直觉不久之后真的还会相见。

九月十日傍晚，我提着刚在中国城的天仁茗茶买的伴手礼：一罐乌龙和一罐茉莉绿茶，和女友站在第一大道与东六街附近一栋五层红砖公寓的下方。我们挑这天拜访别有用心，今天是女友二十五岁生日，你很难想出比"和偶像共度一晚"更棒的生日礼物了——她拥有 Luna 每一张专辑。

来凑热闹的是 Cherry，女友之前乐团的吉他手，目前在新泽西读书。Cherry 很酷，体重和我差不多，手臂却比我粗一倍，是我认识吃肉与喝酒最大口的女中豪杰，个性和《摔跤王》中的"大锤"一样率性，而且也爱枪与玫瑰。她的穿衣品味很独到，有时会将破袜子套在手上，虽然我不明白那么做的目的是什么。

我们在灰色铁门前围成一圈，我深呼吸了一口，按下对讲机：哔！

几秒后传来 Dean 活力十足的声音："上来吧！"一楼的门同时打开，我们开始一阶一阶向上爬。楼梯间弥漫着暗黄的光线，木头阶梯歪歪斜斜的，踩上去还会咯咯作响。当我们终于爬到顶楼，Dean & Britta 已等在走廊，逐一给我们拥抱。

走进他们家那刻，我猜我们三人想的是同一件事："哇，这就是摇滚明星的家！"干净的白墙，深色的原木地板，家具看来都很舒适。玄关是唱片收藏区，黑胶垂直地塞在架子里，前方是一整面 CD 墙。左侧是卧房，右侧是厨房与客厅，客厅中央摆了一张黑色木桌，窗台下放了一台 iMac。墙上贴满海报，也挂了几把乐器。

女友和 Cherry 在蓝色沙发坐下，我挑了红色单人沙发，《最后一次摇滚》片头 Britta 跨坐在 Dean 腿上那张，此时"我的屁股"就坐在上面。

几分钟后 Dean 泡了一壶茉莉绿茶，"希望我的技术还行。"他将茶水倒进玻璃杯里。他的技术好极了，事实上当时不论喝下什么，对我们都是琼浆玉液。几杯热茶下肚我忍不住借用厕所，发现洗脸台躺着一条黑人牙膏，显然是暑假从台湾带回来的。

我们待了四十分钟，下楼前 Dean 将一只卷筒塞到女友手里："生日快乐！"

她将里面的东西取出来，是 Galaxie 500 与 Luna 的绢印海报各一张，上头还附有签名。女友傻笑起来，简直乐得快要晕倒。

"想吃什么？"

"都好。"

"好，跟我们走！"

一行人沿东六街走过一个街区，在 A 大道右转，接着往南步行。我们亦步亦趋跟在两位地头蛇后面，直到这时，今夜的一切仍很超现实。

用餐地点是东二街的意大利餐厅 Supper，女侍领我们到后方的圆桌，我点了熏鲑鱼排，女友吃素，照例点色拉。席间 Dean 聊着他正在撰写的回忆录，和我们分享一些书中趣闻。仿佛有人和领班通报今天是女友生日似的，吃饭的过程音响竟然播了这些曲子：Sufjan Stevens 的〈Chicago〉、Belle & Sebastian 的〈Seymour Stein〉、Yo La Tengo 的〈You Can Have It All〉与 Sonic Youth 的〈Teen Age Riot〉。

我承认第一首像放给我听的，其他三首的确都正中她的下怀。

餐后不免上演抢账单的戏码，最后协议这回由他们请，下回我们做东。离开餐厅，Dean 说上东城有场设计师 Nanette Lepore 主办的派对，是纽约时装周的相关活动，他们已在宾客名单上，可以带我们入场，"一道去吧？"

有地球人会在这个时候说不吗？

我们跨过豪斯顿街，找到 Cherry 那辆一九九六年的 Honda Accord，我所见过最随性的车：蓝灰色的引擎盖凹了一个大洞，后视镜与车身间还有胶水黏着的痕迹。在我们起疑前 Cherry 先发制人："前阵子在公路开到一半被发情的鹿撞到，还来不及修理，别担心，性能依旧很好！"

拉开车门，后座像刚打完枕头仗的现场，Cherry 一脸歉意将宝特瓶、塑料袋和卫生纸扔进后车厢。"不急，你慢慢来。"Dean 笑着说。

车子沿第一大道往北，也许肩负前辈的安危让 Cherry 有些紧张，她在车内放起舒压的 Kraftwerk。我的位置在驾驶座右边，身后是女友，她左边依序是 Britta 与 Dean。我们的情境像极了我最爱的 Smashing Pumpkins 名曲〈1979〉的音乐录影带，五个人窝在车子里去参加一场派对，差别在于剧中人去的是家庭派对，屋内全是穿 T 恤和牛仔裤的小鬼，我们去的场合则挤满衣冠楚楚的潮流人士。

Cherry 照指示在东五十五街左转，把车停在路边，我们像跟班尾随 Dean & Britta 走进一栋大楼。会场由挂满镜子的大小房间组成，每间都铺着红地毯，即使 DJ 将 Daft Punk 放得很大声，跳舞的人仍不多，雅痞显然对社交行为比较热衷。

Dean 替我们引荐一些朋友，其中包括 Other Music 的店员 Scott。他留着一头及肩黑发，以前在店里我当他是日本裔，一问之下父母都是台湾人。

"我远远就看到你身上的 Jesus & Mary Chain。" Scott 指着我 T 恤上的图案。

"你怎么也在这里？"想来好笑，这句话应该是他问我才对。

"我女友在时尚圈工作，我平常也做 DJ。"后来才晓得他曾和 Animal Collective 的 Panda Bear 组团，纽约真找不到一盏省油的灯。

穿礼服的侍者殷勤地穿梭在大小房间，手中的盘子放满酒水与小食。一小时内我大约吞了五片鱼子酱饼干、三杯香槟和一杯马丁尼。

返回东五十五街，我们一伙人在人行道抽烟，大家都有点醉意，不知为何又聊起棒球。Dean 说他的儿子会模仿洋基队一到九棒的打击姿势，说着说着抖动起右肩，学起松井秀喜。超现实已不足以描述当时的状态。

"还要入场吗？"守门的大汉向我们询问，Dean 将抽完的烟潇洒地弹进水沟盖，"我们要回家了。"

车子沿莱辛顿大道向南，接上第三大道，最终回到东村，整个晚上在曼哈顿东边兜了一圈。后座的人互相拥抱道别，我和 Cherry 转身和他们握手："谢谢，后会有期！"等 Dean & Britta 下车，我回头问女友："这是你最难忘的生日吗？"她点点头，已开心得说不出话。

经历过迷幻的一天，回程时三人都很安静。开上曼哈顿大桥，Cherry 将油门愈踩愈用力，速度快得让我以为车子就要在东河上空起飞，然后她放起 Youth Group 翻唱的〈Forever Young〉：

Let us die young or let us live forever

We don't have the power, but we never say never

Youth is like diamonds in the sun

And diamonds are forever

如果此刻有人跟我说，我可以瞬间移动到世界上任何地方，而且不用付出代价，我想我会放弃这个权利。此刻我哪都不想去，只想和两个摇滚女孩一直待在这辆破车上。黑夜中，它一路往布鲁克林的方向开。

Chapter 34_ Daydream Nation

白日梦国度

Date_ 26 September, 2007

Looking for a ride to your secret location

Where the kids are setting up a free-speed nation, for you

We're off the streets now

And back on the road

On the riot trail

⟨Teen Age Riot⟩ by Sonic Youth

　　威廉斯堡的 Academy 是全纽约最具规模的二手黑胶店，位在
北六街一栋砖造厂房里，收纳了三万张唱片。曼哈顿还有另外两间
Academy，各有专精领域，西十八街的总店是古典乐宝库，东村的分
店专攻摇滚与爵士。

　　北六街由于面积充裕，软硬体一应俱全：唱针、除尘刷、黑胶内
袋与保护套。收藏更如一座包罗万象的音乐图书馆：民谣、乡村、蓝调、

嘻哈、电子样样不缺，原声带和福音歌曲也有专区。

唱片依盘况标价，卖相不佳或乏人问津者打入一张一元的清仓区，热腾腾的新到货堆在前方的木桌上。墙壁贴满海报与传单，天花板挂着放克名团 Funkadelic 的彩色旗帜，Velvet Underground 与 The Doors 的裱框相片像神主牌般陈列在柜台后方。

试听区摆了两组唱盘与扩大机，店员将使用守则写在白纸上：

一、请勿试听一元唱片。

二、请勿试听墙上的唱片。（想听哪张跟我们说，我们放给你听）

三、一次限听五张。

四、请勿试听未拆封的唱片。

五、请勿像 DJ 那样刮唱盘。

六、请勿边听边唱。（我们是认真的）

七、请将使用完的耳机挂回钩子，谢谢合作！

每次双手空空走进 Academy，离开时都会满载而归。即使没找到中意货色，能免费试听那些稀奇古怪的唱片也很有乐趣，甚至偷听店员和熟客聊天都是一种享受。

感谢北六街仍有这样一处音乐绿洲。距离上回欣赏 Wolf Parade 不到两年，街区几乎改头换面。精品店取代了杂货行，四处都在大兴土木，不是盖新房子就是整修老公寓。街道尽头兴建着四十层的大楼，人在贝德福大道都能望见高悬东河边的鹰架与起重机，与周遭的平房产生刺眼对比，连英国涂鸦大师 Banksy 留下的"真迹"也遭损毁。

Banksy 是新世纪最神秘的街头艺术家，没人见过他的真实面貌，只能凭线索猜测他是消瘦的白人青年。他以激进却不失幽默的手法呈现反战与反建制诉求，英伦乐团 Blur 的《Think Tank》专辑封面那对头戴防毒面具的情侣正是他的杰作。他曾神不知鬼不觉在纽约四间著名的博物馆挂起作品"自行参展"。

去年八月，Banksy 挑上北六街的老旧工厂，以白漆在水泥墙喷上踮着脚的男孩与跳绳的女孩，女孩手中的绳子一路延伸到人行道，营造出立体的视觉效果。这是他首度在纽约市"犯案"，消息一出引起轰动，众人争相打探工厂的确切地点。

其实工厂就在 Northsix 隔壁，然而不只 Banksy 的大作几个月后被人抹去，内部也改装成服饰店。Northsix 不甘寂寞与邻居唱起双簧，今年春天将一砖一瓦全数翻新，九月重新开张，店名改成正经八百的 Music Hall of Williamsburg。

原先顾门的嬉皮少女被解雇了，换成穿制服的黑人壮汉，背上印着斗大的"Event Staff"字样。本来只有一层的阳春空间，现在不仅主厅挑高，添加阳台与地下室，上下三层都设有酒吧，连破旧的提款机也换成崭新款式。楼梯间亮着荧光蓝灯，场内增设高级音响，到处是新油漆的味道。

仿佛从一间看老板心情开店、当日食材售完就打烊的随性小吃摊，升级为员工得打卡上班、一切企业化管理的连锁餐厅。目前的观团环境确实舒适多了，不过以前那种秘密结社干坏事的酷劲跟着打了折扣。

幸好这么多变动之中尚有一人忠于自我，无论外表或内在似乎从来不曾改变，他是今晚的表演者 Thurston Moore，Sonic Youth 的主唱兼吉他手。

年少时沉迷于伊基·波普等底特律车库摇滚，一九七六年，十七岁的他搬来纽约。适逢朋克风潮方兴未艾，他有空就去 CBGB 串门，同时和无浪潮（No Wave）艺文圈串联，弄起地下刊物。一九八一年，借用帕蒂·史密斯的丈夫——MC5 吉他手 Fred "Sonic" Smith 的绰号，Sonic Youth 正式成军，自此和 Dinosaur Jr.、Yo La Tengo、Pixies 与 Pavement 并列美国独立乐坛最长青的五强，而且是最资深的一组。

他们是流行文化与另类艺术的杂食动物，妥善吸取各派精华，重组成具有自家特色的新品种，"垮掉的一代"诗作、大众消费性商品、朋克 DIY 美学、实验电影与卡通漫画全是灵感来源。艺术对于 Sonic Youth 并无高档低俗之分，重点是能否替它附加意义，且不能与日常生活脱节。

成员都是多才多艺的行动派。Thurston 是素养深厚的唱片收藏家，还替杂志写乐评，编撰音乐书籍；妻子 Kim Gordon 是贝斯手、模特（履历包括 Marc Jacobs、Calvin Klein 与 UNIQLO）和 X-Girl 的服装设计师，曾和《野兽家园》的导演斯派克·琼斯合导音乐录影带。

另一名吉他手 Lee Ranaldo 的副业是诗人兼艺术家。年轻时留着小瓜呆头，戴一副圆框眼镜，模样像哈利·波特的鼓手 Steve Shelley 则创建 Smells Like Records，厂牌名称向友团涅槃致敬。这三男一女承接了 Velvet Underground 的下城精神，至今仍是纽约酷的同义词，两名前后期的客席成员也各有显赫资历：Jim O'Rourke 是多产的创作人，Mark Ibold 是 Pavement 的创团贝斯手。

Sonic Youth 的音乐称不上顺耳，却个性十足，属于"前奏出来就知道了"的最高识别程度。他们是一群声音雕塑家，利用特殊的调弦法创造不协调的音阶，透过拍打琴颈、以螺丝起子摩擦琴弦制造噪

音，再以层理分明的吉他声波像包粽子那样将所有元素包在一起，咬下去满口是纽约独有的颓废滋味。

自从在中央公园与他们相会，过去四年我的生活几乎绕着他们打转，只要相关活动都不会错过，演唱会、签书会、演讲、展览，翠贝卡的艺廊、惠特尼美术馆、纽约市立大学的礼堂与 MoMA PS1 分馆都有我的足迹。

如此不辞辛劳追着他们跑，那股驱策我的动力究竟是什么？

今晚是 Thurston 的个人演出，他的第二张个人专辑《Trees Outside the Academy》上周才刚出版，这张专辑以民谣吉他和小提琴为主，朴素的风格与 Sonic Youth 无坚不摧的漩涡音场很不一样，展现他另一面的音乐涵养。内页还放了青春期的他手捧《Horses》与《Metal

Machine Music》的照片，显示自小蒙受帕蒂·史密斯与卢·里德感召。

我和女友站在一楼右侧的台阶，这里视野奇佳，不会被人挡住。开演前 Thurston 逐一介绍伴奏乐手，轮到鼓手时他酷酷地说："你们都认识 Steve 了。"

只见 Steve Shelley 穿着素色短袖衬衫，坐在鼓组后面开心地向台下挥手。如今他的样子没那么像哈利·波特了，更像高中理化老师。

我转头和女友说："嘿！看到音速了。"今天虽然不是完整阵容，至少一半成员已在台上。

观众有滑板少年，也有白发大叔，年龄层涵盖四个十年。Thurston 一身格子衬衫与牛仔裤，金黄头发遮住半张脸庞，像极了他的偶像尼尔·扬。或许天生一张娃娃脸，或许偷偷注射肉毒杆菌，最根本的原因是相由心生，明年就要满五十岁了，此时看来仍像三十出头。他鹤立鸡群刷着吉他，并将安可曲献给 Ian Curtis。

看着这位现实世界的彼得·潘，我在心中回想之前碰见他的情景，那些偶遇与跟随，迂回与试探，Tonic 门口、唱片行、地铁站与摇滚场馆，我明白驱策我的动力是什么了。Sonic Youth 始终在追求一种不受外力左右的存在状态，在压力下仍不忘初衷，怡然自得地做自己。

一个心爱乐团可以浓缩你整个青春，永远别忘记那座让你纵情翱翔的白日梦国度。

Lip balm on watery clay

Relationships hey hey hey

You kiss like a rock

But you know I need it anyway

They wear you down sometimes

Kids like wine

Magic Christians chew the rind

'Cause bad girls are always bad girls

Let's let them in

Bring on the Major Leagues

〈Major Leagues〉by Pavement

人们谈恋爱时总会挖空心思，想出各种名目和喜欢的人见面，有时甚至煞费苦心将东西留在对方家里，如此便有借口"旧地重游"。上个月和 Dean & Britta 吃饭也有这么一点味道，我们之所以没抢着付账，是因为若欠他们一顿，大伙势必得再约一次。

后来发现自己心机太重了，他们很乐意和我们聚会，不仅在中国城的良椰餐馆聚餐（这里有纽约最地道的干炒牛河与沙嗲豆腐），还相约去水星酒吧看表演。演出者是新西兰乐团 The Brunettes，Dean 的旧识，Dean 在惠灵顿长大，青春期搬来纽约定居。

眼看大联盟季后赛开打在即，当时王建民是阵中王牌，总教练托瑞赋予他开幕战先发的大任。不知是我在谈话间的暗示奏效了，或者 Dean 实在善解人意，比赛前两天他捎来一封 e-mail："来我家看转播吧！"

太棒了。

当晚我们先到苏活区的法国餐馆 Balthazar，在附设的糕饼铺将台面还剩的可丽露一扫而光。可丽露是女友最爱的甜点，据她表示这家的滋味是她吃过最隽永的。虽然我们对音乐的见解不尽相同（究竟是披头士还是滚石比较酷），这一点我完全同意。

提着鼓鼓的 Balthazar 纸袋，我们沿拉法叶街走向豪斯顿街，左转进入第二大道。在东六街的西北缘，四十年前是人称"摇滚乐教堂"的经典场馆 Fillmore East，由史上最知名的演唱会经理人 Bill Graham 打造。

他的一生宛如剧情曲折的好莱坞电影。出生于柏林的清苦犹太家庭，父亲两天后去世，母亲将他托付给孤儿院，孤儿院再将他辗转偷渡到法国，躲避纳粹的魔掌。几年后 Bill Graham 被送往纽约，在布朗克斯区的寄宿家庭成长，幸运逃过大屠杀，仍在祖国的母亲不幸命丧毒气室。

Bill Graham 这个美式名字是他翻电话簿给自己取的，目的是抛开沉重的德国犹太人印记。高中毕业后征召入伍，在朝鲜战争立下战功，获颁紫心勋章。

战后回纽约市立大学读书，开过计程车，当过餐厅领班与扑克牌发牌员，甚至赢过曼波舞大赛冠军。

六十年代 Bill Graham 到西岸发展，或许时势造英雄，或许天生英雄命，他涉足演唱会产业时刚好是嬉皮摇滚最蓬勃的时代。他先在旧金山开了 Fillmore West，接着在纽约开设 Fillmore East，一西一东遥相呼应，让他握有更完整的版图。

Fillmore East 的原址是一座音响绝佳的剧院，配合嬉皮式的迷幻闪灯让人趋之若鹜，一晚常得安排两场演出才能满足乐迷需求。当红的西岸团体 Beach Boys、感恩而死与杰弗逊飞船是基本卡司，英伦名团 Cream、平克·弗洛伊德与黑色安息日也在他的力邀下登陆美东。The Who 的摇滚歌剧 Tommy 便在此一连公演了六晚。

名人堂成员 Allman Brothers、King Crimson 与 Frank Zappa 都曾出版 Fillmore East 实况专辑。别具价值的是吉米·亨德里克斯一九七〇年新年夜的现场录音《Band of Gypsys》，他猝死前最后一张亲自认可的发行物。

不过这座教堂替信徒受洗的时日并不长。Bill Graham 明白自己无法蜡烛两头烧，也对票房导向的市场感到灰心，一九七一年五月在《村声》刊出告别信，一个月后便将东西两岸的 Fillmore 同步收掉。然而淡出江湖对真正的斗士谈何容易，难以忘情于摇滚乐，他终究选择复出，协办带有社会关怀与人道精神的大型活动，如援助非洲饥荒的"四海一家"。

他对艺人与器材一向抱持最高标准，专业的坚持成了业界楷模，可是六十岁那年的直升机失事为他的传奇人生画下句点。Fillmore East 后来改建成同志俱乐部，现址是一间银行，外观大致保持原貌，里头还挂着 Bill Graham 的照片向他致敬。市府将东六街与东七街中间这段第二大道以他为名。

我们在转角的杂货店买了半打 Hoegaarden 啤酒，顺着东六街步行到第一大道 Dean 家楼下。哗！门又开了。

上次因为紧张，脑袋像消磁过的卡带一片空白，这次心情轻松多了，周遭景物跟着有了轮廓。爬楼梯时我注意到墙壁的颜色、油漆剥落的形态与扶手的高度，都很像《爱在日落黄昏时》通往朱莉·德尔佩住所的那座。

除了可丽露与啤酒，这回的伴手礼还包括 Joy Division 的《Still》精装版黑胶。我们挑它别有用意，一来收录〈Ceremony〉的现场版，取自 Ian Curtis 自缢前最后一场表演；二来收录〈Sister Ray〉的翻唱版——1993 年 Velvet Underground 短暂重组时，巡回欧洲的暖场团正是 Luna。

"哇，好漂亮。" Dean 向我们道谢，"我和 Britta 上周才参加《控制》的首映。"

"对了，怎么没看到 Britta？"

"她去德国拍片了。"

原来呀，今夜是老婆不在家，我们才有机会乘虚而入。

这次有充裕的时间将客厅看个仔细：桌上放了一本厚厚的安迪·沃

霍尔作品集，Dean 说他们正在搜集资料，准备替沃霍尔拍的黑白短片谱写配乐。椅子上躺着一把《星球大战》的光剑，是儿子的玩具。墙上挂着金色的 Les Paul 吉他与橘红色的 Fender 贝斯，还有几幅素人歌手 Daniel Johnston 画的彩色素描。

此外还有一张将 Galaxie 500 团名拼错的"GALAXY 500"荷兰演唱会海报，及 Luna 与 Sonic Boom 的联合巡演海报。Sonic Boom 是太空摇滚奇团 Spacemen 3 的成员，也是 Dean 的好友。

Dean & Britta 是意大利导演安东尼奥尼的头号影迷，屋内少不了《奇遇》与《蚀》的巨幅海报。两人曾拍摄一款宣传照，模仿《放大》的摄影师跨坐在模特身上的挑逗姿势，只是将男女位置颠倒过来。

"安东尼奥尼就住在你家似的。"

"是啊，可惜他前阵子过世了。"

那是影坛最寒冷的夏天，安东尼奥尼与伯格曼两位大师在同一天过世，杨德昌也走了。

Dean 从冰箱端出一盘香肠和芝士当开胃菜，然后拿出一叠外送传单让我们挑。我们其实想品尝他的手艺，不过他平日显然不太下厨。球赛在六点半准时开打，我们坐在沙发上吃饭，喝啤酒，一边看球一边谈天说地，好像彼此认识很久了。我们确实透过音乐认识他很久了。

今天是洋基队作客克里夫兰，一局上第一棒约翰尼·戴蒙就挥出阳春全垒打取得领先，一局下却被印第安人队立刻攻回三分。洋基苦苦追赶，一度追到 3:4，局势仍大有可为，王建民却在五局下大失血，掉了四分黯然退场，总计投不满五局失了八分，让我们面子有些挂不住。接替的中继投手也压不住阵脚，六局打完 3：11。

理论上棒球在第二十七个出局数之前都不算结束，我们却清楚比赛已进入垃圾时间，洋基只是在做困兽之斗。

身为运动迷早就练出"自动看开"的本领，这场输了还有下一场，这个球季玩完还有下一个，正如滚石乐团的名曲〈You Can't Always Get What You Want〉，人不可能永远得到自己所想的，必须将心碎当成球赛的一部分，才能继续爱那支球队，支持那名球员。一旦怀抱这种认知，再深的绝境都能爬得出来，即使爬出来的过程全身不免沾满烂泥。

既然大势底定，我起身到玄关做那件在朋友家最喜欢做的事：翻他们的唱片架。和万金油一样家家户户必备的 Velvet Underground 大盒装威武地站在架上，旁边靠着 The Clash 与 Buffalo Springfield 的套装选辑。最让我垂涎的是一整排 Luna 与 Galaxie 500 的绝版黑胶，过去从没在任何地方见过，这里却塞得满满。

"那个……重复的 Luna 与 Galaxie 500 可以卖我吗？"Dean 从客厅笑着走过来："想要哪些，全部送你。"我在心底跟自己暗暗击掌。

他耐心地替每一张黑胶签名，虽然在其中一张的封面写上 Go Yankees!，洋基依旧毫无起色，八局结束已落后九分，今晚是场难堪的屠杀。

"没关系，下次登板再来看吧！"他安慰我们。四天后我们的确又来了，没想到那场更惨，王建民第二局就被换下场，最终洋基被淘汰出局。

九局上半，我已喝了第三瓶 Hoegaarden，一局要追九分简直是天方夜谭。Dean 将电视调成静音，走到 Rotel 牌音响旁，放起 Richard Hawley 的新作《Lady's Bridge》，接着坐回沙发。场面仿佛《爱在日落黄昏时》的结尾，不同的是伊桑·霍克放的是妮娜·西蒙的〈Just in Time〉。

开场曲〈Valentine〉从喇叭传来，Richard Hawley 磁性的歌声此刻听来好有疗愈效果：

> Hold me in your arms, may that keep me
> Sing me a lullaby, 'cause I'm sleepy

随着雍容的弦乐与慵懒的华尔滋节拍，音符盈满了客厅，我们被传送到另一个时空里。屏幕上的事变得无关紧要，一切都在慢动作进行，胜负早已失去了意义。

我将眼睛阖上，啤酒在血管内流动。我感觉我们三人正搭乘热气球慢慢离开地表，像一镜到底的长镜头，画面逐渐拉远，先是东村这间公寓，然后是曼哈顿、纽约市、美洲大陆与大西洋。

最后我们飞到了外层空间，地球像一颗水蓝色弹珠，我们是其中的一点。

于 1884 年完工的切尔西旅店，直到十九世纪末一直是曼哈顿最高的建筑物，也是纽约最传奇的文化地标。

I remember you well in the Chelsea Hotel

You were talking so brave and so sweet

Giving me head on the unmade bed

While the limousines wait in the street

Those were the reasons and that was New York

We were running for the money and the flesh

I remember you well in the Chelsea Hotel

You were famous, your heart was a legend

You told me again you preferred handsome men

But for me you would make an exception

I remember you well in the Chelsea Hotel

That's all, I don't even think of you that often

〈Chelsea Hotel #2 〉 by Leonard Cohen

伍迪·艾伦的黑白电影《曼哈顿》是他用影像写给纽约的情书：古根海姆美术馆、林肯中心、无线电城音乐厅、大都会博物馆与洋基球场等举世闻名的地标，衬着百老汇作曲家乔治·格什温气势磅礴的《蓝色狂想曲》，在影片开头逐一登场。

夹在它们中间的是第十大道与西二十二街交口的 Empire Diner，分量虽然无法和其他建筑相提并论，能获青睐也不是没有原因：流线型的外观拍来十分上相，屋顶还立着一具不锈钢做成的帝国大厦模型，简直是为了《曼哈顿》片头而生。汤姆·维茨的精选辑《Asylum Years》选它为封面，观光客于是络绎不绝地涌入。八十年代是生意的鼎盛期，当时受欢迎的夜店都开在切尔西，全天不打烊的 Empire Diner 成为舞客狂欢后吃宵夜的首选。

店家自称是地球上最时髦的美式餐厅，弦外之音是"我们比别人贵一点"。然而无论我手中这杯咖啡还是女友点的蔓越莓汁，味道都算普通。

餐厅从里到外全是黑银配色，餐具倒映在黑色的镜面桌子，比其他地方贵几块的定价显然是让你享受店里的摩登。万圣节将至，窗户贴着南瓜剪纸，桌面放着应景的小南瓜。或许是周三下午，我们从入门到离开都没碰上别的客人。

沿着第十大道往南，几名贵妇在街上遛狗，牵的都是名贵品种。我们在西二十街左转，整条街同样只见我们两个人，枯黄的落叶萧瑟地铺在路树底部，和煦的阳光洒在上头，纽约的秋天总是如此。右手边是一排四层连栋别墅，大约有十几户，每栋都有漂亮的红砖墙，我在不太明显的门牌间找着四五四号。

"我们在找什么呢？"女友问。

"杰克·凯鲁亚克的公寓,他在这写出了《在路上》。"女友的书架上有一本中译本。

几分钟后我在一面大门上发现四五四号,门前是一块栅栏围出的小庭院,放了几盆雏菊和三色堇。一九五一年一月,凯鲁亚克与第二任妻子搬来这里,妻子在外当女侍让他专心写作。四月二日到四月二十二日这三星期间,依靠大量的咖啡醒脑,他不眠不休完成《在路上》的初稿,速度逼近每分钟一百字,简直是手指的剧烈运动。

难怪杜鲁门·卡波特酸溜溜地说:"那不是写作,那是打字。"

不论卡波特怎么文人相轻,都改变不了既成事实:《在路上》公认是美国战后文学的巨著,与艾伦·金斯伯格的《嚎叫》、威廉·巴勒斯的《裸体午餐》并列为另翼经典,也让凯鲁亚克成了"垮掉的一代"旗手。

全书以半自传体记录了几趟横跨美国与墨西哥的长途公路之旅,他在辽阔的大地搭便车流浪,追求自由,寻找自己。书中对性与迷幻药的写实描绘,向往的精神解放与心灵漂泊状态,成为知识青年的指定读物。汤姆·维茨以凯鲁亚克的文字谱了一首〈On the Road〉纪念他,迪伦在自编自导的《雷纳多与克拉拉》与金斯堡一同造访凯鲁亚克的墓园,两人在草地席地而坐。

《在路上》至今仍是畅销书,出版过程却几经波折。凯鲁亚克不希望思路因换纸而中断,将半透明的描图纸一张张粘在一起,塞入打字机不间断地打,成品是一卷长三十七米的纸卷,全无章节段落之分。换句话说,整本书就是"一大段"。

历经多次修改、删掉太露骨的内容、替出场人物换上假名、调整出段落之后,一九五七年才顺利付梓,距离故事在他脑中发想已间隔十年。今年适逢五十周年，未经更动的原始版在上个月问世。

我们在门口拍了几张照，随后沿西二十街向东抵达第七大道，是书中结尾凯鲁亚克与挚友分手的路口。他准备去大都会歌剧院欣赏艾灵顿公爵，在寒冷的冬夜坐在一辆凯迪拉克的后座向挚友挥手告别。我们接着向北走到西二十三街，那座与艺术家始终牵扯不清的巍峨宫殿近在咫尺，正是传奇的发源地切尔西旅店。

楼高十二层的旅店于一八八四年完工，比自由女神还资深，直到十九世纪末一直是曼哈顿最高的建筑物。它是纽约最早的集体公寓之一，并非每个单间都有浴室。一九〇五年转型成旅店兼公寓，四分之一给旅客投宿，四分之三长期出租。

有人在里头出生、成长与过世，一辈子不曾搬走。

旅店像个谜样的磁场，将各色人等吸聚在此，宛如波希米亚族的独立共和国、为所欲为的游乐场。作家在这写小说、导演在这构思分镜、摇滚乐手开派对、画家替画布泼上油彩。妓女与药头也混迹其中，为住民"提供服务"。剧作家阿瑟·米勒曾说："切尔西旅店不属于美国，它没有真空吸尘器，没有规则与羞耻，它是超现实的最高点。"

仿佛住在里面灵感就能源源不绝，二十世纪叫得出名号的艺文界人士几乎都曾下榻于此，全数列出就像一本名人学院的毕业纪念册：琼妮·米雪儿与麦当娜、斯坦利·库布里克与丹尼斯·霍伯、田纳西·威廉斯与托马斯·沃尔夫，这只是沧海一粟。其中一票人干的精彩好事连文化史都得记上一笔，很多甚至已升华成为传说。

科幻大师阿瑟·克拉克在此创作出《二〇〇一太空漫游》。诗人迪伦·托马斯因狂饮威士忌在二〇五号房陷入昏迷，几天后于医院逝世。歌手迪伦在二〇一一号房写下〈Sad Eyed Lady of the Lowlands〉

献给妻子，他在曲调哀沉的〈Sara〉提到这件事：

Staying up for days in the Chelsea Hotel

Writing *Sad Eyed Lady of the Lowlands* for you

　　莱昂纳德·科恩与詹尼斯·乔普林在四二四号房一夜缠绵，科恩事后将两人的风流韵事一五一十写入〈Chelsea Hotel #2〉。沃霍尔旗下的超级巨星则在一一五号房一面用安非他命一面玩性虐待游戏，Nico 在卢·里德替她写的〈Chelsea Girls〉唱到：

Here's Room 115

Filled with S & M queens

Magic marker row

You wonder just how high they go

Amphetamine has made her sick

White powder in the air

　　Nico 也是沃霍尔实验电影《切尔西女郎》的主角。片子在旅店实地拍摄，以分割画面呈现出年轻住民的生活琐事：剪头发、讲电话、吃橘子，少不了对他们来说的确算"日常活动"的注射海洛因桥段。沃霍尔用镜头凝视这群青春肉体如何虚耗生命。《这个杀手不太冷》在此取景，未成年的娜塔莉·波特曼楚楚可怜地坐在楼梯间抽烟，右脸带着家暴的伤痕。

恶名昭彰的一〇〇号房，南希的肚子被捅了一刀，倒在厕所血流致死，同处一室的男友"邪恶席德"以杀人罪被起诉。然而谁杀了南希仍众说纷纭，不少人怀疑席德只是代罪羔羊，毕竟以他嗑药后的虚弱身体，能否拿起匕首都成问题。他的生前好友 Dee Dee Ramone 写了小说《切尔西恐怖旅店》，情节是 Dee Dee 误打误撞住到那个房间，被南希的鬼魂一路纠缠。

旅店吸引无数艺术家入住，一来满足他们的浪漫情怀，二来提供不受打扰的藏身处，最重要的是店主待客很有人情味。捷克导演米洛斯·福尔曼初抵纽约时无处落脚，旅店收留了他，往后他拍出《飞越疯人院》与《莫扎特传》等大作。伊桑·霍克与乌玛·瑟曼的婚姻濒临触礁边缘时逃进旅店，经理对他说："免费让你住，直到你挽回她为止。"

就算未曾孕育出这些瑰丽的故事，旅店本身也壮观得令人晕眩。深红色的砖墙衬着白边，黑色的雕花铁栏杆一层一层隔出阳台，其中一些还吊着盆栽。大门旁边开了一间乐器行，一名头戴牛仔帽的画家坐在人行道的板凳上写生。

我们来到红白条纹的遮雨棚下方，两旁的罗马柱镶着几面铜牌，刻着知名住客的丰功伟业。因为不见门房（后来才晓得此地并无门房），我们拉开两道玻璃门步入大厅。

大厅如风格前卫的艺廊，目不暇给的艺术品都是居民的杰作，有些是他们送给旅店的礼物，有些用来抵扣房租。黄色的墙壁挂着白马、穿绿西装的绅士、横躺的裸女、有斑点的狗，及许多不知该如何描述的抽象物品，一名古怪的妇人在天花板荡着秋千。大理石地面摆了几组古董沙发与桌子，走廊后方的木质柜台像老式邮局那样一格一格插

置身切尔西旅店的大厅，你会想起百年来在这里爱过、痛过、活过与死过的那群人。

着信件与包裹。

我们在一张靠墙的红皮长椅坐下，旅人进进出出，各种语言在空气中交会，连英文都分好多腔调。

如今门边放满游客指南，角落甚至钉了一块"请勿吸烟"的牌子，气氛与狂放的六十年代当然很不同了。可是置身这个大厅，你会想起百年来在这里爱过、痛过、活过与死过的那群人。旅店如一艘将过去与现在合而为一的幽灵船，可以通向天堂，也可以开往地狱，端看住进来的人是天使还是魔鬼。

歌手 Ryan Adams 在〈Hotel Chelsea Nights〉如此形容旅店里的日子：

> And I'm tired of living here in this hotel
> Snow and the rain falling through the sheets
> TV and dirty magazines
> And I'm just trying to get a little sleep

下次踏进大厅，我会提着一袋行李走到柜台前，"给我一个面向大街的房间。"

接过钥匙，我爬上那座承载太多历史的楼梯，找到我的房间。推开窗户，脚下是熙熙攘攘的西二十三街，是否如歌词所说，到时窗外是飘落的雨和雪，房里架着一台电视机，桌上摊着几本泛黄的杂志，而我将辗转难眠？

我不知道，一如我不知道我会在此遇见谁，谁又会在切尔西旅店遇见我。

成名十五分钟

Date_ 15 October, 2007

I'm waiting for my man

Twenty-six dollars in my hand

Up to Lexington, 125

Feel sick and dirty, more dead than alive

Hey white boy, what you doing uptown?

Hey white boy, you chasing our women around?

Oh pardon me sir, it's the furthest from my mind

I'm just looking for a dear dear friend of mine

I'm feeling good

I'm feeling oh so fine

Until tomorrow, but that's just some other time

〈I'm Waiting for the Man〉by Velvet Underground

卢·里德在〈I'm Waiting for the Man〉中陈述他去哈林区探险的英勇事迹。当地的黑人弟兄问他:"嘿!白小子,来我们上城做啥?追我们的女人吗?"卢·里德回答:"抱歉了先生,我只是来找好朋友。"

这名好朋友正是曲名影射的"The Man",真实身份是药头,整首歌其实是关于卢·里德在莱辛顿大道与东一百二十五街附近购买海洛因的经过。根据行车路线,他当时应该是搭乘六号地铁抵达哈林区,此刻我们就坐在这辆列车上。不过我们在东五十一街就下车了,目的很单纯,找一处传说中的地点:安迪·沃霍尔的地下王国,号称整个六十年代缩影的工厂(The Factory)。

从平凡的小镇男孩,跻身撼动流行文化的关键人物,发生在沃霍尔身上的故事只有在美国才可能实现。

一九二八年夏天,沃霍尔在匹兹堡郊区的中欧移民家庭出生,父亲是煤矿工人,在民生凋敝的大萧条年代以微薄工资养家糊口。即便自小展露绘画天分,沃霍尔在班上却是不起眼的学生,始终打不进同侪的圈子。加上脸上长满疙瘩,还生了个典型的蒜头鼻,他对自己的外表一直很自卑。

卢·里德借由《Songs for Drella》的开场曲〈Small Town〉描写沃霍尔这段惨绿时光:

When you're growing up in a small town

Bad skin, bad eyes, gay and fatty

People look at you funny

I hate being odd in a small town

If they stare, let them stare in New York City

同学取笑他怪异的长相，沃霍尔发现自己对女生不感兴趣。明白留在小镇没有前途，二十岁那年他带着两百元和一叠作品集，在家人的祝福下只身到纽约寻梦。往后三十八年，沃霍尔以此为家，再也不曾离开。

他很快闯出名号，细腻的手笔成了畅销刊物最爱合作的插画家，并替百货公司布置橱窗。五十年代抽象表现主义当道，Jackson Pollock 是艺坛的王者，沃霍尔看出这种风格已走到顶峰，选了一条背道而驰的路：将艺术简化成普罗大众也能理解的语汇，替俗常事物找出浅显易懂的象征性。

一九六二年，沃霍尔开始使用绢印技术，让康宝浓汤罐、可口可乐瓶、百事可乐的瓶盖等流通社会的大宗制品大摇大摆出现在画作上；并在电影明星、政治人物与历史名画上动手脚，猫王，玛丽莲·梦露与伊丽莎白·泰勒，贾奎林·肯尼迪与毛泽东，达·芬奇的《蒙娜丽莎》与《最后的晚餐》，这些家喻户晓的图像都是创作素材。

《控制》里 Ian Curtis 穿着一件内裤躺在床上抽烟，盯着天花板喃喃地说："我多希望自己是一幅沃霍尔创造的绢印画，被挂在墙上。"绢印并非沃霍尔发明，他却将其特点发挥到极致。一如现代人的生活，今天重复昨天，明天又重复今天，沃霍尔大量出售不断复制的绢印画，让它们变成消费体系的一部分。

Pollock 一派以抽象的手法传递浓烈的艺术家情感，沃霍尔用写实的物品表象竭力遮掩个人意见，以冷笑回应一切严肃议题。爱他的人欲罢不能，将他捧成和毕加索比肩的天才；轻视他的人嗤之以鼻，认为他缺乏深度。

然而是否称得上原创从非沃霍尔关切的重点，他关心的是作品能否反映当前的文明景貌，传达庶民都能接收的讯息：我们处在思想空洞且精神匮乏的物质时代。沃霍尔并未改变世人观看周遭的方式，只是让周遭这个世界变得更清楚，无法回避。他的绢印就像镜子，看不见过去的阴影，也找不到未来的隐喻，映照的只有当下，代表的就是现在。

沃霍尔爱钱爱得脸不红气不喘，是聪明的生意人，将赚钱视为最高级的艺术，收取高额佣金替人绘制肖像，迈克尔·杰克逊、约翰·列侬与米克·贾格尔都是主顾。他嫌自己长得不好看，喜欢和漂亮的名人来往，深知名气是让人成瘾的春药，将"迷恋名人"转化成生财产业，创办专访名流的《Interview》杂志，也替滚石乐团设计封套，相互拉抬声势。

虽然备受争议，不少人封他是二十世纪最过誉的艺术家，但多数美国人接受了他，因为他对于金钱与名声的渴望及追求功成名就的态度，体现的正是某种美国精神。那句一再得到验证的名言注定传诵千古："在未来，每个人都会成名十五分钟。"

满脑鬼点子的昆汀·塔伦蒂诺没忘记在《低俗小说》向沃霍尔致敬。打完海洛因的约翰·特拉沃尔塔与吸完可卡因的乌玛·瑟曼到一间好莱坞主题餐厅吃饭，彼此神志恍惚，意乱情迷。特拉沃尔塔问她："听说你录了一集试播秀。"乌玛·瑟曼回答："那是我的十五分钟。"

经过一串不安的沉默与尴尬，两人带着浑身欲火跳了那支影史最经典的扭扭舞。

沃霍尔所有的作品中，工厂是最伟大的创作。一九六四年，沃霍尔看上东四十七街与第二大道附近一栋厂房，将第四层承租下来，面积比一座篮球场还大。他请得力助手 Billy Name 以喷漆和铝箔纸将内装全部弄成银色，墙壁与地板，电话与灭火器，连马桶都是银的。

　　对沃霍尔来说，银色象征未来，如航天员的衣服；银色也是最自恋的颜色。人们熟知的沃霍尔式招牌装扮：墨镜、皮衣、皮靴与紧身牛仔裤，少不了那顶银白假发。原先戴假发是用来掩饰不停后退的发线，最终却成为他的时尚宣言，家中收藏了数百顶，在不同场合轮流佩戴。

　　工厂中央摆着一张长沙发，地上堆满颜料、画布及装置艺术的半成品，不到几个月就从私人工作室转型为半开放的社交场所。也可以说沃霍尔原本打算集结各路人马在城市边缘画出淫靡的圆心：舞者、演员、作家、模特与摇滚乐手等纵欲享乐者在工厂内相濡以沫，纽约的亚文化病毒在此混种繁衍。

　　由于三教九流来者不拒，工厂每天上演实境怪人秀。Velvet Underground 在这排练"爆炸塑料不可避免"，其他人围在一旁开性派对、骑脚踏车，甚至哺乳。就算沃霍尔回家休息，手下仍在里头厮混。他们永远情绪亢奋，夜夜笙歌，不吃不喝也不用睡觉，将安非他命当成补充营养的维生素。

　　除了制作绢印，沃霍尔还在工厂完成许多前卫电影，这些影片通常呈现单一事件：睡觉、接吻或吃东西，情节虚幻，看似毫无意义，可是毫无意义就是意义本身。其中几出画面太过"赤裸"的影片遭电影院拒播，还得在色情戏院上映。视沃霍尔为导师的大卫·鲍伊谱了一首〈Andy Warhol〉，提及沃霍尔与大银幕密不可分的关系：

Andy Warhol, Silver Screen

Can't tell them apart at all

沃霍尔还以十六厘米摄影机替工厂访客拍摄试镜（Screen Test），内容是三分钟的黑白默片。为了维护自身形象，访客坐在镜头前和沃霍尔玩着心理战：迪伦、达利、金斯伯格、小野洋子和苏珊·桑塔格都有专属的试镜。几年间沃霍尔拍了四百多卷，简直是六十年代的名人群像。

出站后我们沿莱辛顿大道往南，整块街区全被玻璃帷幕大楼围绕，克莱斯勒大厦尖尖的头划破前方的天际。几个路口后我们在东四十七街左转，跨过第三大道，工厂的地址是二三一号，诡异的是左边这排单号建筑在二二五号之后就"断码"了，再过去是一栋摩天高楼，与二二五号中间夹着一座停车场。

怎么会这样呢？

我走进停车场，透过一扇白色窗户和管理员对话。

"请问这边是二三一号吗？"

"嗯，什么事？"他用浓浓的印度口音回我。

"以前是不是有一栋厂房盖在这里？"

"老早就拆啦！"

"啥？"

"四十年前就拆了，你该不会是来找工厂的吧？"他给我一个"又来了"的眼神。

"嗯。"我承认得有些别扭，"所以后来搬到哪了？"我不抱期待地问着。

"你身上有纸吗？"

我从书包掏出笔记本，他在上面留了一行地址：联合广场西大道三十三号。

返回人行道，对面是一间YMCA，棚子上印着"服务纽约超过一百五十年"。不晓得工厂那群人是否曾经在那里游泳或举哑铃，做一些比较有益健康的活动。

临走前我抬起头，想象沃霍尔当初在阳台放开双手让枕头状的银色气球盘旋飞舞的情景。如果风力够强，气球会轻盈地飞过曼哈顿，飞到不远处的东河天空上。

卢·里德在Velvet Underground的〈Run Run Run〉唱着：

Gonna take a walk down to Union Square

You never know who you're gonna find there

我们会在联合广场找到什么呢？半小时后我们回到六号地铁上，这次换个方向，列车往下城疾驶而去。

安迪·沃霍尔的第二代"工厂",位于西大道三十三号。1968年6月,
沃霍尔在这里胸部中枪险些丧命。

Chapter 38_ Factory Girls
工厂女孩

Date_ 15 October, 2007

Here she comes, you better watch your step

She's going to break your heart in two, it's true

It's not hard to realize

Just look into her false colored eyes

She builds you up to just put you down, what a clown

Little boy, she's from the street

Before you start, you're already beat

She's gonna play you for a fool, yes it's true

〈Femme Fatale〉by Velvet Underground

联合广场因为紧临学校，是我下课后最常闲晃的区域，四周的书
店、唱片行与电影院都沾满我的脚印。广场上每周还有固定的绿色市

集，乡间的农夫开着货车来城里贩售有机蔬果，我偶尔会买颗苹果坐在广场的石阶上，边啃边看路旁的少年玩滑板。原来第二代工厂就在广场西侧。

我们在东十四街下车，找到西大道三十三号，一栋狭长的灰白大楼，高十一层，一楼开了间 Puma 专卖店。一九六八年初，眼看东四十七街的厂房即将拆除，沃霍尔和一票门徒南迁至此，以六楼为新根据地。

他没料到的是，几个月后差点在此葬送性命。

工厂向来门禁宽松，不太过滤来客，后果便是引来灾难。Valerie Solanas 是思想激进的作家，曾以乞讨和卖淫维生。她借机混进工厂，希望自己的剧本能被采用，沃霍尔却不小心弄丢了她仅有的一份。精神状况原本极不稳定的她出现偏执的念头，认定沃霍尔想将剧本占为己有。

一九六八年六月三日，她带着满身怨恨与挫折，在新开张的工厂朝沃霍尔连开三枪，前两发打偏了，第三发射在沃霍尔的胸腔上。救护车二十分钟后才赶来，沃霍尔的五脏六腑全受了重伤，在急诊室一度被宣告死亡。院方并不放弃，由不同科别的医生接力手术了五小时，最终奇迹似的捡回一命。Valerie Solanas 在傍晚投案，享受她的十五分钟。两天后，肯尼迪总统的胞弟，时任纽约州参议员的罗伯特·肯尼迪遭遇刺，他不如沃霍尔幸运，没能逃过一劫。

沃霍尔住了两个月才出院，后半辈子都活在暗杀的阴影中，身体从未完全康复，心理的创伤也难以抚平，极度抗拒再踏进医院。整件事后来翻拍成《我杀了安迪·沃霍尔》。

"接下来呢？"女友问。

"去找 Max's Kansas City 吧！"

我打开笔记本，翻到前一晚画的克难地图，瞬间恍然大悟：是了，这样就合理了，所有线索都拼凑起来。Max's Kansas City 坐落在联合广场的东北角，离我们不到十分钟的步行距离，沃霍尔以此为第二代工厂的地点，显然有地缘上的考虑。Max's Kansas City 是他情有独钟的夜店，是他率领手下每晚光顾的后花园。

一九六五年开张，它是当时纽约艺文界最时髦的聚会所，沃霍尔称之为"波普艺术与流行生活的集合点"，威廉·巴勒斯形容为"一切事物的汇集处"。一切事物泛指艺术、音乐、电影与文学圈的风骚人物，成名前的黛比·哈瑞便在这里当女侍。

它是摇滚客来纽约都得朝拜的圣地，列侬在〈New York City〉中提到他与洋子来这边玩耍；奥利弗·斯通的《门》中，吉姆·莫里森与团员到工厂狂欢，他先吻了 Edie Sedgwick，接着和 Nico 眉目传情，随后键盘手问他想不想去 Max's 续摊。《几近成名》中一伙人抵达纽约卸完行李随即转战 Max's Kansas City，小记者在餐桌前向乐团宣布："你们要登上《滚石》杂志封面了！"

楼下是餐厅，华丽摇滚的巅峰期，大卫·鲍伊、伊基·波普与卢·里德曾隐身在昏暗角落惺惺相惜。楼上是场馆，见证过史密斯飞船的纽约处女秀，一九七〇年八月二十三日，卢·里德在此和 Velvet Underground 进行最后一次公演，之后便无预警离团。幸好有人以卡式录音机录下实况，发行为《Live at Max's Kansas City》这张经典现场。

沃霍尔将暗红色的后厅当成私人俱乐部，拥有专属的圆桌，像亚瑟王坐在宝座上，身边簇拥他的不是圆桌武士，而是他亲手戴上后冠的超级巨星（Superstars）。超级巨星是沃霍尔的另一项"创作"，一如他其他的作品，可以不断再制。

沃霍尔深知想涉足电影事业必得招揽当红明星，然而好莱坞的大牌太费成本，他干脆自行包装，将模特与扮装皇后等非职业演员捧上大银幕。这些人有男有女，除了担任主角，也陪他出席各种场合。

沃霍尔有神奇的天赋，只要接近他，再平凡的人都觉得自己特别。他握着点石成金的仙女棒，善男信女围在身旁嗷嗷待哺，为了讨他欢心，他们愿意做任何事。有的超级巨星很快被淡忘，有的在流行文化史占有一席之地，甚至成了乐手的缪斯。

其中光芒最耀眼的三人，一位是变性人，两位是吉姆·莫里森在工厂调情的对象。

Candy Darling 成长于长岛郊区，是卢·里德笔下〈Walk on the Wild Side〉多彩多姿的出场角色之一，歌词中的"back room"指的便是 Max's Kansas City 的后厅：

Candy came from out on the Island

In the back room she was everybody's darling

六十年代在纽约街头男扮女装仍有被警察取缔的风险，Candy Darling 决定当变性人不单是追寻心底的想望，更需要实践的勇气。而她姣好的面容、娇嗔的声音与吹弹可破的皮肤让真正的女人都自叹不如，一出道便活跃于剧场与地下电影圈。

卢·里德用另一首歌〈Candy Says〉使她进入不朽人物的行列：

Candy says, I've come to hate my body

And all that it requires in this world

Maybe when I'm older

What do you think I'd see

If I could walk away from me

年华老去的 Candy Darling 会看到怎样的世界呢？她终于欣然接纳自己的身体了吗？

或许红颜自古薄命，她永远不会变老。一九七四年，由于长年接受荷尔蒙治疗，她死于淋巴腺癌，时年二十九岁。临终前几日她优雅地躺在病床上，胸前放了一束玫瑰，这帧黑白照片三十年后被美声歌手 Antony Hegarty 置于个人专辑的封面。Antony 是卢·里德的爱徒，也是当代知名的雌雄同体歌手，这么做充满了传承意义。

Nico 在科隆出生，少女时代就被星探发掘，曾任香奈儿的模特，并在费里尼的《甜蜜生活》中饰演冷艳的模特，和男主角坐车到罗马近郊的城堡参加上流社会的派对。她在剧中名为 Nico，演的其实是自己。

她是标准的德国美女，高高的颧骨、金黄的长发与修长的身形，性感得很致命，也疏离得很彻底，二十三岁就为阿兰·德龙生了儿子。沃霍尔让她加入 Velvet Underground，因为一边耳朵是聋的，她低吟的嗓音仿佛都积在咽喉里，像在对自己唱歌，外人听来很有麻醉感。

Nico 一生崇尚虚无主义，讲求及时行乐，长期沉迷于海洛因，中年后双颊凹陷，明艳的风采荡然无存。一九八八年，她在西班牙 Ibiza

岛骑脚踏车时心脏病发跌下车，因脑出血过世，当时还不满五十岁。音乐剧《摇滚芭比》借由 Midnight Radio 大声呼喊她的名字。

Edie Sedgwick 来自社经地位崇高的富裕家庭，父亲是严厉的控制狂，两名哥哥意外早逝，她也染上厌食症。从麻州的艺术系毕业，二十一岁那年踏入工厂，立刻成为沃霍尔的新宠，蹿升为纽约社交圈最逗人的花蝴蝶。

Dean & Britta 在向她致敬的歌曲〈It Don't Rain in Beverly Hills〉唱到：

> Oh my God you are so beautiful
>
> And I see you for the very first time
>
> You read your lines, you read them beautiful
>
> And you smile, you always smile on cue

Edie 是上帝造人的杰作，水汪汪的大眼睛配上孩子气的笑容，五官完美，更有独到的时尚品味：挑染的短发、浓浓的眉毛、又黑又厚的眼影与一对大耳环，迷倒了所有人。迪伦也不能幸免，据信〈Just Like a Woman〉正是写给她的，特别是词中对于安非他命的影射：

> With her fog, her amphetamine and her pearls
>
> She takes just like a woman, yes
>
> She makes love just like a woman, yes she does

And she aches just like a woman

But she breaks just like a little girl

一九六五年是 Edie 最风光的一年，《Vogue》杂志力捧，脱口秀争相邀约，参与的沃霍尔影片多达十几部，独挑大梁的《可怜富家女》根本是她的写照。卢·里德奉沃霍尔之命写了〈Femme Fatale〉献给 Edie，交由 Nico 演唱。整首歌描述令人心动的女孩如何将男孩玩弄于股掌之间，毕竟有些女孩生来就是要让人心碎的。

Edie 往后的际遇确实让人心碎。

她和沃霍尔的双人舞只跳了一年，两人感情生变，迪伦秘密成婚的消息更是打击。她搬入切尔西旅店，家中停止了金钱接济，日子愈过愈潦倒。瘦骨嶙峋的她凄凉地回到加州，换了几间精神疗养院，瘾头却未能戒断。一九七一年，Edie 下嫁疗养院认识的病人，四个月后，再也无法负荷毒品与酒精的摧残，以二十八芳龄香消玉殒。

她对自己的预言不幸成真了：“我始终感觉自己活不过三十岁。”

我们沿东十七街越过广场北缘，在公园大道左转来到 Max's Kansas City。它当然也不在了，现址是一间熟食店，旁边是高档的 W Hotel。我在车水马龙的街头遥想当初一行人从工厂下工后由沃霍尔带队，浩浩荡荡走过来的场面。

有人说沃霍尔冷血，将人利用完就甩在一旁，其实他和追随者是海葵与小丑鱼的共生关系，彼此吸取生存的养分。我相信他本质仍是善良的。如果能和艺术家交朋友，我会选择沃霍尔。凡高和毕加索的脾气似乎都不太好，偷偷崇拜就行了，沃霍尔却会专注听你说心事，当你想出一个实在不怎么样的点子时还会用诚恳的语气说："哇，那真是棒透了！"

这不就是友情的真谛。

卢·里德用他的歌声，约翰·凯尔用手里的中提琴在《Songs for Drella》的结尾曲〈Hello It's Me〉一同怀念挚友：

> I really miss you, I really miss your mind
> I haven't heard ideas like that in such a long long time
>
> Oh well now Andy, guess we've got to go
> Goodbye, Andy

一九八七年二月，沃霍尔因胆囊手术的并发症过世，纽约当晚下了一场雪，将一砖一瓦全数染白，宛如他的头发，是这座城市对他的告别式。那些纸醉金迷与物欲横流，如今也都幻化成历史的尘埃，飘散在下城的空气里。

再见了，美丽的工厂女孩。再见了，沃霍尔。

Chapter 39_ Brooklyn Bridge Blues
走过布鲁克林大桥

Date_ 16 October, 2007

Flying on your motorcycle

Watching all the ground beneath you drop

All your insides fall to pieces

You just sit there wishing you could still make love

Oh, it's the best thing that you ever had

Best thing that you ever ever had

Don't leave me high

Don't leave me dry

〈High & Dry〉 by Radiohead

离开纽约前女友问我，还有没有未了的心愿。

过去一个月我一直在逃避这个问题，一来不愿提醒自己真的就要离开，二来纵使发现还有什么遗憾，也怕为时已晚。人性的诸多缺失之一，是将太多其实不会永远伴随你的人事物视为天经地义，感到唾手可得所以不懂珍惜，以为稀松平常所以视若无睹，等蓦然回首才发觉："糟糕，好像错过了，可能再也留不住了。"

　　幸运的是只要坦然以对，总会多出那么一点时间，让你做最后的补救。

　　我试着在笔记本列出未完的待办事项，几分钟后纸面仍一片空白，这才惊讶，原来想做的事，想走访的地方，几年间都悄悄达成了。譬如到新泽西篮网队的主场观看马刺队的比赛，终于目睹乔丹退休后我最喜欢的球员蒂姆·邓肯；去自然历史博物馆和《鱿鱼和鲸》剧终那座乌贼大战鲸鱼的模型合影；也和老爸一同去洋基球场欣赏了王建民主投的球赛。

　　连去中央公园溜冰、乘坐史坦顿岛的渡轮，这些原先不在计划中的行程也意外实现。当我准备大言不惭地说出"我在纽约已没有遗憾"时，突然想到一件事：我尚未从头到尾走过一次布鲁克林大桥。

　　我当然上去过不少次，每次都在第一个桥塔折返。人们常说走过布鲁克林大桥是成为纽约客的仪式，虽然拖到这个关头才做似乎刻意了点，但我不想抱憾终生，只期盼当天许我一个好天气。

　　曼哈顿中城以南有四座桥和皇后区、布鲁克林相连，依序是皇后区大桥、威廉斯堡大桥、曼哈顿大桥与布鲁克林大桥。它们延伸了地域的疆界，成为当地的精神象征，与纽约有关的电影几乎都少不了它们，不是当成开场镜头，就是让主角从桥上进城，一并带到曼哈顿壮观的天际线。

《西雅图夜未眠》的汤姆·汉克斯从机场出关后赶搭计程车，从皇后区大桥直奔帝国大厦顶楼寻找梅格·瑞恩；《几近成名》的Stillwater乐团乘坐黑头礼车由同一座桥进城；《捉鬼敢死队》的队员开着捉鬼专车从曼哈顿大桥返回总部；《周末夜狂热》的约翰·特拉沃尔塔以布鲁克林大桥为行车路线替舞伴搬家。

　　四座桥其中又以皇后区大桥和布鲁克林大桥最具故事性。皇后区大桥别名五十九街大桥，是蜘蛛人决战绿恶魔的场景，也是皇后区长大的Simon & Garfunkel歌曲〈The 59th Street Bridge Song（Feelin' Groovy）〉里的主角。

　　菲茨杰拉德将这种绝妙感（groovy）形容得很传神，《了不起的盖茨比》的叙事者尼克搭乘盖茨比先生的豪华轿车由皇后区大桥进城时说道："从皇后区大桥看着纽约，那景观总让人觉得是初次乍见，其中包含了全世界所有的神秘与美。"

　　我无法忘怀《曼哈顿》的经典一幕，日出前，伍迪·艾伦与黛安·基顿并肩坐在河畔的长椅，眼前是沉睡在微光中的皇后区大桥，艾伦情不自禁地说："这真是一座伟大的城市，它实在太美了。"

　　不过最受纽约客爱戴、最常被艺术家歌颂的仍属历史最悠久的布鲁克林大桥。它的兴建过程极富传奇色彩，由一对坚毅的父子与一位聪慧的妻子接力完成。

　　一八六九年，总工程师约翰·罗布尔在码头探勘时被靠岸的船只夹断脚趾，由于疏于治疗，不到一个月便因破伤风过世。眼看开工在即，年仅三十二岁的儿子华盛顿毅然接下父亲的棒子，不久后却染上潜水员病，造成下半身瘫痪，只能待在布鲁克林高地的家中透过望远镜观察施工进度。

他悉心教导妻子艾米莉材料力学、悬吊系统与应力分析，并由艾米莉携带他的指令与图示到工地去。往后十多年，艾米莉以总工程师妻子的身份每天到现场监工，成为华盛顿最倚重的助手。如今桥塔顶端除了立着美国国旗，下缘还镶着纪念这一门三杰的铜牌。

一八八三年五月二十四日，历经十三年建造，在隆隆的礼炮声中，艾米莉与当时的美国总统阿瑟及纽约市长率先走过布鲁克林大桥，布鲁克林市长在桥的另一头迎接，典礼结束后阿瑟还亲自拜访华盛顿的住家向他致敬。当天共有十五万人走过大桥。

布鲁克林大桥完工时是世上最长的悬索桥，总长一千八百米，也是曼哈顿与布鲁克林间唯一的路面联系。即便后来又建了三座桥，地位仍不可动摇，几次大停电、地铁罢工与"9·11"恐怖袭击中都成为疏散民众的枢纽。

法兰克·辛纳屈为大桥写了一首主题歌〈The Brooklyn Bridge〉：

What a lovely view from

Heaven looks at you from the Brooklyn Bridge

站在桥上眺望四周，它的确坐拥天堂般的视野。若从河岸看它，桥身缠绕着上万条前后拉扯、上下伸展的钢索，仿佛两具横躺依偎的竖琴。如此绝伦的美景，伍迪·艾伦势必得让它入镜，《安妮·霍尔》中他和黛安·基顿在日落前的码头散步，画面后方正是造型典雅的布鲁克林大桥。

"你爱我吗？"基顿问他。

"我当然爱你。"艾伦回答，随后在大桥的见证下，两人拥吻起来。

然而并非所有和它相关的事物都这么浪漫，艾伦·金斯伯格在长诗《嚎叫》中写道：

Who jumped off the Brooklyn Bridge this actually happened and walked away unknown

许多人登上大桥只为了寻死，不幸的是一些被水上巡逻队救起的自杀客，下半生都得趴在病床上懊悔："当初为何不选个更高的地点？"

保罗·奥斯特的《纽约三部曲》中，私家侦探从布鲁克林高地尾随他的猎物越过布鲁克林大桥来到曼哈顿。我们的行进方向和他相反，从市政厅出站后便踏上步道，开始上桥。

天气好极了，脚踏车骑士不时掠过身旁，抵达第一个桥塔时望见前方漫漫长路我又心生退却。"现在不走，也许这辈子再也没机会了。"女友瞪着我说。是了，谁晓得下次再来是何年何月？她在关键时刻总是比我果决。

一旦下定决心迈开步伐就停不下来，左脚，右脚，随着呼吸的节奏前后摆动，感觉自己置身在无边无际的天地间，感应那股从花岗岩深处传来的脉动。

大桥竣工前，两岸住民依靠渡轮来往，惠特曼的《草叶集》收录了一首叙事诗《横越布鲁克林渡口》（《Crossing Brooklyn Ferry》），描述工人在曼哈顿结束了一天工作，搭乘渡轮返家时所见的东河景致：

Just as you feel when you look on the river and sky, so I felt

Just as you are refreshed by the gladness of the river and the bright flow, I was refreshed

　　水纹在桥下四十米的河面上闪烁，晚霞挂在黄昏的天空，就和退伍日那天看到的一样瑰丽。脚下的木板跟着身体起伏律动，下层的车辆在钢索上撞击出一道道声音的波浪。夕阳在身后，我们踩着自己长长的影子一步步向前，我在女友后头走着，与她相隔半步的距离，如特吕弗的《祖与占》中主角骑脚踏车时吉姆看着凯萨琳的后脑勺，海风吹起她的头发，落日余晖照映在她的脖子上。

　　到达第二个桥塔前我回过头，再看了曼哈顿一眼。此时华灯初上，高楼的窗户反射出金黄色的光晕，纽约像一座浮出地表的海市蜃楼，如梦似幻。如果可以，我愿意一直这样走下去，或许我们就会走到天涯的尽头，我们就会走到世界的另一端。

Chapter 40_ Strange Lights

奇异光线

Date_ 17 October, 2007

What direction should we choose

We're lost and still confused

I walk into the sun

With you the only one

Who understand the ways

The hours became days

The weeks turn into months

We walk into the sun

In space all things are slow

No sound with speakers blown

The silence fits the scene

The prince is now the king

〈Strange Lights〉 by Deerhunter

返回台湾的班机再过三天就要起飞，街头的一景一物都显得离情依依，染着一层淡黄色的忧郁。或许秋天原本就是这个颜色。

整座城市以更立体的方式呈现在面前，平常不太注意的景象，如今轮廓清晰；平时感到恼人的事物，如今亲切宜人。这条小巷藏着一些故事，那个角落埋着一些回忆，走在路上，我的脚步愈放愈慢，仿佛只要速度够慢，周遭的一切就不会被我身边卷起的风给吹倒，就能维持住现在的样子。

退伍前半个月，我在屏东市与内埔乡规划了一趟最终巡礼，借由每日的洽公行程，重访过去一年半曾经驻足的地方。因业务需求最常上门的影印店由一对纯朴夫妇勤奋经营，两人时常和我寒暄，要我加油，好好把兵当完。最后一次离开店门时我向他们握手，他们没问，我也没说，但是从我的举动和眼神他们会明白我快退伍了。

几星期后刚下部队的菜鸟会接上我的工作，这对夫妇可能渐渐将我忘了。可是我不会忘记他们。

纽约的倒数时光也是如此，我重新绕了一遍每个对自己有意义的地点，如《大鱼》总是让我哭得稀里哗啦的结尾，这辈子遇见的朋友都在河边送主角最后一程。我伫立在店家的窗外默默望着熟悉的面孔做着熟悉的事：煮咖啡、整理书架或唱片架，证明这些事不会因自己离去而有任何改变，便感到安心。

傍晚我们在西八街的比利时餐厅 Le Pain Quotidien 用餐。它在曼哈顿开了不少分店，我们最常光顾的是格林威治村这家。两人点了色拉、咖啡、蔬菜汤、熏鲑鱼与一篮面包，我将桌上那罐免费供应的榛果酱蘸得精光。

顺着第五大道往南，穿过拱门进入华盛顿广场，喷水池周围坐满了人，卖艺乐手弹弹唱唱。我们沿东四街来到 Other Music，Scott 恰好有班，一看到我便说："你等等！"随后到柜台后面翻箱倒柜，几分钟后拎出一件深蓝色 T 恤，上头印着店名和水波纹路。

那是 Yo La Tengo 鼓手 Georgia 设计的纪念款，我初次踏进店门就挂在墙上，往后却未曾见过，女友生日当晚在派对向 Scott 顺口问起，没想到他还放在心上。"这款早绝版喽，这应该是最后一件了，大小可以吗？"他笑着问道。我对着身体比划一阵，尺寸刚刚好，连忙向他致谢。认识唱片行店员是有很多福利的。

我们向 Scott 告别，沿着 Bowery 大道南行，这是一段我闭起眼睛都能安然走完的路线。经过以 Joey Ramone 为名的街角，也经过大门深锁的 CBGB，抵达迪兰西街，回到我在纽约的第二个家，Bowery Ballroom。

也许我今天比较敏感，下楼前感觉守门的黑人保镖笑得比往常灿烂，连入口的验票小姐也一副和蔼可亲的模样，平日的晚娘脸孔竟然忘了带出家门，入场前甚至对我们说："尽情玩喔！"我不禁怀疑我的鼻子是不是粘着一张"此人三天后就要离开纽约"的贴纸。

我们刻意早到，先在地下室打发时间。几年间我在这拍了许多照片，全是拍台上的人，从未拍过自己。我将相机递给女友，请她帮我拍一张。她坐在黑色的皮质沙发上，头顶是一面铜框大镜子，双脚微微拱起，紫色的 Converse 帆布鞋踩着木桌边缘。我坐在她对面的圆板凳，身后的天花板挂着一排星形吊灯，其他乐迷三三两两围在吧台旁喝酒聊天。

我穿着上个月在奥斯汀买的 Velvet Underground 香蕉封面 T 恤，

店里没别的颜色可挑，衣服是绿色的。我似乎理解大家今天拼命对我笑的原因了——胸前挂了一根还没成熟的绿香蕉。咔嚓！她按下快门，我的笑容有点僵硬。

走了一天的路，我们靠着沙发昏昏入睡，朦胧间听见墙角的喇叭传出急促的吉他刷弹，配着跳动的鼓声，加州双人拍档 No Age 已然上台。半睡半醒间我忆起二〇〇三年首度来 Bowery Ballroom，当时不敢问人，傻傻待在地下室纳闷舞台究竟在哪边，直到喇叭响起英伦歌手 Ed Harcourt 的歌声才发现原来早已开演，主厅位在楼上。

我们在 No Age 结束后上楼，我在楼梯间买了接着登台的 Dan Deacon 的 T 恤，图案并不特别中意，是一名手持长矛与盾牌的中世纪武士，头部窜出九条蛇，近看还挺吓人的。今晚很想买点什么，回家当睡衣穿也好。

Dan Deacon 是另类的电音巫师，不到三十岁已流露出中年叔叔感：发量稀疏，挺着大肚子，戴着厚厚的塑料眼镜，臃肿的身躯套着紧身上衣和短裤，脚下是白袜子搭配慢跑鞋。他是玩弄恶趣味的高手，将一套宛如实验室器材的 DJ 设备：键盘、取样机、合成器与一颗作用不明的荧光骷髅头全搬下台，在爆满的人群中操作仪器。音响发出童心未泯的电子交响乐，邪恶又有喜感。

耳闻他的现场常以暴动收场，为了避免遭流弹波及，我们先到阳台避避风头。他像旅行团的领队，拿着麦克风指挥若定，众人像被催眠似的毫无抵抗能力照着指令完成每一个动作，玩着每一项游戏。

"来，大家散成两边！"人潮乖乖散开，他瞬间成了走过红海的摩西。

"我们来玩大队接力，先从左边那座楼梯跑上楼，再从右边那座跑下来换手。"

"好，数到三，大家开始跳舞！"

在魔幻重拍的轰炸下，我看见一幅在纽约不曾目睹的情景：不再双手叉腰，酷不可耐，一楼的每一个人都在跳舞。穿格子衫的长发男孩、着条纹洋装的短发女孩，男男女女将手伸在空中不断舞动，有人翻筋斗，有人离地旋转，Bowery Ballroom 变成一座大舞池，连阳台也能感受地面的震动。

我将手肘撑着栏杆，凝视楼下每一张乐迷的脸。你看过自己欣赏表演时的面容吗？对我来说，那是世上最美的表情：专注、陶醉、大笑、偷哭，若将我们这一生观看每一场演出的神情都拍下来，同时拍到身旁的友人，然后按年份集结成册，不就是年老时回顾此生最无价的宝藏？

Dan Deacon 退场后我们走下楼梯，挤到台前，等待压轴团 Deerhunter 出场。他们是外层空间的使徒，新世代迷幻队伍的代表，当第一粒音符从空气中冒出，场子立刻从刚办完欢乐派对的小学操场，转化成无垠无涯的银河黑洞。迷蒙的白色噪音、嗡鸣的反馈音场与勾魂的吉他音色，乐句放射出海潮拍打岩岸般的穿透力。

两名吉他手头低低地盯着效果器，主唱 Bradford Cox 穿了一件宽松的白衬衫，突兀地站在中央，比其他团员高出一截。他感染了罕见的马凡氏综合症，骨架纤细、关节修长且面色苍白，病态的外形替乐团添加一股异样美感——Joey Ramone 也患有相同的病症。

他心情好像有些郁闷，演出至中段，在歌与歌的交替间透过麦克风向音控台的 Kenny 大叔问道："容许我抽根烟吗？"纽约室内一律禁烟，违者将被罚款。

Kenny 默许了。他点起一根烟，四名团员看着他，都没说话。吞云吐雾了几口，烟圈在他头上晕开，他嘴里念念有词，突然大喊一句："我好想念我母亲，我好想念他妈的一九九七年！"不知为何，那其实也是我的心声。

他将抽完的烟踩熄，丢进酒瓶里，此时团员互相使了眼色，几秒后传来一阵酥麻的吉他声波，厚重的贝斯与沉稳的小鼓逐步堆叠向上，是专辑内我最钟爱的曲子〈Strange Lights〉。我可以醉倒在这首歌里：

So glad to have a guide
Less lonely for the ride

And neon blurs my sight
I'm guided by strange lights

舞台射下的霓虹灯模糊了我的视线，我的灵魂被一道奇异光线牵引着。我听着场内所有的声音：女孩的鞋跟摩擦着地板，男孩捏紧手中的酒杯，有人在后头窃窃私语，冰块在吧台的水槽里碰撞。

我将酒杯冰在左眼，像《美国美人》剧末的凯文·斯派西，回想生命中的难忘时刻，那些稍纵即逝的美好光景。想着在此和年少时心仪的 Ash、Supergrass 等英式摇滚乐团终于见了面；想着不过昨天晚上，Dean 独奏到一半时对我眨着眼。感谢途中遇到的这群人，有他们做我的向导，并带给我温度，这趟旅程并不孤单。

曲末我将酒杯拿下，已分不清悄然划过脸庞的，是残留的水珠，还是自己的眼泪。

"走吧！"我对女友说，她点点头，表示懂我的意思。我们若在散场前离去，乐团仿佛就一直在台上演唱，这个夜晚就会永远持续下去。我拉着她，四周乐迷让出一条路，在 Deerhunter 的伴奏下，我们走出了 Bowery Ballroom，重回迪兰西街。

列侬曾说："我遇过好多纽约客抱怨这里，却没人搬走。"卢·里德在《面有忧色》中讲道："我想搬离纽约想了三十五年，现在才几乎准备妥当。"The National 的〈So Far Around the Bend〉是这么唱的：

There is no leaving New York

或许在这座城市住过的人都无法真正离开这里。只要将在此领悟的道理，学会的事情带回来处，无论未来的世界如何变动，人生的路途何其难料，心中都会明白，自己曾经这样深刻地活过，如此义无反顾地爱过，便不用担心有一天会认不出自己。

如果有一天在镜子前真的快认不出自己了，我会想起一个个燃烧的夜晚，一盏盏昏黄的灯光。晚上九点，布幕拉开，心爱的乐团在台上演奏，身边是跳上跳下的摇滚孩子。我会在第三首歌的时候喝完第一罐啤酒，第八首歌的时候将双眼闭上，感受心跳的悸动，血液在体内沸腾，耳膜鼓鼓作响，然后在那首最喜爱的歌曲前奏出来时感动得热泪盈眶。

这些我都知道，因为我在那里。

十月的晚风中，我们缓缓走向迪兰西街的地铁站，正是我第一次在曼哈顿出站的地点，过去四年半被画成完整的圆，在黑夜中发光。站在月台边缘，脑海闪现了那些失眠的清晨，振笔疾书的深夜，令人眷恋的往事，青春的梦。

我们跳上午夜前最后一班车。

Bowery Ballroom，2007 年 10 月。

Postscript_ New York State Of Mind
那些曾经伫立与后来离开的

Date_ 22 May, 2014

You say "leave" and I'll be gone

Without any remorse

I'm a New York City man

Blink your eyes and I'll be gone

New York City, I love you

Blink your eyes and I'll be gone

I love you

〈NYC Man〉by Lou Reed

　　二〇一三年秋天，在我跳上那班午夜列车的六年后，接到一封读者来信，来信者代号 A，是一名香港女生，以下是信件的内容，经她同意引用在此：

　　两年前，刚踏入十七岁的时候，我带着给所有明日的派对，以及一切对这城市的想象来了纽约。我当时肯定着，纽约这前卫的城市会是最适合我的居所：我会在这里接受到最进步的教育，认识到各种有趣而特行独立的人。

　　可是想象和现实有着太大的差距，结果我住在字母城中臭名远著的 Avenue D，上着一家贫民高校，并因家境无法承担私立大学的学费，放弃申请各间梦想中的大学。然后我发现，你的书，是写给二十余岁的人看的，而纽约，也是给二十余岁的人生活的地方。

　　因为年纪的关系，我错过了很多想看的现场，也因为年纪的关系，我总是和现场格格不入。两年间我一直恨着这散发着尿味的城市，想找个借口离开，并肯定我不会舍得纽约。想着想着，这星期天我就会拿着单程机票从纽约回到香港，这样一来，我就不知道下次回来是什么时候了。

　　可是啊，这几天我竟然在失落，原来我还是会舍不得。现在重看你写的书，想着我去过多少个你写的地方，还有点想哭。我想我是明白了为什么别人说纽约是天堂也是地狱。我在这里发生过无数奇遇，也认识了很多我这一辈子再也不会遇到类似的人。

　　我会抱着爱意，想念这地狱般的生活。我想我还是会再回来的，再一次带着给所有明日的聚会，重新再开始，就像和旧情人重新交往一样。

　　请不用在意我这些话，不用回应也没关系，我只是有点想跟回忆对话的感觉，毕竟你的书占了我一开始在纽约生活的一大部分。

这本书的繁体版在二〇一一年初问世，过去几年我持续收到读者来函，大多是透过电子邮件或 Facebook，偶而邮差也会捎来几封真正写在纸上的信，或寄送地点是在某个遥远国度的明信片（那人多半带着这本书一起旅行）。

这些信有两个共通点：第一，读者常将书名写成《给所有明日的派对》，这还算比较讲究的写法，我曾收过一封，他前几行是这么写的："hey pulp，我读了你那本明日派对之后觉得……"

譬如文章开头引用的那封信，头尾分别写下两个书名，仿佛提第二次时她才忽然想起这本书原来的名字。久而久之，"派对"和"聚会"听起来一样顺耳，成为我和读者的默契——无论怎么缩写，当你在谈论这本书时，我会晓得。

第二，信末都会礼貌地注明，不用回应也没关系。

其实这些来函，包括各种演讲场合结束后赶上前、在活动现场随意聊上几句以及和我分享读书心得的朋友，总能给我莫大的鼓舞。一旦我走下讲台，和他们的关系好像不再是作者与读者，反倒像是同好。

"嘿，你最近在听什么音乐？""请问，你看过那部电影吗？"

当他们凑身过来，热切地聊起书的内容之前，这几乎是固定的两种开场白。

由于这本书，过去埋头写博客时期总是面貌模糊的我想象中的那群读者，轮廓渐渐清楚起来，一个个从网络代号变成真实的人，走到面前与我寒暄，告诉我他自己是从什么时候开始阅读"音速青春"上的文章，最喜欢的是哪一篇；或是询问我新书的进度，含蓄地催促博客该更新了，甚至指出某篇文章不够精确的段落。

我终于看清他们的脸，近距离听到他们说话的声音，也觉察到，他们偏向几种特定的气质，或谓品质。我从他们身上学到很多，那些交谈往往成为未来的创作灵感和养分，那些回响，也总在写作新书的倦怠期推我一把。

当然，纽约通常是谈话的重点。许多人说以后有机会要带这本书去纽约走一遭，许多人已经这么做了，不论单纯观光或读书进修，他们将这本书塞在行李箱的夹层，叠在几件衣服中间，陪自己一道前往，然后按图索骥，寻访我提过的地点。

实际抵达目的地时，他们会在脑海回溯曾于书中读到的故事。未来相遇时会告诉我，哪些店已不在了，哪些店又新开了；哪些地方和我有相同的感受，哪些地方自己的体验及观察与我不同。

我以为，这是身为作者所能获得的最大快乐。

A的来信之所以让我特别印象深刻，时常回想信中真挚的语句，是因为她表达出外地人对纽约那种复杂的感情。尤其当这名外地人很年轻、心中怀抱着热腾腾的纽约梦时，初来乍到的日子的确容易受挫、沮丧，觉得无处容身。

纽约客太强悍、太聪明、太势利了。他们从不示弱，比谁都会保护自我。为求生存，你必须提升自己，设法迎头赶上——不求超越，至少能够比肩。

有一天，当你快步走在曼哈顿街头不再喘气，地铁疯狂误点却能平心静气站在月台上看书，杂货店结账时没等店员开口便自然先说"Have a nice day"，给小费时不用在心底偷按计算器，短短几个路口有好几名游客向你问路，而你可以不假思索地告知他正确的方位。

有一天，当你发现自己明确地听见这座城市的脉搏，以同步的频率和它一起呼吸。发现此地有八百万种死法的同时也有八百万种精彩生活的方式，而你很幸运地是那八百万分之一，不管告别这座城市多久，你注定会对它念念不忘。

快七年了，距离书中最后那场 Deerhunter 演唱会的时间。

很神奇地，在繁体版出版的三周后，Deerhunter 来到台北演出（可惜的是，当晚的歌单独缺那首〈Strange Lights〉），而书中着墨甚多的 Dean Wareham、Thurston Moore、The National、Explosions in the Sky，或轻轻一提的 Radiohead、Björk、Sigur Rós、Spiritualized、Chemical Brothers、Flaming Lips、Dinosaur Jr.、No Age，也在过去几年间陆续造访台湾。

帕蒂·史密斯的自传《只是孩子》在年轻世代间掀起阅读热潮，David Byrne 撰写的音乐书也将发行中译本。若将上述乐团、乐手的名字加在一起，足以编成一份惊人的名单，身为台湾的摇滚迷，当前是幸福盛世。

当然，"那个人"也来了，几段后再来说他。

同样地，也快七年，我未再踏上纽约的街道。这是一段漫长的岁月，漫长到杰西与席琳生了对双胞胎女儿，合拍一出《爱在午夜降临前》叫人感叹光阴易逝；漫长到模范摇滚夫妻档 Thurston Moore 与 Kim Gordon 分手，Sonic Youth 无限期休团。

漫长到 Dean & Britta 搬离我们看棒球赛的东村公寓，与 Conan O'Brien 的脱口秀都搬到加州；漫长到 Oasis 解散后兄弟俩各出过几张唱片，Noel Gallagher 来台个唱时我还趁访问空档拿出第十六章〈香槟超新星〉描写的那张专辑，请他签名。

七年，如此剧烈变动的时光，我怎么熬得住那样的乡愁，不想回去看看吗？

我想诚实对你说，我没有一天不想念纽约。

仍会关心那边的动静，每隔一阵子当思乡病发作，我还会用 Google 街景地图查看以前居住的布鲁克林公寓周遭，真实生活过的痕迹历历在目。借由电脑屏幕，我重访入冬前采买食物回家囤积的 Key Food 超市、公园边的自助洗衣店（我固定会带当期的《村声》、《Time Out》去打发时间）、地铁入口旁那家社区咖啡馆。

我会想念春天开在路树枝头的小白花，与随风飘来的花香；想念夏天泛溢在东村人行道的柏油气味，与酒吧传出的朋克歌曲；想念秋天中央公园的落叶缤纷，草地被染成一片温暖的橘黄；想念冬天苏活区的落雪，路上行人立起衣领的黑色大衣。

我会想念这些东西。

即使远在台北过日子，琐碎的日常片段仍会被夹带各种情绪的"纽约时刻"撞击：得知篮网队搬到布鲁克林，心中盘算着未来去主场看球；听闻伦敦唱片行 Rough Trade 要到威廉斯堡开分店，期待有天能进店里探探。

熟悉的画面最常来自电影：《纽约爱情拼图》的主角在 Schiller's 酒馆用餐；《醉乡民谣》到麦杜格街的 Caffe Reggio 取景；《弗兰西丝·哈》的 Frances 在中国城卖力奔跑；《音乐永不停止》那名老爸进到 Bleecker Bob's 寻找儿子爱听的黑胶唱片。

又如，关于 LCD Soundsystem 解散公演的纪录片《闭嘴听音乐》，是在麦迪逊花园广场拍摄，我边看边想，如果自己还在纽约，一定不会缺席。

这些时刻总撞得我心神荡漾。

今年春节，我坐在冬阳普照的公园长椅上，得知挚爱的演员菲利普·塞默·霍夫曼在纽约猝死，而当《她》的片尾扬起 Arcade Fire 的配乐，最后一格黑幕浮现出"本片献给几名已逝友人"的字样，其中包含 Beastie Boys 的成员 Adam Yauch，我泫然欲泣。

有时夜深人静，配上专属的播放清单，我会躺在地板上神游曼哈顿下城的街巷，考考自己是否记得水星酒吧漫步到华盛顿广场的路线，想重温途中的风景。我曾以为那些踏过成百上千遍的路，每一条都会烙印在脑中不可能忘记。

然而，随着二〇〇七年愈飘愈远，每每遇到窄小的岔口，某些路仍会断裂、隐没，我会丧失方向感，在记忆的地图里迷路。

起先我感到慌张空虚，仿佛被自己的过去遗弃了。直到我领悟，纽约的本质，正是一座永恒的变动之城，在那里，没有任何事物会 last forever。它永远在替自己下新的定义，赋予自我新的形貌——它永远都在改变。

创办于格林威治村的《村声》后来搬到东村，近年又搬到华尔街附近，实际地点与"Village"再也没有关系（还被戏称为另一种形式的"占领华尔街"）。布里克街唱片行因租约高涨搬离布里克街，威廉斯堡的 Academy 唱片行搬到北边的 Greenpoint，Earwax 也搬离贝德福大道的旧址。

而 CBGB 现址成了高档男装店，我拍下繁体版第一版书封那帧鲍勃·迪伦照片的 Bleecker Bob's 唱片行，也关门大吉。

至少迪伦来了。

二〇一一年四月三日当晚，我和姊姊一同赴会，庆幸自己能在家乡遇到歌声最棒的迪伦，比书中描述的两次经验都好。或许台北是巡回首站，他经过充分休息，整个人状态绝佳，伫立在舞台中央弹着吉他，偶尔双膝微弯敲击键盘。

他神采奕奕地跟着节拍微舞，吹起口琴中气十足，那琴声划破凝聚在室内的空气，加深全场的惊讶："这是真的吗？我们此刻和他共处一室？"刚开演时，众人思绪未定，内心沸腾着这样的问句。

这是真的，台上的迪伦甚至会笑。究竟是偷笑、愉快地笑或不怀好意地笑，我们分不出来，无论如何，都是一种表情。迪伦是传奇，当晚更像一个有血有肉的人。

即便〈Like a Rolling Stone〉进入副歌时，好多人才恍然大悟地听出，〈Blowin' in the Wind〉也被改编得难以辨识，但那却是迪伦特有的风味。曲终，他点头谢幕，走入后台，坐上礼车，前往"Never Ending Tour"的下个站点。

散场后我沿八德路走回家，一路上接到几名朋友的简讯，都是同一行字：Like A Rolling Stone！

迪伦和我们仍在滚动向前，卢·里德却走了。

我曾猜想，他会活得比所有人都久。二〇一三年他进行肝脏移植手术，术后复原良好，新闻如此报导。往后几个月却不时传出他进出医院的消息，那颗新器官在新寄宿的身体里似乎不太安分，一个日夜过度操劳了七十一年的身体。

十月二十七日上午，他因肝疾过世，妻子 Laurie Anderson 陪伴在侧。那天是周日，宛如美丽的巧合，或冥冥中的安排，多数歌迷初识卢·里德与他的音乐，正是透过〈Sunday Morning〉那首曲子，他生平第一张专辑的 A 面第一首，所谓"画了一个圆"的完整人生约莫如此。

当天下午噩耗传开后，驶向下东城的公车、行经联合广场的地铁、哈林区的交通号志、皇后区的行人、中央公园野餐中的情侣，整座纽约市或许停止运转了一首歌的时间，所有声响都被抽离，市街变得安静，因为过去半世纪借由数百首歌观察它、描绘它、记录它，替它说出故事并吸引更多流浪者投向它怀抱的人，走了。

卢·里德直到晚年仍住在格林威治村，常在城里走动，会去看戏、看展、看团。随着年龄渐增，执拗的脾气也改善许多，那毕竟是用来防卫的姿态。他是典型的老纽约，想存活必须硬颈，但你听他的情歌，会确信他的心室也有一块很柔软的地带。

做一位忠于自我的异议者，不去讨好任何人，"摇滚乐足以改变一切事情。"他在生前一个月说下这句话，可视为一生精神的总结。卢·里德留下了很多歌，歌里传递的喜悦与痛苦、失去与获得就如生命本身，是一个持续演进的过程，不断体悟的结果。

没有他，我可能不会到纽约，也就不会有这一本书，我们以繁体版的新书封向他致敬。

二〇一一年繁体版付梓后，我未曾从头读过。为了撰写这篇后记，我重新读了一遍。也许作者永远不会满意以前的作品，我感觉文字的运用可以再练达些，情节的开展也可以浓缩一点。然而，我依然能感受到字句间的热情与执着，也愿意相信，驱策我花费这么多心力去完成它的那个梦想，仍未褪色。

卢·里德曾经说过："如果你一首接一首播放我们的歌，应该能感同身受，不再感到孤单。我想，这是重要的，人不该感到孤单。"

好多好多年后，当书中提到的所有人，当然也包括我，都离开了，有某个十七岁的少年在哥哥的书架上拿起这本书，他一页一页翻着，忽然感到一道强光从某个辽阔的未知世界里传来，感到那道光的背面，蕴涵了全世界最懂他的东西，他从此不再感到孤单。

这本书，是写给他的。摇滚乐，始终都在我们的生命里。

陈德政　二〇一四　春　台北

地址清单

曼哈顿 | Manhattan

1. Academy Records 总店：12 West 18th Street

2. Academy Records 东村分店：415 East 12th Street

3. Balthazar：80 Spring Street

4. Beacon Theatre：2124 Broadway

5. Bleecker Bob's 旧址：118 West 3rd Street

6. Bleecker Street Records 新址：188 West 4th Street

7. Blue Note：131 West 3rd Street

8. Bob Dylan 旧居：3F, 161 West 4th Street

9. Bowery Ballroom：6 Delancey Street

10. Café Wha?：115 MacDougal Street

11. Caffe Reggio：119 MacDougal Street

12. Cake Shop：152 Ludlow Street

13. CBGB 旧址：315 Bowery

14. Charlie Parker 故居：151 Avenue B

15. Chelsea Hotel：222 West 23rd Street

16. Club Groove：125 MacDougal Street

17. Electric Lady Studios：52 West 8th Street

18. Empire Diner：210 10th Avenue

19. Fillmore East 旧址：105 2nd Avenue

20. Gaslight Café 旧址：116 MacDougal Street

21. Gem Spa：131 2nd Avenue

22. Generation Records：210 Thompson Street

23. Ghostbusters 总部：14 North Moore Street

24. Hi Fi：169 Avenue A

25. Hospital Productions 旧址：60 East 3rd Street

26. Hotel Earle（已更名为 Washington Square Hotel）：103 Waverly Place

27. Iggy Pop 旧居：143 Avenue B

28. Irving Plaza：17 Irving Place

29. Jack Kerouac 故居：454 West 20th Street

30. Joey Ramone Place：Bowery & East 2nd Street

31. Joey Ramone 故居：115 East 9th Street

32. John Lennon 故居：105 Bank Street

33. Katz's：205 East Houston Street

34. Kim's Video 旧址：6 St. Mark's Place

35. Kim's Video 新址：124 1st Avenue

36. Knitting Factory 旧址：74 Leonard Street

37. Le Pain Quotidien：10 5th Avenue

38. Lester Bangs 故居：542 6th Avenue

39. Living Room 旧址：154 Ludlow Street

40. Ludlow Guitars：172 Ludlow Street

41. Madison Square Garden：4 Pennsylvania Plaza

42. Madonna 旧居：234 East 4th Street

43. Manitoba's：99 Avenue B

44. Max's Kansas City 旧址：213 Park Avenue South

45. Mercury Lounge：217 East Houston Street

46. Morton Williams：130 Bleecker Street

47. Niagara Bar：112 Avenue A

48. Nice Guy Eddie's 旧址：5 Avenue A

49. Other Music：15 East 4th Street

50. Palladium 旧址：126 East 14th Street

51. Paris Commune 旧址：99 Bank Street

52.《Paul's Boutique》专辑封面：99 Rivington Street

53.《Physical Graffiti》专辑封面：96-98 St. Mark's Place

54. Pianos：158 Ludlow Street

55. Rebel Rebel：319 Bleecker Street

56. Schiller's：131 Rivington Street

57. Sid Vicious 故居：63 Bank Street

58. Sin-é 旧址：150 Attorney Street

59. Sounds 旧址：20 St. Mark's Place

60. St. Mark's Comics：11 St. Mark's Place

61. Stonewall Inn：53 Christopher Street

62. Sunshine Cinema：143 East Houston Street

63. Supper：156 East 2nd Street

64. teany：90 Rivington Street

65. The Bitter End：147 Bleecker Street

66. The Dakota：1 West 72nd Street

67. The Dom 旧址：19-25 St. Mark's Place

68. The Factory 1 旧址：231 East 47th Street

69. The Factory 2 旧址：33 Union Square West

70.《The Freewheelin' Bob Dylan》专辑封面：Jones Street & West 4th Street

71. The Stone：Avenue C & East 2nd Street

72. Tomoe Sushi：172 Thompson Street

73. Tonic 旧址：107 Norfolk Street

74. Trash & Vaudeville：4 St. Mark's Place

75. Village Voice 旧址：22 Greenwich Avenue

76. Village Voice 新址：80 Maiden Lane #2105

77. Webster Hall：125 East 11th Street

78. William Burroughs 故居：222 Bowery

79. 和合饭馆：17 Mott Street

80. 良椰餐馆：199 Grand Street

布鲁克林｜Brooklyn

1. Academy Records 新址：85 Oak Street

2. Artists & Fleas 新址：70 North 7th Street

3. Beacon's Closet：88 North 11th Street

4. Brooklyn Brewery：79 North 11th Street

5. Earwax 新址：167 North 9th Street

6. Eat Records 旧址：124 Meserole Avenue

7. Galapagos 旧址：70 North 6th Street

8. Galapagos 新址：16 Main Street

9. Halcyon：57 Pearl Street

10. Junior's：386 Flatbush Avenue

11. Knitting Factory 新址：361 Metropolitan Avenue

12. Main Drag Music：330 Wythe Avenue

13. Music Hall Of Williamsburg：66 North 6th Street

14. Nathan's：1310 Surf Avenue

15. Peter Pan Donut：727 Manhattan Avenue

16. Sea：114 North 6th Street

17. Sound Fix 旧址：110 Bedford Avenue

18. St. Ann Church：157 Montague Street

19. St. Ann's Warehouse 新址：29 Jay Street

20. Truman Capote 故居：70 Willow Street

21. Warsaw：261 Driggs Avenue

Appendix　附录
相关影片及书籍

影片｜Films（出现章次）

1. 2001 太空漫游｜2001: A Space Odyssey（23、36）

2. 25 小时｜25th Hour（23）

3. 和莎莫的 500 天｜500 Days Of Summer（16、21）

4. 发条橙｜A Clockwork Orange（30）

5. 男欢女爱｜A Man and A Woman（21）

6. 格拉斯十二乐章｜A Portrait Of Philip In Twelve Parts（21）

7. 几近成名｜Almost Famous（6、10、38、39）

8. 莫扎特传｜Amadeus（36）

9. 美国美人｜American Beauty（40）

10. 你妈妈也一样｜And Your Mother Too（17）

11. 安妮·霍尔｜Annie Hall（19、21、39）

12. 王牌制片家｜Be Kind Rewind（19）

13. 爱在黎明破晓时｜Before Sunrise（12）

14. 爱在日落黄昏时｜Before Sunset（35）

15. 爱在午夜降临前｜Before Midnight（后记）

16. 大鱼｜Big Fish（40）

17. 机遇之歌｜Blind Chance（11）

18. 放大｜Blow-Up（35）

19. 蓝色｜Blue（19）

20. 面有忧色｜Blue In The Face（19、40）

21. 蒂凡尼的早餐｜Breakfast At Tiffany's（6、23）

22. 筋疲力尽｜Breathless（1、18）

23. 北非谍影｜Casablanca（11）

书籍 | Books（出现章次）